盛开

Bloom

NEW CONCEPT

95后新概念

第十八届全国新概念

获奖者范本作品

A卷

方达　主编

北京联合出版公司
Beijing United Publishing Co.,Ltd.

盛开

Bloom

第十八届全国新概念获奖者范本作品 .A 卷

离开从不代表着结束，

那只意味着重新开始。

coffe
营业中…

上一秒不断转进下一秒，
再脱色成不断翻涌的回忆、
零碎的对话、模糊的表情。

夜晚的萤火虫和星空都比城市的霓虹灯光好太多，

城市只适合流浪和拼搏，不适合栖息。

作者简介

南书百城

1997年的射手座，高中就读昆明三中，曾几度将校刊办得濒临倒闭。作品散见于《中学生博览》《中学生百科》《创新作文》等。
第十八届新概念作文大赛一等奖获得者。

何晓宁

笔名：牵狗。初一发表了第一篇科幻中篇，之后中断，一直到大学才想起自己还会写东西这回事，并为此痴狂。但愿为时不晚。“如果没有文学，我的人生或许遍地荒凉。”
第十八届新概念作文大赛一等奖获得者。

王胜男

笔名：阿难，取自一个和尚。住在一个没有海味的临海县城。偏爱日本文化，严肃文学。总是笑，总是哭。是个信仰自由的无神论者。
第十八届新概念作文大赛二等奖获得者。

臧心韵

1999年出生于青岛，有北方人的豪爽和属于自己的敏感。爱好众多，但只坚持文字。
第十七、十八届新概念作文大赛二等奖获得者。

胡啸天

男，河南人，1997年生。
第十八届新概念作文大赛二等奖获得者。

李乃琛

笔名：东司。1998年生于山东济南，曾用笔名陈陟发表文章。文章散见于各类报刊。
第十八届新概念作文大赛二等奖获得者。

史恒瑞

1999年生，山东泰安人。
第十八届新概念作文大赛二等奖获得者。

李梦媛

00后！00后！就读于上海市金山中学。从小爱好写作，文笔朴实，乐于助人。
第十八届新概念作文大赛二等奖获得者。

邵蔚

笔名：A
形状：圆润球体
规格：很大
毒性：有毒
功能主治：强迫症、厌食症
不良反应：增重、不增高、神经衰弱、间歇性方向感丧失综合征
建议：请根据个人情况自行使用，如有不良反应纯属意外。
第十八届新概念作文大赛二等奖获得者。

肖辰星

湖北财税职业学院江畔草文学社主编，喜欢方方、池莉的作品，希望能写出武汉本土的民风民情，向世人展示武汉人的面貌。
第十八届新概念作文大赛二等奖获得者。

梁振杰

笔名：犬儒。就读于广东某校，1995年生。擅长短篇小说创作。
第十八届新概念作文大赛获奖者。

郭鸿宇

笔名：零环。00年天蝎女。现就读于随州二中，高二文科。热爱海子、余华、王小波、东野圭吾。为成为上戏一分子而努力奋斗中。
第十八届新概念作文大赛二等奖获得者。

王若兰

90后网络写手，现居山东。山东齐鲁小记者。小说阅读网签约作者，榕树下签约作者。
第十八届新概念作文大赛二等奖获得者。

苗杰

第十八届新概念作文大赛二等奖获得者。

李益鑫

笔名：阿呆。1998年出生。
第十八届新概念作文大赛二等奖获得者。

李尧

第十八届新概念作文大赛二等奖获得者。

赵依然

第十八届新概念作文大赛一等奖获得者。

张心怡

山东人，1998年生。
第十八届新概念作文大赛二等奖获得者。

张开馨

第十八届新概念作文大赛二等奖获得者。

滕卢涛

业余写手，文章散见于《视野》等杂志。爱好汽车，尽管当前没有车且无驾照。
第十八届新概念作文大赛一等奖获得者。

童舒婷

第十八届新概念作文大赛二等奖获得者。

吴晨筱

第十八届新概念作文大赛二等奖获得者。

DIS

目录

C o n t e n t s

夏日歌 / 001

相隔 / 049

背信者与救赎者 / 077

夏日歌

魔镜里的独家秘密

文 / 南书百城

那些因与你同路而使自己变得更加优秀的回忆，是我藏在魔镜里的独家秘密。

一、弱点

盛夏的傍晚，天还没有完全黑下去，整栋教学楼却早早地亮起了灯。待最后一抹夕阳的余晖隐于天边，窗棂一侧被阳光映照得颓圮莫名的石灰墙面，也终于被吞入黑暗。

带着清脆的响声，不断流转于指尖的碳素笔在谭可手里第四次完成了一个完美的自由落体运动，她俯身拾起笔，彻底失去了看书的欲望。

贺清扬是在她仰着头盯着第三只蚊子扑向炽热的灯管并发出轻微的吱吱声时进来的。她走路一向没有声音，可手里拿着的那沓印满了密密麻麻数字的纸张，却也如同她的人一般，无法不引人注目。

目光接触到那沓纸时，谭可微微愣了愣，继而几乎是下意识地抬眼去看贺清扬的脸。

有些令人失望的是，她的脸上依然是没有变化的表情，让人无从获知她本次月考成绩的好坏。

不过，贺清扬啊……成绩再坏，还能坏到哪儿去呢?

思及此处，谭可有些自嘲地笑了。

“上次月考的成绩单已经印出来了。”贺清扬站到讲台上，举起手中那沓纸张示意道，“一会儿我会把成绩单发下去，现在——请大家先把数学试卷拿出来。”

意料之中，讲台下传出了一些同学因不满她占用大家晚自习时间来讲题而发出的细小议论声，偶有几句细细碎碎地传入贺清扬耳中，她却只是用指甲敲了敲讲台，面不改色地沉下声道：“不想听的同学可以继续做作业。”

“不过，”底下的同学还没来得及为她先前的话发出小小的欢呼，就听到她再次抛出了一个炸弹，“卷子改完错之后要交上来，老师会检查。”

听她这样说，其他人像一下子漏了气的皮球瘪了，只好打起精神来听她讲题。

谭可的眼角微微闪了闪光，眼底飞快地掠过一丝意味不明的笑意。

你看，学生时代总有那么一些人，她一个眼神、一个动作或者是一句话，就能稳稳地踩住你致命的弱点，让你不得不乖乖听话。

而贺清扬，就是其中一个。

——同样，她也优秀得令人嫉妒。

二、对手

优秀对于谭可而言，是一个残酷的词语。

那意味着她必须牺牲比别人更多的时间来做比别人更多的题目，或者上更多的补习班，以达到某个被人仰望的高度。

或许要把明明是一个普通人的自己，从同类里硬生生地抽离出来，再努力将普通的自己伪装成一个优秀的人，本就是一件残忍的事情。

但这一切的一切，放在贺清扬身上，却全部变得如水到渠成一般自然。

在她的身上，仿佛所有的东西本来就该是那个样子，没有刻意的后天培养或者过分的努力，似乎所有的事情都在按照它本来的轨迹默默运转。

这让谭可嫉妒得发狂，但她不甘于将这一切都归功于天赋。

再怎么努力，都永远差着……

闭上眼睛做了个深呼吸，谭可毫不意外地在贺清扬名字的正下方找到了自己的名字。

还是一分。

是的，永远只差她一分。

虽然班主任曾不止一次地劝她，一分的差距令两个人难分轩轾，但她也是真的……不甘心啊！

“喂。”发呆的间隙，耳畔低低传来前座男生的声音。

杨沧飞快地转过身，拿起谭可的红笔时不忘顺带瞥一眼她空白的试卷，才又飞快地转了回去，空留一句不含任何询问意思的自问自答，悠悠地回荡在她的耳畔——

“你不用红笔了吧？借我用一下。”

谭可没说话，兀自低着头，死死地握住一支碳素笔，狠狠地自数学试卷上方画了下去。

触目惊心的炭墨印记，深刻苍白得仿佛要透过卷子，一直刻进课桌。

三、嫉妒

谭可一直觉得，如果说她对贺清扬的感情起初只是一种说不清楚的讨厌，那么最终将这种讨厌的情绪转变成嫉妒的，一定是杨沧锲而不舍的催化。

年前换季时，尽管她小心翼翼地保暖，却还是被倒春寒冻出了感冒。

虽说是前后桌，但谭可和杨沧彼此算不上熟络，所以即使她的感冒严重到连声音都完完全全地变掉了，他还依旧熟视无睹得连一句简单的问候都吝于给予，她也并没有太大的不满。

只是这种“无所谓”的心态，很快就随着一番对比最终坍塌成了灰。

大概是周末游泳时吹了风，贺清扬返校之后便也有些轻微的感冒。在她课间服用感冒冲剂的空当里，杨沧却像是闻到了什么不同寻常的味道，贼兮兮地凑上去问：“你在喝什么？”

“感冒药啊。”贺清扬朝他弯弯眉梢，笑意里带着些小小的无奈。

“你感冒了？”下一句话的语气，带着几近浮夸的起伏。

正趴在桌子上补觉的谭可被他的叫声吵醒，慢慢抬起脑袋，待听清了耳畔传出的各式各样对贺清扬的嘘寒问暖声，才有些不满地皱了皱眉头，神情淡然地又往抽屉里塞了一团卫生纸。

望着杨沧带了些紧张的表情，谭可神情晦暗不明地笑着摇了摇头，再次将脑袋埋进双臂。

闭上眼睛，她的脑海里却满是他小丑一样滑稽可笑的脸。

谭可悄悄勾起唇角，咬紧的牙关之上，笑容却显得有些苍白——算了吧，明明自己也跟他一样。

美貌，优秀，贺清扬。

她忽然间不敢再睁开眼睛。

她想，现在自己的眼睛里，一定盘着两条毒蛇。

——在幽深无底的黑暗里，无声而恶毒地吐着猩红色的芯子。

四、清扬

当贺清扬在自己面前驻足，将一张每道题下方都记了主要答题思路的数学试卷放到自己面前时，谭可这才如梦初醒。

“还是看不清黑板吗？”贺清扬讲评完试卷，习惯性地在落座之前将自己的卷子递给了明显没有记笔记的谭可，轻声道，“有空去换一副眼镜吧。”

谭可含糊地点了点头，拿回自己的红笔，低头盯着试卷。

事实上，她觉得自己是集中不了注意力的。

下意识地把目光落到贺清扬的字上，谭可再次由衷地赞叹，贺清扬的字写得实在是太漂亮了，不同于大多数女生将字体缩小的习惯，她的名字看起来娟秀而大气。

贺清扬……

慢慢地摩挲着试卷一角被碳素笔一笔一画刻出的痕迹，谭可脑海中遥遥浮现出了两个人初识的场景来。

初一刚刚入学，被班主任暂定为班长的贺清扬顺着座位一个一个地记录每位同学的座位方位，写到谭可的名字时，她微微愣了愣，继而眨着发亮的眼睛问道——

“谭可？你爸爸是搞国防的吗？”

谭可被她突如其来的诡异问题问得一怔，下意识地回道：“不是啊……怎么了？”

“坦克嘛。”贺清扬一本正经地解释道，接着兀自轻声笑了起来，笑声里带着友好的调侃。

谭可会意，旋即狡黠地回道：“那你呢？出自洗发水广告吗？”

“才不是……你有没有读过《诗经》？”贺清扬稍稍顿了顿，将如画的眉眼弯出一个温婉的弧度，低低吟诵道，“有美一人，清扬婉兮。”

那时候，她的声音带着初夏和风的气息，温婉柔美得仿佛能令人不自觉地沉浸其中。

谭可怔怔地望着她，瞳眸深处在某一个瞬间飞快地划过一道破碎的光。

从那之后，她就在想，或许她本就是嫉妒贺清扬的，嫉妒到连她的名字都不肯放过。

那样的嫉妒，大概是从那个时候就已经开始了，跟杨沧……其实没什么关系。

五、念生

暮春时节，英语演讲比赛的决赛抓着林徽因四月天的尾巴，将入围名单悄然送至。

年级只有两个人入围，这在谭可看来并不意外。而如此一来，在决赛中唯一需要她去打败的人，就是她的同桌贺清扬了。

同桌……说起来，贺清扬会变成自己的同桌，最初还是她向老师提出的申请。

她希望近距离地接触她一直以来最大的对手，借此知己知彼，百战不殆。

只是相处的日子越久，谭可越觉得那相差的一分之中藏着的，似乎是什么她看不清的东西。这令贺清扬在她眼中变得愈发遥不可及，也愈发无从谈及超越。

但，即使不为赢得比赛，她也一定要拼尽全力打败她。

那毕竟是……她一直以来最大的心愿。

四月末的天气已经带了初夏的微热，简单的午饭过后，谭可一边折身上楼返回教室，一边寻思着找个清净的角落再背一篇短文。

“别打了，回去休息一下吧。”

学校的乒乓球台就在旋折而上的楼梯一旁，刚刚跨上二楼的台阶，耳畔便遥遥传来一个女孩子带着微微气喘却也含着笑意的声音。

谭可转头向下看去。

初夏的阳光，被水杉树郁郁葱葱的蓊郁碧色树冠层层筛落，寸寸落成细小温暖的点点光斑，映照在贺清扬布满细密汗珠的光洁额头上，倒映出一股充满活力的阳光气息。

“没关系的，反正下午没什么重要的课。”贺清扬对面的少女灵活地转动手腕轻松回击，陌生的脸上满是轻松的笑意。

“话是这么说没错……”纵使贺清扬背对着谭可，她也能想象出少女此时此刻挂在脸上的轻松温婉的笑，“可是你总得放我回去看看英语啊……”

“那个演讲比赛吗？”对面的女孩子再次利落地将乒乓球打回去，“唯一能跟你匹敌的人就是你们班那个谭可了吧？没关系的，你看她一天到晚紧张兮兮的样子，长着的就是一张没办法夺冠的脸……”

谭可闭上眼睛，狠狠地做了一个深呼吸，转身上楼，步伐快得仿佛能将所有对话都踩到脚下。

高考倒计时七十天。

贺清扬还在优哉游哉地打乒乓球。

谭可将脸贴到课桌上，听着胸腔里心脏剧烈跳动的声音，觉得自己在大脑因缺氧而空白的同时，好像也感受到了血液流动的声响。

那么快，那么冷，带着这世界上最疯狂的叫嚣。

贺清扬，她真的把自己当过对手吗？她真的把自己放在眼里过吗？

就算是为了她，为了让她觉得贺清扬的一切都是努力换来的而不是天赋的无私给予，稍稍地在她面前努力一下，让她觉得自己所有的努力都不要看起来那么可笑，那么难吗？

强烈翻涌的不甘心和嫉妒，几乎要把她整个人都浸没得无法呼吸。

谭可下意识地将放在口袋上方的拳头用力地攥紧，手却在碰到口袋里的某个东西之后微微一僵。

脑海中突然急速地闪过一个念头。

谭可慢慢将口袋里的东西掏出来，摊开掌心，小小的纸包里，安静地躺着两片白色的药片——

那是父母，为在每一个深夜焦虑辗转难以入眠的她准备的。

目光落到一旁贺清扬课桌上的水杯上，她的眼底飞快掠过了一抹意味不明的光。

英语演讲决赛是现场抽签决定个人演讲题目的，几乎全靠个人积累和现场发挥。

她不指望这个东西能让她睡着，但如果这个能让贺清扬在临场发挥的时候精神状态稍稍差一些……是不是，打败她就一点问题都没有了？

阳光透过窗棂，在水杯上投射出无言的粼光。

水波微微晃动的倒影里，映出门口一个一闪而过的身影。

六、王后

决赛当天，快要轮到谭可上场的时候，她突然开始莫名地头痛，冷汗仿佛在身上倒流。紧张往往是不祥的征兆，努力压下心里的不安，在向老师打过招呼之后，她转身一路冲进了卫生间。

当流动的冷水不带丝毫犹疑地落到谭可脸上时，她有些恍惚地觉得，头痛似乎减轻了一些。

谭可不明白，自己最大的也是唯一的对手，可以说已经对自己构不成威胁了，但为什么昨晚她还是如同惯例一般失眠了。

在深夜里辗转反侧的滋味并不好受，她无法理解自己心里的不安。

那感觉就好像谁在黑夜里默默地盯着她，无声地发出谴责一样。

拨开额前被水打湿的刘海儿，谭可双手撑在洗手池的台子上，望着镜子里的自己，突然感到一种莫名却强烈得无法忽视的陌生。

憔悴，不安，紧张，焦虑。

镜子里那个看起来疲惫不堪的人是她吗？到底是什么时候……变成这个样子的？

听说，嫉妒心会让人变丑。

看着镜子里的自己，有那么一瞬间，谭可觉得自己从来没有长得像现在这样难看过。

她突然想起了白雪公主的后妈，那个疯狂地嫉妒着别人，却还不停地问魔镜究竟谁更漂亮的可悲女人。

她想，那个王后，一定与现在的她一样——难看得令人作呕。

为什么？

额角的水珠混着冷汗顺着下巴慢慢滴了下来，谭可望着自己不自觉地握成拳头的双手，突然间有些蒙。

自己这么费尽心力不择手段地想要打败贺清扬，到底是为了什么？

从小就把优秀定为自己人生唯一的目标，但至今她都不明白，自己这么努力，到底是想要什么。

垂头望着自己的双手，谭可一个人怔愣良久，突然苦笑了起来。

原来，一直以来……

自己才是最可悲的。

总是把竞争和超越别人挂在嘴边，却连自己竞争的初衷和目的都早已忘了——或者说，是根本就不知道。

为了竞争而竞争，本就是没有意义的。

擦干脸上的水珠，她望着镜子里脸色渐渐恢复了几分的人，良久，突然意识到自己犯下了一个天大的错误。

但愿，现在一切都还来得及。

七、挽回

寂静的走廊之中，午后的绿萝在细小的尘埃之中悄然向阳。少女带着气喘声快步跑过的声响，仿佛能在某个瞬间悄然扰乱整个夏天。

伴着一声突兀的巨响，休息室的门被人猛地用力推开！

“贺清扬！”不顾众人惊诧的目光，谭可气喘吁吁地快步走近她，“那是昨天的水吗？别……别喝。”

贺清扬像是突然想到了什么，正掀起杯盖的手微微顿了顿，继而自然地笑道：“当然不是啊，昨天我回到教室里的时候，发现水杯里落了一只小飞虫，就把它倒掉了。怎么了？”

谭可微微愣了愣，在抬头时触及到女孩子眼底明亮的一抹狡黠时，心里霎时间一片了然。

原来昨天把安眠药放到她水杯里时，觉得门外有人影闪过……不是错觉啊。

“没……没什么……”贺清扬帮她解围的行为倒令她无措得有些局促起来，“我只是想说……昨天，我看到你的水杯里……飞进去一只虫子。”

“抱歉，我应该在那个时候就帮你把它倒掉的，却现在才想起来。”好不容易将气喘匀，谭可短暂地犹豫了一下，咬咬牙，抬头道，“我先走了，你……加油。”

说罢，她头也不回地转身走出休息室。

这时，贺清扬终于从她的话语之中回过神来，箭步上前，一把抓住谭可，沉声道：“你什么意思？”

谭可回过身，苦笑着挥开她的手：“意思就是，我不打算参加决赛了。”

在贺清扬面前，她觉得自己输得一败涂地，心里却感到前所未有的坦然。

她终于明白，一直以来，她差她的，远不止一分。

她差她一个目标，她差她一个梦想，她差她一个奋斗的理由。

她需要好好地想想竞争究竟是为了什么，而贺清扬，需要一个新的对手。

只是那个人，再不会是她。

“谭可，”贺清扬终于敛了仿佛与生俱来的温和笑意，垂目叹息道，“留下来参加比赛吧。”

“那么多年，你都不明白对手到底是什么，而竞争又是为了什么。那么，我来告诉你。”贺清扬突然抬起头，认真地锁住谭可的目光，“对手的意义不在于谁输谁赢，也永远都不是赢家的怜悯同情或者输家的嫉妒不甘，而在于无论输赢，都能爬起来继续与对方竞争，并且始终在心里怀有对彼此的尊敬。

“所谓对手，就是那个在你跌倒之后，能让你拍拍灰站起来义无反顾地继续往前冲的人。

“我从来没有过轻视你的意思……谭可。”

谭可怔怔地望着她，良久，觉得自己似乎隐隐明白了贺清扬眼睛里的那道光究竟是什么。

——望着走廊上仿佛初生一般绿得充满了生机的绿萝，她释然。

八、魔镜

决赛结束之后等待评审结果的那段时间，独独谭可和贺清扬格外淡定。

“你知道吗？我觉得我今天想通了之前十八年都没想明白的事情。”谭可将矿泉水递给贺清扬，认真地笑道，“我从来都不是打不倒你，我真正打不倒的，是镜子里的那个王后。”

“王后？”

“嗯……”触及到贺清扬脸上茫然的神色，谭可笑意愈深，“魔镜倒映出的永远是王后自己的脸，所以她最大的敌人，应该是自己才对。”

贺清扬招牌般温婉的微笑此刻又回到了脸上，她并不在意被谭可说得一头雾水，因为恍惚之间，她像是闻到了自己一直以来深爱的晴天的味道。

“所以回去之后……”谭可拧上矿泉水瓶的盖子，望着窗外初夏的放眼蓊郁，笑道，“我们还是继续坐同桌吧。”

“怎么？”一场比赛的时间而已，居然变卦这么快。

“因为……”谭可转过头，眼底的微光正对上贺清扬眸子深处隐藏的光点，“现在，觉得有必要了。”

温润地倾尽碧空的阳光，为放在窗台上那盆小小的绿萝卷起了细细的角，如同无声地折叠掩藏了谁一段刻骨的时光。

贺清扬不解的目光之中映着初夏肆意的阳光和绿萝温暖的绿色，良久，她弯弯眼角，笑意斐然道——

“好。”

夏日歌

文 / 南书百城

一

博物馆里的光线打得有些暗，指尖从玻璃上一点点摩挲而过，杜若觉得自己好像能通过落在手指终点的暖色浅光，触及玻璃展柜内排列整齐的青铜刀币。

望着展柜内的父癸爵，她悠悠叹口气，忍不住再次凑近玻璃。

她想，她大概是偏爱青铜器的。

不同于父亲收藏的任何材质的酒器，四平八稳的造型和浓重到抹不掉的历史沧桑感，让她感到莫名的……安全。

伸出手小心翼翼地抹掉呼吸之间在玻璃上留下的清浅印记，玻璃在下一刻反射出的重重人影，却在一瞬间令杜若微微一愣。

游览博物馆没有导游似乎是个挺奇怪的事，三分看七分听的地方却带不了太大的团，于是家庭出游便纷纷选择了私人导游。博物馆的导游本不难找，可杜若本就不是冲着单纯的旅行来的，便也有些懒得为此费神。展厅内光线本就偏暗，她形单影只地落在展柜一角，当真毫不起眼。

愣愣地看着玻璃上反射出的颀长身影，杜若失神片刻，那人却已经走到了她的身旁。

“卿大夫之下是士，那士之下呢？”少年的声音入耳之时清脆温润，却在温和之中带了几分莫名的笑意。

“平民，是平民。”耳畔跟着响起一个男孩子糯糯的童声。杜若失神的间隙，一句话已经几乎不经大脑地脱口而出：“国人，是国人啊。”

话语在脱口之时成了落进空气之中的悠悠重音，少年的身影为此一僵，遥远而破碎的时光之中，好像他依然在夏日高大的水杉树下用目光追逐婆娑的光影，好像他依然是那个在她为同学介绍西周政治制度时，笑意斐然地拆台问她国人与平民有何差别的翩翩少年。

折身回头的片刻之间，少年似乎望着她阴晴莫辨的脸色怔愣了良久，才有些涩然道：“……杜若？”

杜若抬眼看着面前眉目朗润如初的少年，许久才扯出一抹笑意道：“别来无恙啊，唐明宋。”

二

相遇和重逢本身就是很玄妙的东西，直到唐明宋在博物馆闭馆时笑吟吟地将杜若请出展厅，心下万千的思绪都还缠绕在这样的感慨上。

“你是什么时候到这里的？”看杜若走出博物馆时一脸的恋恋不舍，唐明宋眼底不由得浮起笑意。

“中午。”她闻声回头，一步跨出大门，“我住在大雁塔附近，来这里之前，还在南广场逛了一圈。”

唐明宋若有所思地挑挑眉，笃定道：“黄牛的票。”

他遇到她时，她显然也才进博物馆，那个时间已经接近闭馆，她不可能从其他渠道弄到票。

“我不会那么有耐心，大清早五点钟就蹲在博物馆门口领票。”杜若依然眉眼弯弯，笑意却始终达不到眼底，“早知道你当初一声不响地离开只是为了回这座城市当导游，我肯定在订机票时就早早地请你帮我把博物馆的门票弄到手。”

她话里带刺，唐明宋的目光不由得微微一沉：“舅舅这些天不在，我只是假期里没事帮帮忙。”

这解释中肯得很，点到为止地避开了问题的核心。杜若笑笑，不再搭话。

“不过，杜若，”须臾，唐明宋神色稍霁，眼底的笑意便再次流露出来，“你大老远地跑到这儿来，总不会只是想来博物馆看看吧？”

“当然不是。”杜若答得果断，“大明宫、钟塔楼、华清池、兵马俑，哪儿我都要去。”

即使原本此行的目的里……旅行，真的只占了一点点。

“毕业旅行？你一个人？”思绪流转之间，他才恍然想起，今年的盛夏，正是她高考结束的时候，“我记得你以前家教挺严的啊。怎么，这一毕业父母就敢把你一个人放出来了？”

少年忍不住发声调侃，眼眸也为此平添了几分浅淡的笑意。杜若表情微不可察地僵了僵，继而不置可否道：“我很早以前就想知道，能孕育出唐明宋那样的学霸的，会是一座怎样的城。”

“是一座历史悠久的千年古都。”唐明宋再次笑着避开了她有些刻意抛出的问题，只带着她沿路向下走，自顾自地将话题扯开，“你从雁塔南广场过来，一定还没来得及逛北边的喷泉广场，走，我带你去。”

他的语气自然得仿佛两个人真的只是毕业之后他乡重逢的故友。杜若暗暗挑了挑眉，知道他第二次回避了高二那年不辞而别的事情，却也没有再追问。

能在这里遇到他也是缘分，该她知道的事情，她迟早会知道的。

雁塔北广场也算这座城市的繁华地段之一，小型的跳蚤市场让杜若体内的细胞都一点一点慢慢地复苏了。街头卖糖画的老人在夕阳的余晖中笑得慈祥，在唐明宋递钱的同时，也温言问他身边那个容貌清秀的小姑娘，想要一个什么形状的糖人。

杜若心安理得地承了唐明宋的情，毫不推让地要了一个与他属相相符的糖人，接过糖人的下一个动作，却是笑吟吟地冲他眨眨眼睛，然后一口咬掉了老虎脑袋。

看着她在温润的夕阳里鼓起的腮帮子，唐明宋微微愣了愣，终于忍俊不禁。

带着她从喷泉间的楼梯上一步一步踏“浪”而过，杜若跟在他身后的动作，自然得如一年之前。

“把你的手机给我，我帮你拍照。”

唐明宋立在起起伏伏的喷泉一旁，满含笑意地看着杜若不断上跳的身影，细碎的光影映入眼底，悠悠晕开一片温和带笑的光。

喷泉的水池旁隔几步便置了名人石像，葱茏草木掩映之下，怀素大师右手执笔，左掌前推，衣袂的褶皱飘飘然带了临风之势。杜若跑到石像面前想跟大师的石像击个掌，奈何个子着实不够高，怎么跳都够不到怀素向前推出的左手掌。

听到不远处唐明宋带着笑意的呼唤，她的眉宇之间飞快地掠过一抹微不可察的阴霾，略一踟蹰，才将手机递了出去。

他没想到她下飞机这么久了居然还没有开机，自然而然地长按了开机键，未接来电和未读短信竟然相继疯狂地跳了出来——

“若若，我们已经查到你的航班了，别闹了。”

“若若，爸爸妈妈都很担心你，快回家来。”

“若若，接电话，爸爸妈妈有话跟你说……”

…………

看着唐明宋越蹙越紧的眉头，杜若嘴角微微一歪，笑道：“现在，你明白我来这里的真实原因了吧？”

三

在唐明宋的印象里，杜若从来不是任性的人。

他与她做了高一高二整整两年的同学，似乎自她刚入学时填报文科实验班的报名表之初，便已经有了比谁都要坚定地拿下高考的决心。

在他眼里，她一直是乖乖的，从不逾矩，却也总是精力充沛得仿佛随时可以为高考拼命。

夜色逐渐暗了下来，如血的残阳在天边烧成了一片，大雁塔晚上的景致别有风味，来北广场散步的人也慢慢多了起来。

唐明宋领着杜若从北广场绕道回南广场，理所当然地想要送她回酒店，也想说服她回家。只是转念想想，现在的自己……似乎并没有资格说出那样的话。

她因为高考失误不知道应该冒险填报自己一直想去的大学，还是应该报个稳妥些的志愿，去另一个陌生的城市开启自己从未计划过的生活，为此挡不住父母的压力而离家出走。

而他……根本就没有参加高考。

自己没有参与过的事情，又要怎么去进行评论？

思绪流转之间，却听良久未曾开口的杜若突然站在一家纪念品商店面前，拿着一只仿制的父癸爵，声音有些涩然地问道："唐明宋，你还记得书上是怎么描述这个东西的吗？"

唐明宋被她问得微微一愣，继而忍不住轻笑："礼器也。象爵之形，中有鬯酒，又持之也。所以饮。器象爵者，取其鸣节。节足，足也。"

他的声音轻柔温润，在微凉的夜色之中随着眼底深邃的笑意徐徐飘散开来，仿佛是这样的目光带动了一路随夜风轻盈晃动的浅色花灯。十里长街，灯影错落之间，杜若微微一愣，耳畔似乎有一刹那的空寂。

有一瞬间，她竟觉得，他仿佛从不属于这个地方，他仿佛应该生在千年之前的大唐，仿佛本应是一个手握玉竹折扇的锦衣少年，在重阳之时登高远眺，在皓月之夜把酒临风，待人和煦，接物有度，浅笑抬笔温润如玉，吟诗作赋淡雅如竹。

幽幽叹口气，杜若将目光偏离他的面庞："那你还记得，你办理退学手续那天发下的月考成绩单，文综考了多少分吗？"

唐明宋沉吟许久，终于默然。

"你不记得了是吗？没关系，我记得。

"那是年级第一的文综啊……唐明宋，你真的清楚你现在在做什么吗？

"认识你那年，你告诉我，你的理想是考古，是修复文物，是为其他人还原历史。现在呢？难道现在你真的甘心站在一个连话都说不清楚的小孩子面前，给他讲他根本听不懂的西周制度吗？"

少年默默地望着她，在沁凉的夜风之中立成一株青松，迟迟不语，时间漫长得像是度过了一个世纪，才低低发出一声叹息——

"杜若，这世上的事情充满了各种意外……人生，从来不是你想象的那样顺理成章。我高二那年，与其说是离开，不如说是换个城市做了场手术。”唐明宋望向她的表情变得有些复杂，“有些事情……我知道我可以等，但我的母亲……她等不了。她是我的母亲，我会这样做，本就是情理之中的事情。”

他的话音落下之时，尾音显得极轻，却在杜若心里字逾千斤。

她看着他沉默许久，才有些犹豫地问道：“你……后悔吗？”

唐明宋闻言忍不住笑了起来：“昨日之日不可留，既然是我选择的，又怎么会后悔？”顿了顿，他又望着她，轻声补了一句：“选择必须是自己做的，以后倘若遇到艰难险阻，才不会没有走下去的动力。所以，无论填报哪所大学，都该是你自己的意愿。”

杜若为他最后一句话微微怔了怔，略一沉吟，继而仰首发问：“你会跟着下一届高三的学生参加高考吗？”

唐明宋愣了愣，接着颔首道：“但我不会再回到那个城市去……留在她身边照顾她的这一年时间，我明白了一桩事，我想我能守着她的时间终究有限，毕竟……留在她身边照看着她，能稍稍心安些。”

杜若心思流转之间，终究也忍不住莞尔。

“所以……你也回去吧。”兜了那么大个圈子，唐明宋终于把话题引回了核心部分，“你的父母现在该是很担心你，你也总该回去……”

他的措辞小心翼翼，生怕哪儿惹得她不高兴。

杜若却并未太在意他的劝言，只是望着长安街道上错落的花灯，良久，眉眼弯弯地应下了他前半句话——

“好。”

四

舷窗外轰鸣声渐落，杜若站起身取下装着唐明宋让她带回家的特产的手提袋，袋子在入手之时像是和什么硬物被塞在了一起，摸起来有棱有角。

微微一愣，杜若忍不住顺势将手伸进袋子，钩着物件的一角将它拽了出来。

圆身短尾，三锥长足，青铜的质感浑厚却大方，勾描而上的雷纹，细细摩挲之下只觉繁复却也华美，仿佛带着夏日里从商周战国悠悠传回的古韵长音。

杜若低头看着自己手上仿制的父癸爵纪念品，愣了一会儿，才忍不住眯起眼睛笑了起来。

她想，他说的对，离开从不代表着结束，那只意味着重新开始，以及……

目光转向机场落地窗外夏日里明媚的阳光，她眼底的笑意仿佛也慢慢随着炫目的日光明朗起来。

未来充满未知的阴错阳差和不确定性，但永远不必为明天将落向何方而担心，因为这世上的每一个人，都值得被遇见。

不该拿到鞋外的事

文 / 王胜男

我娘名海凤，排行老二，人们都叫她二凤。

二凤有双三十六码的小脚，脚皮上遍布形状不一的缺口，是她耐不住痒的时候抠出来的。那些缺口被长年累月的脚汗熏得泛着焦黄，你可以通过边缘微微翘起的厚皮感受到它们的坚硬。等她洗过脚，脚皮变得柔软而肿胀，它被热气烫得死白，像层过期酸奶软塌塌地附在脚板下。到她享受抠脚的时候，一手抓下去，可以掉下很多碎皮。

其实我要讲的是个美好的故事，这样的开头只是为了衬托我爱得深沉——这个场景伴我长大，而我依然爱我妈。

我才写到这儿时被二凤发现了，她大喊着："要死啦，臭丫头，家丑不可外扬啊！"我眼疾手快夺回手稿，她见销毁无望，便抬起一只浸在盆里的脚，可怜兮兮地说："你看你老妈的脚现在雪滑雪滑的，还提过去干吗？"

我看着那只与她年龄极不相称的白嫩脚掌，勉强点头。

想得美呢二凤，我可不能白白被熏这么多年。

一

我还小的时候不觉得二凤的脚有什么问题，因为我的脚也会脱皮会痒会有汗味。

后来二凤以“该长大了”为由把我驱逐出她和老爸的大床。我不明白这两者间有什么联系，直到某天偶然发现自己变得不一样了——我的脚光滑细腻，捧到鼻根下都闻不到异味。

于是我恍然大悟，原来成长是从脚开始的。

再后来，小床被老鼠啃坏了一条腿，我回到大床，脚也变回去了。当再次坐到小床上，看着再次光滑的脚时，我重新得到一个结论——靠近二凤会烂脚丫。

但我没做什么挣扎，也许因为从记事起她的脚就是这样，我从内心深处接受着这双脚。我相信整个三角村的人都是如此。那时候，老爸在工地，二凤在家种田，没事就趿拉着拖鞋满村跑。一双皮掉得坑坑洼洼的脚暴露在风里，把她带去和人拉家常，看人赌骰子。村里人很少提及她的脚，偶尔有婶子问问她脚上皲裂的口子怎么样了，也会有几个扛铁耙的叔笑她连脚上都是肉。倒是她自己喜欢伸脚吓小孩，还有过年纪太小被吓哭的。

直至五六年级，我才从医院赠品册子上得知这叫脚气，像感冒一样会传染的。我说，妈，这是病，得治。二凤说，哎哟，都这么多年了，有什么好治的！你是不是嫌弃你娘了？你是不是读点书就看不起我了？等我老了你还养不养我了？

直到今天，我都无力招架这个经典的中国母亲三连问，但那时候我已经渐渐意识到如果有双又臭又痒的脚是很丢人的事。想避着点又怕二凤伤心，只好一发现再染脚气的苗头，就神经紧张地频繁刷拖鞋，还会帮老爸按摩，求他买999皮炎平给我。

因为这些小心思，我学会把话放在肚子里，它们发酵成很多没有头绪的想法。同学说是成熟，亲戚说是懂事——我突然明白自己最初的想法是对的。成长从脚开始，我的成长从二凤的脚开始。

初中后我住校了，难过的是我还要为二凤的脚苦恼——她来学校送东西给我时依旧趿拉着她的拖鞋，人们瞥到她的脚，只是笑，不说话。

二

游子归乡总会带点东西回去，甜糯的特产，一路的风尘，抑或一颗失意漂泊的心。我带回去的是两周没洗的衣服和左脚上的甲沟炎。

甲沟炎是种指甲侧着向肉里长的病。得隔床舍友真传，我发觉疼时已经要放暑假了，便自己胡乱剪了一通，结果搞得流血化脓。

放假那天，我带着大包小包一瘸一拐地走到校门口，一眼找到了二凤。准确地说，是找到那双玫红色的拖鞋。她上前接过包，连忙问我的腿怎么了。

“是脚。”我低头看着她鞋边的泥巴团，轻声地说，“先回家吧。”

到家时我的大脚趾已经肿得老高，但二凤看到我的伤口后反而淡定下来。

“没事儿，明天跟妈走，保证你的脚不疼。”

曾经我因初潮疼得打滚，二凤也这样说：听妈的，保证你不疼。她把我哄下床，不记得是让我面朝南还是朝北，念念有词地给我狠灌了三口凉水。原本略有缓解的疼痛疯狂地扑上来，我生无可恋地想，完了完了，我一定是第一个死于痛经的人。

老爸从工地回来后痛斥二凤：封建愚昧！用什么巫术一样的土方法！二凤从愧疚到委屈，再到愤怒还嘴，以我的哼哼为背景音乐闹了一整晚。而且二凤欺骗了我，直到今天，我每次月事都会往死里疼。

于是我非常不信任二凤的保证，她撇撇嘴说：“你别不信你妈，这病去医院没用。”

“你知道这病？”

她思量了一会儿，咂咂嘴说：“你舅妈的脚也是这毛病。”

“我怎么从来没听过？”舅妈是那种光鲜亮丽看起来连虫牙都不会有的女人。

“脚上的事哪儿能随便拿到鞋外说？”二凤高深莫测地瞥了我一眼。

三

这是外婆当八卦讲给二凤听的。舅妈嫁过来时就有甲沟炎，以前去过医院，拔了趾甲，结果重长的趾甲还是侧着长。舅舅心疼老婆，去和修脚的师傅学了一手，每个月都会帮舅妈剪趾甲。

我和二凤到舅舅家时他已经准备好了。一条红毛巾，毛巾上起了一层小毛球，中间已经发白。舅舅把它铺在腿上，示意我坐下，把泡过的脚放上去。看着他摆出一排工具，我紧张地抓住二凤的手，二凤说不要看啊不要看，自己却直勾勾地盯着。从小她就给我灌输伤口越看越疼的思想，然而就算我一直看着天花板，脚上还是痛得要死。

在我都快开始思考生与死的意义时，舅舅终于弄完了。我长长地吐出一口气，感受着密密麻麻的疼痛渐渐疏散。二凤也松了一口气，她的手已经被我抓得通红。舅舅也松了一口气，他说："脓水终于挤完啦，下面要把你肉里的趾甲挖出来，这个会比较疼，你忍忍。"

"啊……"

反正我一直觉得在那种痛苦下，人本性里一切狼狈的流露都是足以宽恕的。二凤说，拉倒吧，反正你鬼哭狼嚎把邻居都招来喊着别打孩子的时候丢死人了。

第二次是我自己去的。舅舅说以后每四个星期去他那儿一次就没问题了。这本是件挺好的事，但我想到十几分钟前——舅舅在给舅妈修脚，舅妈笑着让他轻一点，舅舅故意挠她痒痒，两人笑得正甜时，我在门口轻轻咳了两声，散发出两千瓦的光芒。他们的笑尴尬地延展成两个单音节：呵呵。

我明白脚病于他们已经没什么恶心的。舅妈依赖着舅舅，他们就算闹了再大的别扭，最后还是要坐下来，一点一点剪掉趾甲，剪掉生活的琐碎。而我很不识相地插了一脚。

好在后来有人分担了这份愧疚——大半个暑假后，二凤成功染上甲沟炎。

舅舅帮她挖出趾甲时，她仰头大喊："臭丫头！以前防我不是厉害呢吗！在外面这点毛病都防不住！"

我讪讪地笑，原来她一直都知道啊。

四

小县城的三星初中放假是看心情的，时常我还没放假，趾甲就扎进肉里了。我意识到比疼更可怕的是这种没尽头的折磨，所以坚决要求去医院。二凤也坚决地拒绝了我，她说拔指甲的罪不是人受的。我冷哼一声，那闻你的脚臭味的罪就是人受的？她大概没想到我会直白地说出来，眼瞪了半天后才气呼呼地说，反正钱在我这儿。

我得以走进医院时已经上初三了。二凤从梯子上摔下来，摔出个脂肪瘤。她在县医院开完刀后硬要转到住院部最便宜的小医院，折腾到那儿后刀口发炎，住院期被慢慢拉长。老爸送我去看她，我推开吱呀作响的门，有消毒水味、汗馊味、烂水果味、病床的铁锈味和靠门的病号正呕出的秽物味。在这些张牙舞爪的味道里，二凤那双脚的味道孱弱得好像随时会断掉。我走到二凤床前，她盖着边角泛黑的公用被子，在睡觉。她手上的一排针眼和周围的一切搞得我很伤心。我示意老爸别叫醒她，转身出了病房。

在走廊里我突然想起甲沟炎的事，随便进了个门诊室。里面只有一张桌子、两个凳子、一台挺厚实的电脑和面前这个把白大褂穿出食堂大叔味的医生。

"请问甲沟炎在哪儿治？"

他在刷手机，头也不抬地说："我这儿就能治。"

"真的？"惊喜来得太突然，"怎么治啊？"

"拔指甲。"

"……会很疼吗？"

"还行吧。"

"拔完后重长的指甲还会犯病吗？"

"看情况吧。"

"有别的办法吗，最好是能根治的？"

"就，拔指甲呗。"

"说实话，您就是食堂里跑来充数的吧？"

"嗯……啊？"他收起半死不活的腔调，"小姑娘你怎么说话呢？"

一堆话在我喉咙里子弹上膛，但我想起二凤总说我的嘴太辣，火候控制不好容易呛着自己。她原话当然没这么文艺，她只会在我对狗仗人势的门卫或者不负责任的物业亮出獠牙时把我拉到身后，笨拙地说："小孩子不懂事，您别跟她计较。"

想到至少瘦了十斤的二凤，我一下子没了气势。不再理会还在咕哝的食堂大叔，我关上门回去找二凤了。

五

二凤的腿恢复得差不多时，我拿到了重点高中的录取通知书。

作为奖励，她骑着小电驴把我带到一家看起来就没有营业执照的小诊所。说它是诊所太抬举它了——门口挂着手写的“小李治脚所”，边上贴了几张毫无PS痕迹的治病前后对比图。

我抱着死马当活马医的心态和二凤走进去，只有一个白色灯泡在屋顶中央杯水车薪地发着光，却又足以照亮边上“包治脚上百病”的大字报。

“欢迎啊！”一个没有穿白大褂的阿姨迎上来，她低头瞅瞅，对二凤说，“你这一看就是……”二凤打断她，指了指我：“是我丫头的脚。”

我感到说不出的怪异，只觉得手上烂了一块也比有脚病好。

治疗过程简单粗暴，小李阿姨在我的脚指甲上糊了一层烂泥巴似的东西，用纱布裹起来后再用保鲜膜和胶布封口。我还没反应过来就已经结束了，还没从结束中反应过来二凤就已经付过钱了。等到我反应过来，拉住准备发动车子的二凤问：你不治吗？二凤对我比了个OK的手形。

然后她开车走了。

我在风中凌乱了一会儿后明白过来，二凤比的不是OK，是三，整整三张红票子还治屁啊！

三天去换一次药，一个月后每天泡三小时醋，熏得吃饺子都有阴影后，我的脚终于治好了。只是我至今都不懂那些烂泥巴是什么药，泡醋又是什么原理。

小李阿姨说这是商业机密，我说可笑那些人模狗样坐办公室的白大褂连甲沟炎都治不好，也可能就因为它只是甲沟炎所以才治不好吧。

小李阿姨说这样挺好，这样她们这些人才能过活。

六

高三时校领导突然重视起宿舍检查，绝经期的宿管便开始四处找碴儿。

大家的脏袜子一直以来都是放在盆里等第二天中午回来洗，盆放在床下的架子上。宿管不依了，嚷嚷着领导来检查一看全是袜子哪成啊。我们只好把洗脸盆压在上面挡住。宿管又不依了，说袜子不会一点味道都没有，领导来检查闻到味道哪行啊——都给我藏到柜子里去！

柜子里是吃的东西和干净的衣服，有人真就把脏袜子放进去。而我这种负隅顽抗之辈就被宿管扣分扣分再扣分，于是班主任带家长带家长再带家长。他跟二凤说，扣我工资事小，天天公布栏上写X班宿舍脏袜子乱放多不文雅啊。扣我工资是真没什么，我也不可能因为被扣点工资特地把家长喊过来，不就是被扣几百元工资嘛。

二凤从办公室出来后我问都说了什么。她说，没什么，就是惦记我家钱了。

三天后二凤把田出租，过来陪读。

我自然内心狂喜，太激动以至于我忘了，二凤是个离绝经期不远而且有脚气的女人。

她在附近一个服装厂找到份工作，上班要穿统一服饰。她能把自己勉强塞进衣服里，可那鞋子把一直都穿拖鞋的她闷坏了。她一回家就扯掉鞋袜钻进浴室，我微笑着目送她，但那笑很快僵在脚上。

我看向那堆鞋袜，它们散发出久违的气息，猛烈的汗酸味中夹带着丝丝缕缕肉粽子的咸味。我隔着几张面纸把它们甩出门外，开始担忧起以后的日子，顺便告诉自己：将来嫁的人可以丑，不能臭。

这时二凤拉开浴室推拉门，她踢掉拖鞋，光脚站在白瓷砖上："去洗澡吧。"

我视线落在她那双剁给狗狗都不要的脚，又转到一旁永远的玫红色拖鞋，最后停在她布满水汽的脸上。

"别看了，东西收拾得急，就带了一双拖鞋。"

"脚气为什么不治？"

"啊？说什么？还是先洗澡吧。"

我又问了一遍。

她披上浴巾："你说你也是个读书人，干吗整天把脚气挂嘴边？"

我不为所动地又问了一遍。

二凤见糊弄不过去，瞥我一眼，再瞥我一眼，最后放弃抵抗坐到床边，一副打算推心置腹的样子。

“晓兰婶你知道吧？”

“全村开店最黑的那个？”

“嗯嗯。她也有脚气，后来去医院治了。结果，脚治好了，脸烂了！那气会跑的！脚不压住它就会跑上脸！”二凤说着揉了揉自己的脸。

我被震在原地，艰难地挤出一句：“妈，你被封建落后思想毒害得不轻啊。”

“去你的，”二凤踹了我一脚，“快洗澡去。”

七

我很烦躁。

高三不让看书的规定让我很烦躁，每天都要刷拖鞋让我很烦躁，二凤坚持烂脸论更是让我烦得想骂娘。

同桌问我怎么了，我挽起她的手深情地说：“亲爱的你有脚病吗？”她疑惑的同时不忘嫌弃：“当然没有啦。”

“如果有的话千万别治，会转移到脸上的。哈哈哈……”

她连忙甩掉我的手：“疯了疯了，这病得不轻啊。”

我边傻笑边想，可不是吗，我都快被熏出脑癌了。

二凤似乎意识到伤我太深，她终于给我买了拖鞋，也开始主动把鞋袜放到屋外，我甚至看到一双时下很流行的日式小皮鞋走错家门。二凤羞涩地说：“妈买给你的。”

目前东西在我这里分为三种：可以跟父母要的，跟父母要也要不到的，以及提都别提将来自己买的。那双鞋的价格介于第二者和第三者之间，而二凤展现了母爱可以冲破一切的力量。不得不说这很受用，我沉默许久还是决定问出来：“你和爸干的都是正经生意吧？”

二凤一如既往地瞪大她的小眼睛：“臭丫头！”

“没您的脚臭。”

八

九月末下了一场很大的雨，像是要把热了一夏的委屈都哭出来。我看得很伤感，也想把臭了一夏的委屈都哭出来。

我在校门西边找到二凤，拖到地上的雨衣把她矮小圆润的身子裹成一株潮湿柔软的菌，她在翘首盼着我。那一瞬间我决定，把她脚上那些事像小时候那样，重新藏回肚子里。至少在看见她脚上趿拉的小皮鞋前我是这么想的。

二凤解释着下班迟没开灯随便穿双鞋就来了。我没说话，径直走在前面。她低头跟在后面，样子很乖。我突然顿住脚回头，她一惊。

“你是不是还是怕烂脸？”

她委屈地点头。

我忍不住发笑：“算了算了，回家吧。”

日子还是那样过。任二凤洗净擦干软磨硬泡我都没再碰那双日式小皮鞋。再后来天要转凉了，二凤却开始把脚露在被子外面睡觉。那双肉脚还是坑坑洼洼，载着台灯光时反射出水亮的错觉。

九

二凤的脚是突然好的。

她突然一次洗脚时忘了拿擦脚巾，又在我把毛巾递过去时貌似不经意地把脚悬高。我本想说您老又作什么怪，结果看见一双白嫩小脚。再三确认它们的确连在二凤的腿上后，我不淡定了。

“你把二凤怎么了！”

“臭丫头，能不能说点好话！”

“妈，你……又搞巫术了？”

“浑蛋吧你。”

二凤收回脚丫子说：“你别管我是怎么好的，反正是好了。你以后也别再提这些。”

“最后一个问题。”

“嗯？”

“你不怕烂脸啦？”

“别提了，”二凤叹口气说，“那什么破医生啊，不是说欢迎咨询的嘛，还带嘲笑病人的……”

尾

“所以你妈的脚就这么好了？”

“岂止是好了，脱了层死皮后雪白粉嫩的。”

“啧啧啧，恭喜啊。人生果然充满惊喜——就像你永远不知道下一口食堂的菜是咸的还是咸死人的，呸。”他吐出一个小盐团子。

“屁惊喜，”我咽下嘴里的饭，“你当我的小皮鞋是白牺牲的吗？她窝在床边偷偷摸摸涂药膏的样子我都没忍心戳穿——不过说真的，我妈现在压根儿不准我提脚气的事。”

“布恩迪亚家里的人也从来不能理解费尔南多遮遮掩掩的别扭。”朋友小五今天看起来像个哲人，尽管他的嘴边还沾着肉汁。

我能感受到他在努力升华我们的对话，但已经晚了。在我们讨论了十几分钟脚气的基础上，旁边的姑娘起身，去倒剩饭前目不斜视地说：“神经病，恶心死了。”

我和小五轻松笑笑，继续聊着脚气和同样见不得光的其他。

都是虚空，都是捕风

文 / 王胜男

不是木偶，不是人类，hybird child依赖主人的爱意成长，是镜子。

——中村春菊《未来的未来》

楔子

那个下午有夏日嫩草的芳香，有拂动白云的清风，是个暖和的下午。我站在小山坡上，藏着蝉声的大树半遮着我的身子。

山坡下那条小路上，几个男孩子扛着自己做的鱼竿由远及近，他们像往常一样大声争论着谁将钓到最多的鱼，我也像往常一样看着。或许是我的目光太过直白炙热，走在最后的男孩突然停住。他抬头看到了我。

我紧靠大树，窘迫得只知道眨眼睛了。

“他是谁啊？”他问那些围过来的小伙伴，声音清晰地传过来。

“他是月岛，就是家主的儿子啊。”

“是呀，小黑你不知道吗？”

被唤作小黑的男孩摇了摇头，又抬头看着我说：“我没和他说过话。”

“他总是会在那里看着我们呢。”

“带他一起玩吧。”那男孩说。

“还是算了吧，我听母亲说过，那家伙的身体好像特别虚弱。”

“真的超弱，动不动就会发烧。”

“而且他是少主，要是有个万一我们可就麻烦了！”

“万一是指什么？”那男孩问。

“谁知道啊，快走啦。”

我早在那片叽叽喳喳中低下了头。木屐踩落泥土的声音远去了，风远去了。我握紧拳头，转过身走掉。

“过来吧！”有人唤了一声。我惊讶地回头，是那个叫小黑的男孩上了小坡。

“我说你啊，要是想和我们一起玩就直说嘛！”他一上来就是这样直率。在这种气势下，我倒理亏了似的，只能解释着：“可是家里人嘱咐过我，不可以像大家那样跑闹……”

“身体弱的话就要锻炼啊，你可是男生！”他笑得很爽朗，回头对山坡下另一个留下的男孩喊道，“濑谷！让他加入也没问题吧！”对方把双手拢在嘴边，回答的声音被距离拖得长长的：“可——以——哦——”

“那我们走吧！”他擅自拉住我的手跑下山坡。我的四肢像树木的枝丫那样伸展开来，风涌入我肢体的间隙，带来一种从未有过的欣喜和害怕。我惶恐地想挣开他，他却更用力地握回来。

“害怕的话就抓紧我好了！”他头也不回地说。

我想说我才不怕呢，可长久的孤单积攒而成的怯懦堵在我的喉咙间。我只能用力抓紧他，努力跟上他的步子。他扎得高高的马尾辫在肩上摇晃，像撮柔软的兔子毛搔着我的心脏。

午后的阳光强烈，天上飘着若隐若现的浮云。一个人拉着一个人，和另一个人，踩着树影向前奔跑。

好像可以追上远去的风，我胡乱地想。

二

屋外的脚步声渐渐近了，屋内有个手掌大的小木偶也在缓缓移动着。它内部发出木料摩擦的声响，这声音指使着它前行，停下，抬臂，拉弓……月岛拉开门障时，那支钝头的小木箭正中他的印堂，把他吓得不轻。

屋里的两个人连喊着“成功了”。月岛见他们放肆地笑着，羞愤得连耳根都红了。他弯腰拾起地上的小木箭，用力折断了它，好像这样就可以抹去刚才的笑话似的。

“你在干什么！这可是重要的部件啊！”黑田冲过去抢下断箭，心疼地嚷着。

“谁让你瞎胡闹！每次都做这些无聊的玩意儿……”虽然这样说，但月岛的内心又泛起愧疚，只好把视线落到一旁的濑谷身上，“濑谷，你也别总陪他做这些事啊！”

濑谷这才勉强压住笑意。

黑田这时已经把断箭放回木偶旁，走出屋子，在一片暖和的阳光里伸起懒腰，像只猫似的眯着眼。黑田的父母虽然为幕府卖命，却一直站在开放派的立场，以至于他的家教和思想都很自由散漫。月岛和濑谷也早已习惯了他这副几近无礼的模样。月岛甚至感到，自己只要靠近他，骨子里大和民族该有的礼仪和自制都会消散，只剩下最直白坦荡的灵魂。

月岛听到他问了句什么，便和濑谷相继走出屋子。

“啊？”

“我说，找我有什么事吗？”

“什么意思，我没事就不能找你吗？”月岛嘀咕着，“濑谷不也没事待在这儿呢嘛……”

“哈？你在嫉妒濑谷吗？”黑田玩味地看着他说。这玩笑实在开过头了，月岛感到自尊受伤——“浑蛋！”他的手向腰间的佩刀伸去，自然是佯作拔刀。但黑田对此没什么反应，甚至那上扬的嘴角昭示了他对月岛的失态的享受。老好人濑谷连忙上前按住月岛的手，笑成月牙状的双眼很是温柔。

“好了，别理他。不管有没有事，先坐下来再说吧。”濑谷说完走进屋里，再出来时手里端着矮桌，桌上除了茶具还有一盒糕点，是七什屋的霜花糕，月岛的最爱。月岛余气未消地哼了两声，还是忍不住上前捧起糕点，乖乖等着濑谷整理好茶具。

黑田见濑谷用一盒霜花糕就把他治得服服帖帖，不平地喊道："那可是我买的糕点啊！"

"话说回来，月岛大人，此次真心祝贺你成为现任家主。"濑谷坐在门台上，边沏茶边说道。

风来叶动，这倒幕时期或许连风都染上战争的凌厉，打落几片还是青色的叶子。

月岛把手里剩下的半块霜花糕塞进嘴里，笑了笑，算是收下濑谷的好意。他的目光随着那几片叶子垂下去。

"不就是因为现在局势不稳定，藩才想要制定新的体制吗？"躺在桌子后的黑田支起身懒懒地说。两人都偏头看他，他又抛出下半句——"为什么偏偏看上了你这种人呢？看来藩内还真是人才不足啊。"

"你！你这种人！就该切腹去！"月岛瞪着眼说。

"呵，你这种话我早就听腻了，如果都听你的，我的肚子早就切成渔网了。"黑田说着起身回了屋。

月岛看着他的背影泄气地说："那家伙是怎么回事，每次都那么喜欢捉弄人，如果讨厌我的话，直接说不就好了。"

"老实说，我不喜欢这个糕点，每次吃都会粘到牙齿背面。黑田他也不喜欢吃甜食来着，"濑谷捏起一块霜花糕说，"那你觉得，他为什么还要买来放在家里呢？"

月岛的头埋得更深了。他在走神，突然就走神了。

脑子里是那个总是出现的画面：一个人拉着一个人，和另一个人，一起奔跑。天空不再是苍白的午后，而像片红黄渐变的枫叶。他们就这么跑着，脚掌把木屐踏得嗒嗒作响。那天到底是午后还是傍晚呢？是回忆擅自改变了吗？还是说，是自己按想要的样子改变了回忆呢？那么这不自觉中究竟为了什么，是这改变还是不变？

"那种事情别让我说出来啊。"他回过神后说，语气轻得像叹了口气。

虽然三个少年悠闲地为了这些无聊琐事而争吵，但眼下的时局对藩而言是严峻的。

幕藩体制被破坏，倒幕势力打算建造以天皇为中心的新日本。在这个当口，江户城的将军以“无血而战”的狗屁理由躲了起来，不过是为了保护自己一族把江户拱手相让罢了。而今因新旧势力开战而被利用的江户失去了主人，这里的人们也落得被称为“贼军”的下场。

战争即将来临了。

“说真的，我自己也在想，像我这样的人真的能担任家老的位置吗……”

“但这是殿下……”

“我明白，能被殿下亲自点名任职是无比光荣的事。但我真的能胜任吗？这责任太沉重了……”

门被拉开，黑田的口气还是那样不客气：“应该说，生于家老一族，不论多么笨的人都能做好家老。”他倚在门边，手里修着被月岛折坏的小木箭，嘴却没停，“不管你怎么想，既然已经当上家老了，就要做好你该做的。不是快要开战了吗？如果你的判断和指示不到位的话，不是本该赢的战争也要输了吗？到时候，困扰的是我们这些武士啊！”

月岛反应过来，十六岁的自己要坐在城中指挥作战，而十六岁的濑谷和黑田却是要出城杀敌的。

“你以为自己为什么出生在那么好的家庭，过那么好的日子？还不就是这份责任的代价。在你磨磨蹭蹭之前，不是说你能不能，而是必须！”黑田说完瞥了眼月岛。

月岛别过脸：“黑田，你今天真的很啰唆哟。”

“哦？”黑田靠过去，“那还有一句话也说出来好了，等战争结束了，不管是你的抱怨还是哭泣，我都会收下的。”

月岛迎上那双黑亮亮的眼睛，顿时红了脸。濑谷知道黑田的恶趣味一刻不得停，不由得发笑。

果然，黑田又说：“还是说，你根本连面对它的勇气都没有呢？”

“你说什么！”

“咿呀呀，你还跟小时候一样是个胆小鬼呢。”

月岛很配合地发火了：“胡说！只要我想做，这点小事不可能难倒我！”

“真是好笑，如果能做到却不去做的话，不就和做不到是一样的。”

“我做得到！绝对可以！”

黑田忽然停下来，定定地看着月岛，伸手抚上月岛的脸。月岛的心情大起大落，愣在那里。黑田一把捏住他的脸颊，很认真地说：“不错不错，说得很有信心呢。真是个好孩子，好孩子……”

月岛明白自己又被黑田戏弄了，正要发作，濑谷无奈地拦住：“行了，小孩们，能不能消停会儿？”

黑田冷笑一声，迅速把手里修好的小木箭按到濑谷头上。濑谷一惊，手里没喝完的茶泼了出去，全落在月岛脸上……

三个人又闹作一团。

二

外面的安宁苟延残喘到了隔年三月。

黑田还是总鼓捣那些发明。月岛和濑谷走进屋子时，他正专心打磨着手中的小人偶。

“唔，这是什么做的？感觉好逼真。”月岛忍不住摸了摸人偶垂在一旁的小胳膊。

“是树脂，花了好大力气才弄来的，珍贵着呢。”

“新的自动人偶？”月岛看着那人偶，有种奇怪的感觉。

“是能够自我思考的人偶。”黑田说着翘起嘴角。

“哈？”

“开始只是普通的小人偶，但只要用爱意抚养他就会长大的。有趣吧！”

“那种东西怎么可能做出来！”

黑田没有辩解，小心地把三根软管插到人偶的后脑、喉咙和心脏。

“我说……”月岛终于发现怪异的地方是什么了。

“什么？”

“这个人偶怎么长得……那么像我……”

濑谷闻声也凑过来：“真的啊，长得和月岛小时候一模一样！”

“呃，我……”黑田一时有些慌乱，结结巴巴着，“因为……因为……对了！因为只要做出一个乖乖听话的月岛人偶，说不定本人也会乖一点，所以你要好好感激我。”

月岛瞪直了眼，濑谷不客气地笑了。

“别开玩笑了！你这家伙！这种东西，把人当作实验材料，你想做什么！为什么每次都是我，你……”月岛越说越感到委屈，干脆转过身要走。

“我先回去了！”

“那个不给他吗？”濑谷连忙问道。

月岛停了一会儿后埋头走到门口，把门台边的东西拿了进来。那是一根樱花枝，上面缀满圆润的花苞。

“我家院子里的樱花树……昨夜不是刮了很大的风吗？早上我看到的时候有根树枝被折断了。本想拿来做插花的，又……又想起来你喜欢花，所以……给你。”月岛伸出手臂，头还是低着，便也看不见他是什么表情。黑田接过花，此刻像被猫叼走了舌头似的，半天才憋出来一句：“谢了。”

两个人都不知道说什么好，就那么站着。

濑谷还是笑眯眯地看着那两个总是闹别扭的好朋友。

城楼上的古钟是在这时候响起来的，战争的信号响彻全城。

三个人惊讶地看向城门的方向。一个士兵顾不上礼仪闯了进来。

“终于找到您了，月岛大人！敌军攻向江户了！请您快登城指挥！”

“我藩是江户要塞，敌军分为三支，分别攻向宇都宫、上总和出羽。能入侵我藩的地方只有五条街，现在开始部署每个街口的防御。这次的总指挥是我，月岛达也。”月岛身穿家老的仪服，手拿竹棒在地图上比画着。武士们只能透过四周摇曳的烛光看见他的脸，沉重的庄严和残留的稚嫩在那张苍白的脸上交融。他看起来就像神社里精致的人偶。

“津岛口第一队指挥，濑谷一！”

“是！”

“大岛口第一队指挥，黑田孝高！”

“是！”

“白阪口第一队指挥……”

…………

武士们陆续退了出去，黑田走了几步后又退回来，他那双如同嵌着深夜的眼睛注视着上座的月岛。

“从你那儿拿到的樱花，换水的工作就交给你了。那花很好，等这仗打完了，我就找棵树接种下去。”

月岛走下来，有气无力地回答：“知道了。”

“胆小鬼，已经开始怕了吗？”

月岛一拳击过去以示振奋，却被黑田接住。

“怎么了，这次不和我说‘去死’‘切腹’什么的了？”黑田依旧不正经地说。

“如果你现在死了，会给其他人添很多麻烦的。”

“啧，真是十足的家老姿态啊。”黑田看了看外面的夜色，“好了，我走了。”

“黑田！”月岛喊住他，“你小心点，给我活着回来。”

黑田愣了愣，又走回去，双臂微展着。月岛条件反射地后退，可黑田已来到跟前——一把解了月岛额头上系的白飘带。

“你做什么！”月岛不满道——白飘带是武士的象征，是不容侵犯的。

黑田又解了自己的递过去：“这个跟你交换。你总是害怕，就把这个当作护身符吧。”不等月岛回答，他像对待爱猫那样拍了拍月岛的头，说话语气也难得地温柔：“接下来会很艰难的，你要振作起来啊——家老大人，先走一步了。”

黑田边系带子边走出去，却发现濑谷就在门外，立马不自在地别过头。

“哈哈，你太爱兜圈子了，黑田。”

“什么啊？”

“瞧，他就像小时候那样在后面看着我们呢。”濑谷回头看着月岛说。

“快走吧，”黑田没再回头，“再磨蹭就该赶不上今年的樱花了。”

月岛看着两人远去，感到鼻头发涩。他干脆把脸埋进掌心，手心里的飘带刚好可以蒙住眼，隔开外面的一切。

他看到一个人拉着一个人，和另一个人，一起奔跑。他们的身影划破夜色。风追不上，只能落在后面恨恨地掀起他们的衣角。是他拉着黑田，带着濑谷来到自家的后院，那儿有片小小的樱花林。他听到自己说：“樱花啊，在满开之前还是花蕾的夜里是最美的，像一树粉色的珍珠，在黑暗里映着月光。那真的是很漂亮的。”

月岛近乎绝望地明白，新燃的火焰烧向朽木，这是场只能祈祷的战争。

三

黑田挣扎着起身，撕裂了伤口。一天一夜的作战让他疲惫不堪，但他顾不上这些，紧盯着面前的长老。

“您说什么！”

“冷静点，我们藩输了，为了保住殿下和藩里剩下人的命，必须有人负起责任。”

“那为什么是月岛啊？”

“他是如今的家老，除了他谁能负责？”

“那么，我去！”

“像你这样的卑微武士，谁会管你的死活！”看着黑田浑身颤抖的模样，长老忍不住叹气，“唉，我也是很痛心的。月岛达也大人很伟大，是他自己提出的。”

“……什么时候执行？”

“明天。”

黑田是不喜欢跑步的，他觉得那像条脱了水的鱼该做的，甩动身体，大口呼吸。但总是要因为“月岛”这个名字——名字背后那个麻烦的人一跑再跑。

跑到月岛家时，月岛正穿着素衣祭拜。他听到门口有动静，没多久黑田就闯进来了。

黑田想说话，但肩头的伤疼得他眼前发黑，呼吸也因为跑步变得急促。

月岛挥手驱散了下人。

“真是副惨样啊，你的伤口没关系吗？”

“没什么大不了的，不过是绷带包得夸张了点。”黑田勉强站直身子说。

“濑谷怎么样？听说受了很重的伤。”

“是啊，但更严重的是精神上的问题，他本来就是神经比较纤细的家伙，战场上又有那么多死伤。”

“真是让人担心，要是我能去看他就好了。”月岛说着，垂下了眼。

“……我听说了，你打算一个人背负所有的责任。”

“嗯，所以剩下的就拜托你了。本来我想着，在樱花开放前把战争结束掉，三个人再一起赏樱花的。不过这世间总是不会让人称心如意的啊。我真的很担心濑谷，你要好好陪着他，拜托了。你的话，我想不论发生什么都会坚韧地活下去的吧。”月岛见黑田脸上咬牙忍耐的神情，握紧了拳头继续维持脸上的笑容，“什么啊，表情那么恐怖，你……”

“你可真是会打如意算盘！以后藩史上估计会写着‘主公的性命为月岛达也切腹所救’之类的吧，你只动了一刀就成了这场战争最大的受益者！”黑田急促地打断他，说的却是这样的话。

月岛冷下脸训斥：“黑田孝高！你已经不知道说话的分寸了吗？”

“我不过是说出别人不敢说的话！”

“你给我回去！”

“你死了一切都结束了，只要回归大地就结束了，就这么简单，痛苦的是留下来的人啊！”

“你要是为了说这种话才来的就给我回……”

“你总是这么麻烦！随便就把死后的事都推给我，就算你本人不在了，还会有回忆这种阴魂不散的东西！”

“你……”月岛的拳头松开了，“既然这样的话，我还要给你添更多麻烦！你从以前开始就不停地喜欢戏弄我，明明就很听濑谷的话，我的话你却置之不理！现在又来侮辱我！黑田你这个浑蛋！什么最大的受益者，在我面前的那是死亡啊！”

黑田安静了，他抬眼看着月岛。他上前抱住月岛。

月岛在他怀里也渐渐冷静下来，他感受到黑田身上灼人的温度。

“黑田……你发烧了啊……”

“是啊。”

“黑田，”月岛颤抖着垂下眼，“我不甘心。”

“我明白。”

“我很害怕。”

“我明白。”

月岛生出些勇气，伸出手回抱住他。

“黑田，这是多么不合时宜。”

从屋外吹进黑色刺骨的风。黑田说：“它来了就是来了。”

脑海里突然就钻出以前在佛书上看到的一段话。

“天寿既满，五衰之相自现。何谓五衰，其一，华冠自萎；”

黑田吻了他的头发，月岛自小身体不好，头发总是透着粟米壳的颜色。

“其二，衣裳垢坌；”

手触及月岛的腰带。白衣服不适合他，黑田想，他穿着那件墨绿色的衣服时最好看，当真衬得他如天人般肤若凝脂。

“其三，腋下流汗；”

黑田靠在他的颈窝，感到他的身体也发烧似的灼人了。真的能灼烧就好了，把这一切烙印成无法磨灭的烧伤。

“其四，两目频瞬；”

月岛的眼睫毛很长，他又总爱垂着眼，眼上便像栖息着折翅的蝴蝶。黑田亲吻了那只蝶，想着他若是不断眨眼，定是很梦幻的表情吧。

“其五，本座不乐。”

黑田再次紧紧抱住月岛。

黑田再醒来时阳光已经洒了一屋。他摸了摸眼角，又涩又疼，是干的。

天还是亮了，自己还是像往常一样呼吸。

接下来呢？啊，樱花枝的水还没浇，新研究的人偶也没做好。还有很多事。

这些理所当然、不为所动的日常。

尾

濑谷找到我的时候，我正准备去集市买些盐回来。

“黑田！”他激动地喊住我。

“是你啊濑谷，好久不见，你都长老了欸。”我吐出一口灰白色的烟说道。

濑谷瞪着我身后的小木屋说道：“让人担心也要有个限度啊！这几年你就藏在这儿吗？”

“别担心嘛，我平时会帮人修修钟表什么的，饿不死的。”

“真是的，你啊！”濑谷的怒气里更多的是无奈。听到身后有脚步声时他微微欠身：“抱歉，有客人在？”

“濑谷还是那么温柔啊，”我招了招手，那个小身影跑过来，“没关系的，是我的Hybird child。是我以前要做的那个人偶，如果倾注着感情养他，他就可以像小孩一样成长。这个是最初的试验品，进行得还不错。”

“这是人偶？人偶还能长大吗？”濑谷惊讶地看着他。

“按我的设计是这样的。”我抚摸着他的头，“因为既不是木偶，又不是人类，就给他们起了名字——Hybird child。”

看濑谷没反应，我便狠狠吸了口烟，接着说：“虽然我认真地照顾他，可他到现在都不会讲话，也不知道能回应到什么程度呢。”

濑谷只是盯着我身旁的Hybird child，盯着那张月岛的脸，说：“黑田，即使这样，月岛也不会回来的。”

“你不会以为我是忘不掉他才做个替代品吧！”我忍不住笑出来，“放心吧，我才不是那种情感细腻的人，就算做出和他一样的人偶，也只会吵架罢了。”

濑谷皱起眉头还想说话，却被一阵铃声打断。

“啊，估计是四谷财阀的人打来的电话，失陪了。”我往回走，“有好些暴发户不知道从哪儿听到人偶的事，想要买去玩玩。”

濑谷没作声，还是皱着眉。

我牵住Hybird child伸出的手：“所以说，我并不缺钱的，放心吧。”

“我还会来的。”濑谷留下这句话。

“岁月流逝是很可怕的东西，我连月岛的长相都记不真切了。这样的我又怎么可能会特意做他的替代品啊？”我对着随我去集市的试验品君说，可他像个痴傻儿童一样并不给我回应。我叹了口气，手搭上他的头，心想，他如果长不大也就算了，等我老了还可以这样当拐杖用。

途经一片含苞待放的樱花林时，我们忍不住停下来。

“听着，这是樱花，在它盛开的前一晚，也就还是花蕾的时候，是它的最佳观赏时期，看起来像片粉色的珍珠海……”我还没说完他就跑进去了。这是他第一次看见樱花，我决定先走了，随他什么时候玩够了自己跟上来。

没一会儿他就追上来了，手里还不舍地拿着一小枝花，另一只手用力拉了拉我的手。

我有些奇怪，停下来看他，他却垂着眼用花枝戳我的手。

“嗯？”

他又抬头看我，费力张合着嘴。

我突然反应过来，难道他会讲话了？

“风，吹，了，早，早，早……”我努力听着他破碎的词句，他顿了一下，继续说，“看见，折，断了，来，你，花，喜欢，欢，所以，”他抬起小花枝，“给你。”

回忆不留情面地扑打过来，我愣在那里，站到全身麻木，只剩眼睛不断涌出泪水。

Hybird child依赖主人的爱意成长，是主人情感的镜子。他映照出我的什么？

很多年前的下午，月岛的手苍白、幼小又冰冷。即使不停地奔跑着，他的手依然很凉，我焦急地想温暖他的手，小心不让他跌倒，就那么跑着。

我大概会把Hybird child一直做下去，他们也许都长着同一张秀气好看的面容。

即使这样无法挽回任何事。

非暧昧

文 / 王胜男

一直觉得“暧昧”这个词染出一片让人作呕的气息。

可林韵还是压住恶心把它用到题目里，把那些臆想的疼痛不断放大削尖，狠狠地插在心脏上。他说得对，她就是爱折腾，折磨自己，折磨他。

一

林韵的猫丢了。

放假一回到家她就开始找它，可它连着简陋的窝一起没了。林妈尴尬地笑着说：“送人了。”林韵的身体先消化这个消息，开始找车钥匙。林妈有些不耐烦：“别闹了，我真没空养它。”

“它是我的猫。”

林韵准备开门，被她妈拦住：“送回外婆的邻居家了，那么远，明天再说吧。”

凌晨一点多，林韵把猫带回了家。

在林妈琐琐碎碎的抱怨里，成团的酸涩充胀着她的胸口和泪腺。它比自己开学前胖了一圈，小胡须上沾着煤灰，眼角堆着两块风干的眼屎——这都没什么，可它的爪子因为陌生的恐惧深深陷在她的手臂里。

她的猫丢了。

眼角湿得难受，林韵努力睁大眼睛，手滑到猫颈间，那里柔软的毛被风尘和脏水染硬。

手一点一点用力。

两叶黑色瞳仁凝在一汪白里，那双干净的眼与另一双重合。

手一点一点软掉。

猫挣脱她的手疯狂地蹿进床底。林韵茫然地倒在床上，有中了邪般躺在河底的错觉，眼看潺潺流水，粼粼流光，落叶、浮木、空玻璃瓶，带着陈旧气息一样一样从身上流过去。她止住脑子里四面八方游走的思绪，承认自己是在想他。

记得他说扒着回忆不放是看不开。林韵起身打开电脑，开始敲击键盘。她要把回忆装进永远，哪怕它们会不厌其烦地伤到自己。

你从来就不理解这种自虐行为，就像你不理解我喜欢的那句："当人处在一种不能克服的痛苦之中，就会爱上这种痛苦，把它看成幸福。"

二

"你要看哪个？"大陆指着电影院门口的两幅海报问林韵。

她看着笑得五官比例失调的喜羊羊和一脑袋零件的光头大叔，指了指喜羊羊。大陆立刻一脸嫌弃，咂了咂嘴似乎想批判一下她装嫩，顺便规劝她看《机械师》——可惜被打断了——夏栩带着极具欺骗性的清秀皮囊出场。大陆见到发小后屁颠屁颠地去打招呼，打完招呼乐呵呵地去买票，把那张喜羊羊的票丢给林韵，留下一句"您自个儿去享受童年吧"，结果在看到夏栩那张《我爱灰太狼》的电影票后面如死灰。

"靠，你不看《机械师》啊！"

夏栩无辜地扇动睫毛："当然不是，我来看看真人版喜羊羊。"

林韵咧嘴笑了，原来这么无聊的不止自己一个。

进场前林韵去了趟洗手间，还在思考大陆从哪儿拐来这么个眉清目秀的发小，回过神时已经找不到电影票。今天大陆请客，她一分钱都没带出来。再三寻找无果后，林韵只好磨磨蹭蹭挪到大陆面前。

大陆还在试图说服夏栩放弃喜羊羊，抬头看见一脸便秘的林韵，眯着眼在她手上寻找一番后关怀道："你不会把电影票上厕所用掉了吧？"林韵"呵呵"半天呵不出下文，大陆连翻几个白眼——这是要开启怨妇模式。

她准备闭眼接受洗礼，夏栩及时把票递过来，随意一句："那就我请你吧。"

林韵感激地看向这个陌生人，瞬间觉得他帅到心尖上，尤其在损友大陆的衬托下。

这是初见。

你看，束缚我的记忆不过是十几行字的事。你装逼成功后，初三做同学的一整年里都在跟我讨电影票。

我忍不住笑出声，偷偷探出头的小猫吓得缩回去。

上一秒不断转进下一秒，再脱色成不断翻涌的回忆、零碎的对话、模糊的表情。我在这堆以你为名的沙砾里急切地寻找着完整的碎片。

三

林韵和夏栩僵持不下，大概一分钟后夏栩的手被死死压到桌上。他揉着酸痛的胳膊怒斥："身为女生你力气这么大会嫁不出去的！"林韵掰着指头冷笑："说得好像你掰手腕都这么弱还娶得到老婆一样。"

看着他一副男性自尊心受打击的样子，林韵转手戳了戳同桌的二头肌："你看人家的肌肉，再看看你那身无二两肉的受样，啧。"

"……当初看你那低眉顺眼的小媳妇样还真以为你是良家妇女呢！"

"你不也人模狗样的还真以为你翩翩贵公子呢！"

初三分班后两个人成了前后桌，臭味相投吆五喝六鸡犬不宁。

令林韵毛骨悚然的是，没几天夏栩就有了肌肉。他激动地撩起袖子炫耀，两眼血丝遮不住一脸得意。看着他的速成肌，林韵感到三观动摇。

好在世界是科学的，他的肌肉没多久又瘪了，而且整个人呈现出一种纵欲过度的状态。

这事在前不久的生物课上我得到了答案，听着老师说的"实质是水肿"，我笑得死去活来。我们已经很久没有因为对方笑了，所以我一直笑出眼泪才罢休。

值得一提的是，初三毕业前，他用了六个月把水肿变成了货真价实的肌肉。再掰手腕时，他把我的手死死压在桌上。

"现在你嫁得出去了，我也娶得到老婆了。"

"……滚。"

四

下辈子一定要做个男人。

每到例假林韵都会如上宣誓，导致它成为一种信号。每到月底那几天，夏栩就会奸笑着说："日子差不多了，你怎么还没喊？"

因为初次受了凉，林韵的痛经挥之不去，有次疼到巅峰时把自己的手臂咬得惨不忍睹。夏栩看得龇牙咧嘴："这么夸张？感觉你跟生孩子似的。"她瞪着眼，拉过他的手臂说："有种别动，我让你亲身体验有多痛。"

"啧，不好吧，生孩子得咬孩子他爸，你这样我以后很难做人的。"

林韵毫不犹豫低头张嘴，他立刻改口："有种你咬，情感学分析，一个女人咬一个男人是比接吻还亲昵的动作。"

尽管觉得他在扯犊子，但林韵还是放手了。

"那好吧，等哪天我俩老死不相往来了，你就让我咬你一口。"

"这什么狗屁逻辑……"

一直不会最亲昵，一直不会不往来。这就是我要的狗屁逻辑，是感情的一种罢了。

五

夏天里最黏腻的时候，林韵在周日偷渡了些啤酒进学校。

她没有喝醉，因为清醒地知道自己不想清醒。

酒流进身体，很多东西都浮上来。

“夏栩，我想到了我爸。”

“嗯？”他饶有兴趣地看着林韵，他无意间看到过她的学生登记表，父亲一栏空着。

“我爸每次喝醉都会哭，妈妈总会觉得很丢人，但现在我好像明白了。”

“明白什么？”

林韵没有回答，一手挥开桌面上的空罐子，有淡黄色的液体溅出来，稀疏地划过空气。

“发什么酒疯？”

“没，我们掰手腕吧。”

“不是不可以，”他叹了口气，难得正经地温柔，“你先把眼泪擦掉。”

直到我对着电脑快一个小时了却再也打不出一个字，还是无法相信——再也找不到成文成段的回忆。我怀疑了一下自己的记忆力和所执着的，最后选择安慰自己，是时间这个骗子把其他零碎的记忆碾成荧光粉末，把你包裹得温暖明亮，我在这样的骗术里痴痴不放。

中考后，同校不同班，无意间转向细腻的书信交流，絮絮叨叨都是新班级怎么样、你人又长丑了的废话。

后来你突然不再回信，在学校遇到我也是转身就走。接连几封信没有回音后，我便选择沉默，可情感还是喧嚣。

高一的暑假，外婆邻居家的老猫生了一窝猫崽，因为太多要扔掉。我刚好看到一只才睁开眼的，它的眼睛像你一样黑亮。我执意把它带回家。

现在连它也失去，在时间里躲了这么久，我想我该做点什么了。

关机，睡觉，我想我真的该做点什么了。

六

再烂的故事也得有结局，不能死得不明不白啊！林韵在去理科楼的路上想。

站在夏栩班级所在的走廊上，林韵准备请个同学喊他。班级里觉察到动静的夏栩抬头看向她，只是看着，不动声色。

他走出来，林韵问："为什么不回信？"

"不会回。"他闷闷地答道。他偏过头时，林韵发现他长痘痘了。

"什么叫不会回？是不会写字了还是怎么？"

他没回答。

"……你至少跟我说一声，突然就不联系了算怎么回事？看我自己跟自己过不去你就开心了？"

他只是沉默。

过去多久了？林韵恍惚间想着。和他认识多久了，疏远多久了。

"你要人陪、要人哄，我都给你了。"

林韵惊讶地抬头。夏栩避开她的视线，继续说着——

"说你是朋友我心虚，说你是女朋友我更心虚——你在用朋友的身份享受女朋友的待遇。"

她不喜欢这种气氛，太压抑，太暧昧。

"你在信里说，你把我当作青春。当时我就累了，我是个俗人，玩不来那么玄乎的情感。"

他的话让林韵措手不及，林韵看着他迎上自己的目光。

"林韵，你不过是在跟我玩暧昧。"

夏栩说过，她喝醉时又哭又笑，那样子丑得要命。所以她把头低下去，胸口起伏很多下才说出话。

"原来你不懂，你他妈怎么不早说？"

空气里只剩下两个人的呼吸声。夏栩轻声笑笑，抬起手臂开了个拙劣的玩笑："照你以前说的，要咬我一口再走吗？"

或许她愣了很久，她不记得了。意识回归时她的指甲深深陷在夏栩的手臂里——像那只恐惧的猫一样。

猫没死，夏栩的手臂没破。什么歇斯底里都会归于平静，什么爱恨缠绵都会止于离散。

"你听着，我从来没想过跟你玩暧昧。我……"

夏栩还在对着手臂上的指甲印出神。林韵压住哭腔，一把抹去悬在眼睛里的泪，再开口时只是说："夏栩，我有一只很像你的猫，它丢了。"

他的眼眶终于红了。

林韵转身走了两步后回头，身心疲惫。模糊的视线清晰起来，班级里觉察到动静的夏栩抬头看向她，只是看着，不动声色。

这下我们至少有结局了。

清晰的视线模糊起来，她把给夏栩的最后四个字小声念出来。

可惜没有风，带不过去。

相隔

上驴

文 / 何晓宁

当身体硬朗的许老头开始渐渐地忘记很多事情的时候，许小杰还清楚地记得，离开村庄的那年，他刚满十二周岁。那是他第二次爬上村头的老榕树。

村子里只有一棵榕树，生长在村头那条老土路的左边。大榕树挨着一个爬满野草的碾麦场。每到夏末收割麦子的时节，这里都会被石碾子滚得光滑平整。许小杰总爱和他的伙伴们来这里厮打玩闹，但他们从来不会爬上老榕树去玩。村子里几乎没有人乐意去爬那棵老榕树。虽然他们大半的人都爬上去过，不过那是迫不得已。因为只要爬上榕树，就必须沿着老土路的方向眺望他们亲人背井离乡的身影。背着宽大饱满的行囊，在坑坑洼洼的土路上颠簸行走，渐行渐远，直到那背影浓缩成一个黑点消失在土路尽头淡绿色的空气中，树上眺望的亲人才会抹着眼泪对着一树沙沙作响的树叶子虔诚地呢喃。

谁也不知道这个送别登“荣”的传统在榕角村保持了多久，大概从那棵唯一的榕树被栽下来开始就有了，可是谁也不清楚那棵榕树到底活了多少个岁月。但村民们始终深信不疑，在那棵老榕树上是有神明居住的，神明会庇佑村子里每一个外出打工的人。

许小杰第一次爬上榕树的时候还不到八岁。那年他送走了他的妈妈。爷爷告诉他，等妈妈挣钱了，会把他带到大城市里生活。可是妈妈一去不回。他等了一年又一年，终于相信那些村民嚼舌根子的闲话：妈妈拿着煤矿赔给爸爸的死亡家属津贴，跟着别的男人跑了。他问他们，妈妈到底跟着谁跑了。他们说，大城市里早就有个男人在等着妈妈了。他当然气不过，便从地上捡起一块砖头朝那些人砸过去。渐渐地，再也没有孩子敢跟他玩了。

其实在许小杰的心里，对爸爸的恨要更多一点。他是个赌鬼，又是个酒鬼。不管赌博输赢，都得喝个烂醉，然后带着浑身酒臭，从矿上一瘸一拐地跑回家。他活着的时候总是动手打妈妈，折腾得全家不得安宁，现在就算死了，还是不能让他和爷爷安生地活着。他生前欠了一屁股赌债，死后妈妈又带走了所有的抚恤金杳无踪影，每天都有矿上的陌生人闯进家里讨债。他们先是抢走了家里的自行车，然后是犁耙、锄头、铁锨，甚至连锅碗瓢盆都不放过。

那年冬天的一个早晨，天刚蒙蒙亮，窗外下着很大的雪。许小杰突然从睡梦中惊醒。他蒙昽中叫着爷爷，无人答应。迷迷糊糊地又看到坑上就只有他一个人，于是爬到窗户边用手掌擦了擦玻璃上的水雾。他隐约听到院子里一阵响动，间或有粗重的喘息声。窗外狂风呼啸，雪花横飞。西墙下的驴棚被掀翻了草盖，驴棚子里闪动着几个慌乱的身影。许小杰穿好衣服，走出屋子，这才听见爷爷惊慌的嘶吼声，像一颗颗炮弹，夹杂着暴风狂雪，无情地砸在他的脑袋上，把他仅存的那一点点安全感瞬间摧毁。他知道，又是矿上的那些二贼流子来抢东西了。爷爷正举着一把断了齿的叉头，惊觉地对着那两个人。驴子靠在爷爷身后的墙角，呼哧着白气，虎视眈眈地盯着入侵者。许小杰扭头冲进屋子，操起坑角的那根一米多高的捅火钳，恶狠狠地朝那两个人的脚踝扎下去。他动作果断迅速，凶狠而充满力量。那两个入侵者就这样毫无防备地栽倒下去，他们的脚踝开始在冰冷凝滞的空气中冒血。许小杰握着钳子对着他们目露凶光的眼睛，一步一步把他们逼出了门外。地上的雪已经积了厚厚的一层，他们各自拖着一只带血的脚掌狼狈地消失在风雪中。

许小杰打伤矿上人的事情很快就传遍了整个村庄。毫无疑问，他闯了大祸。矿上的那些二流子什么事情都干得出来，他们早晚会来报复的。村民们都很同情他们爷孙俩，劝许老头带着小杰出去避一阵子。家里所有的东西都被抢光了，连下地干活的农具都要跟邻里借。儿子死了，儿媳跑了，小杰整天又不能安心地上学，这个家实在是没什么好留恋的。

许老头满脸忧伤地瞅着这个空荡荡的家，终于下定决心带着小杰离开。

可是就在他们决定离开的那天清晨，陪伴了许老头十多年的驴子突然口吐白沫，毫无征兆地死去了。驴子撇着脑袋躺在棚子外，眼睛半闭半睁，弯针般的睫毛在寒风中了无生气地抖动。许老头一屁股瘫坐在驴脑袋边上。他悲痛地哭喊：“作孽呀作孽，毒死我的驴子，把我老头子也毒死算了。”他颤抖着干枯的老手把驴子浑身上下摸了个遍，浑浊的泪珠子啪嗒啪嗒落在驴毛上。许小杰被吓得木在原地，他拉着爷爷的胳膊，带着哭腔喊着：“爷爷起来，爷爷起来。”

或许从这天起，许老头才真正地开始变老。死驴的惨状就像一把烧红的火钳在他的心里捅了一个无法弥补的大窟窿，以至于带着小杰踏上离乡之路后，他总是一边骂着龟儿子死了好，一边念叨着自己那头毛驴的好。

许老头背着一个缝了两条牛仔肩带的尼龙袋子站在村头的老榕树下。袋子被衣物撑得找不到一处褶皱，悬出了他半个身子。从背后看去，好像一个长了双腿的行囊驻足呆立。许小杰把书包挂在爷爷的胳膊上，蹿到榕树的最高处向村子里眺望。

第一次爬上榕树的时候，他是向村庄外的那条老土路看的，他要送走一个人，他满怀希望。那年夏天，榕树的枝叶繁密，但他却可以看得很远很远。而现在，榕树的叶子已经掉光了，只剩下干巴巴的枝丫发愣似的杵向天空。他呆呆地朝村子里望着，他的眼光扫过大街小巷，扫过自己的家。他是第一个眺望村庄的人，因为他要送走自己，他简直在这里看不见希望。灰蒙蒙的天空中刮着西北风，他突然觉得眼前这个村庄的空气真是又冷又酸涩，都快把眼泪催出来了。

他从树上跳下来后催着爷爷赶紧走。他想快点摆脱这里。他对外面的世界充满向往。爷爷告诉他，他们要去一个叫龙潭的镇子，他们要去那里生活，不会再回来了。

龙潭镇是邻省的一个镇子，离他们的村庄有足足七百里路。许老头年轻的时候曾在龙潭镇生活过一段时日，那里有他的一个战友老王。许老头离开龙潭后听说老战友办了一家烧砖厂，生意很不错。他决定带小杰去龙潭，早已经为今后的生活做好了计划。

他带着小杰坐火车又换乘汽车，路上颠簸了两天才到龙潭镇。老王的砖厂还在，可是老王已经在前年就去世了。砖厂被老王的儿子看管着，庸庸碌碌，生意不振。许老头拿出十多年攒下来的所有积蓄在镇子上买了一个破旧的小院。许小杰被送到镇上的中学读书。许老头扛着一把老骨头去砖窑里做工挣钱，供小杰上学。窑上的那些男人看许老头独自一人带着孙子着实不容易，都照顾着他，总让他干些轻活。

许小杰对上学有一种发自内心的厌恶，他央求许老头带他去砖窑打工。许老头摸着脑袋对着铅灰色的云朵叹了口气，故作深沉地说：“好，那你就留在这里打工吧，我代你去上学。”许老头一个人在窑上干活，小杰实在是放心不下，每次一放学就迫不及待地拉着同班同学二饼到窑上给爷爷帮忙。

二饼是镇上有名的捣蛋大王。许小杰的新家就在二饼家隔壁，所以不到一个月的工夫，他们就从邻居迅速地结为死党，无时无刻不黏在一起。

镇中学的后门面对着一个正在施工的建筑工地。一天晚自习后，二饼召集了五六个人在学校后门的老槐树下商量他们的“拿铁”计划。许小杰在一边听得热血沸腾，这是他第一次参加他们的群体行动。二饼之前早就派人踩过点，工地上的格局半年多都没变过。他们绕到工地西南角那个废弃的厕所后，爬上那棵歪脖子的野榆树跳进干枯的茅坑。

看管工地的只有两个门卫和一条狼狗。狼狗在晚上是放养的，一听到动静便疯狂地嘶叫起来。二饼怀里揣了一个泡过白酒的馒头，叫上小杰，顺着墙根的荒草迂回到距离狼狗十几米远的身后，一个劲抛，馒头准确无误地落到狗眼下。二饼已经看透了这条狼狗的智商，对付它根本不用绞尽脑汁地想什么新奇的点子，因为同样的套，狼狗可以三番五次地钻进去。这次也不例外，狼狗舔着馒头的声音持续不到一分钟便没了动静。门房里亮着灯，传来叽里呱啦的电视声。二饼对小杰说，那两个老头耳朵都不好使，基本可以无视他们的存在。于是小杰放心地跟着二饼跑去堆放材料的地方。

一伙人心潮澎湃地搬弄着钢筋和模板，又用袋子装了几十斤铁扣，互相扛着抬着拖着溜出了墙。他们把这些东西搬去网吧换成了钱，互相分了分，各自开机器玩个通宵。许小杰从来不在外通宵，即便他迷上了上网，也都是白天和二饼一起逃课去的。他晚上必须回家睡觉，他得陪着爷爷。他拿着分给他的二十块钱拉着二饼回去了。他要把这些钱攒下来。他还准备在校外找份兼职挣更多的钱。此刻的他，心里正酝酿着一个计划。

很多个夜晚，等小杰安心睡下来的时候，许老头总是开玩笑似的说：“小杰啊，你有没有感觉自己变得越来越坏呢？”

小杰说：“我哪里坏了？”

许老头说：“好像是脑子坏了。”

然后他们爷孙俩都咯咯咯地笑起来。虽然小杰在学校的事情许老头从不过问，但是他心里一清二楚。

许老头又说："小杰啊，你有没有感觉爷爷越来越老了呢？"

小杰每次听到爷爷这么问他，总感觉一股莫名其妙的心酸。他把脑袋塞进枕头下转来转去。他说："爷爷，你放心吧，我以后肯定会挣好多钱养你的。"

可是以后是多久以后呢？许老头真的越来越老，怕是等不到了。不知道从什么时候开始，他总是忘记给砖机加水，忘记给浸泡过的黏土添加煤粉，忘记清扫传送带。他甚至记错了哪个窑烧着火，哪个窑很久没用了。他拉着一车晾干的生坯，在坑坑洼洼的场子里乱转。他一次又一次地把生坯砖下错了地方。他去集市买菜，拿了人家的东西就走，从来不记得要付钱。甚至有一次他走着走着突然发现找不到自己家了，他糊里糊涂地走到了镇子西头的蜂窝煤场。煤场的老张问他要买多少煤球。他说要一车。老张问他，现在是夏天，家里还生着炉子吗？他说，炉子早就不生了，家里用的电磁炉。老张又问，那你买这么多煤球干吗？他说，谁说我要买煤球了？你这奸商，又想骗我钱。老张觉得莫名其妙。身体一向硬朗、性格幽默爱跟人开玩笑的许老头在人们眼里开始变得怪怪的。

许老头在砖窑上的活被安排得越来越轻松，甚至可有可无。他只负责开关一些机器。那天因为忘了时间，提早把粉碎机里的黏土倒进了泡池，害得整个窑里的人白白忙活了一天。老王的儿子对他说："许叔啊，你年纪大了，该回家歇歇了，你看这个月才过了一天，我把这个月的工钱都算给你，你还是回家吧。"许老头时而清醒，时而糊涂，可是他心里清楚自己真的是越来越不中用了。他也不想再为难老王的儿子，留在这里给大家添麻烦，便拿着钱离开了砖窑。那天晚上他回家之前还去了一家小饭馆，硬要人家把他留下干活。他像一个许诺的少年一般使劲地拍着自己的胸脯说："你看我身体好得很，我什么都能干，我能洗碗能扫地还能帮你们拉砖坯子，你们就留下我吧。"许老头越来越糊涂，他甚至在下一刻就搞不清自己为什么会站在饭馆里。

许老头回到家尽量使自己保持清醒，显得与往日没什么两样。可不知不觉中，他的痴劲又上来了。正在吃饭的时候，他问小杰，驴子的草料给添了没。小杰抬起头，莫名其妙地看着他。他眼睛呆呆地瞅着窗外，脸上粘满了饭粒，嘴唇缓慢而有节奏地颤动。他开始自顾自地说着一些不着边际的话。他不断地说起他的毛驴，说起他当年骑着毛驴走遍十里八乡收芝麻的事情。他讲得绘声绘色。许小杰认真地听着，在他眼里，爷爷的经历就像一场传奇，曲折离奇。他甚至感觉到爷爷是在胡吹乱编。

许小杰渐渐地察觉出了某些异样。直到有一天一大早起来，他发现身子底下的被褥湿乎乎的，而且散发出一种古怪的臊臭味，他才警觉起来。是许老头尿床了。小杰愣在冰冷的空气中，胸口憋闷。他想起了当年爷爷抱着那头死驴哭天喊地的样子，让他害怕，让他惊慌。对他而言，爷爷就是他生命的全部，他不能失去爷爷。

许老头被确诊为重度老年痴呆症的那天，许小杰拉着二饼去了牲畜市场。他之前一直瞒着爷爷逃课在木材厂打工。他用自己攒下来的所有积蓄买了一头毛驴，跟爷爷以前的那头毛驴长得几乎一模一样。

因为许老头又开始讲述一个新的故事。

他说："我有一头漂亮的毛驴，还有一个乖巧的儿子，儿子用毛驴驮着我走了一个又一个新地方。邻里乡亲看见我们父子俩总是羡慕地说：'老许啊，你有个好儿子哟，你的毛驴很忠诚哟，你是我见过的第一个骑着毛驴旅行的人哟，把你到过的地方都给我们讲讲嘛。'"

许小杰把驴子牵到许老头的面前时，他一把抱住驴脑袋，兴奋得手舞足蹈起来。他对着空落落的院子高声地喊："你看，正说着呢，我的毛驴就来了。儿子，我们下一站去榕角！"

许小杰摸了摸驴屁股，戏谑地回道："没问题，爹，上驴，下一站榕角。您老可坐稳啊，出发咯！"

相隔

文 / 臧心韵

远航还活着的时候，我们这些男生女生总会坐在一起争论些永远不会有结果的问题。

那是我仅有的一次和王一菲领导的女生们坐在一起参与这样的争论，我们大家零散地坐在废弃的操场中央。女生好还是男生好？男女两派用最大的力气抨击对方抬高自己。我们的主力王一菲戴一只碎珍珠的发夹，斜斜地坐在最前方，男生的领导者叫李昨非，他们俩气势高昂地来回争辩，其他人都只是陪伴在旁边撑起他们两个的光芒。

我猜从夜晚的上空看操场就像是看一只冒着寒气的罐子，我们渐渐都感觉到冷了。那一群男生里忽然响起一个声音："我觉得女生也很好的，我就希望成为一个女生。"

以李昨非为首的男生是附近最犀利尖锐的一群男生，他们可以抓住别人任何一点小失误大肆嘲讽。但在这样的奇怪的背叛下，他们竟然全体失声，像是被莫名其妙冲撞得语尽词穷而不得不将所有的骄傲与戾气低垂下去。

夏天就是漫长在它的反复堆叠上，每个傍晚操场中央都自然而然地聚集起一群人。我不喜欢王一菲和受她颐指气使的女孩们，她们聚拢在一起不知道聊些什么的时候，我就一个人走上操场最边缘的一段楼梯，它依附在一幢破旧大楼的一侧，用几根柱子很简易地防护起来。站立在上面，想象中的雾气总是从不知何处涌来，令我居高临下得就好像在审视忙碌的一群演员。

楼梯吱吱响起来，一个比周围暗一些的影子向我走来，等到影子挪到我的面前，我认出了远航，就是上一个傍晚想要成为女生的那个男孩。我认识他，他总是一副柔软、缓慢的样子，喜欢和任何一个女孩慢吞吞地说话，一只手虚放在女孩的后背上，好像以此来表达亲切似的。

果然我的后背感到了一只手带来的热气，酥麻的感觉从我的脊背开始涟漪状扩散。我几乎不敢相信远航把手停在离我这样近的空气中只是为了对我说几句很普通的话。他问我："你见过流星吗？我昨天晚上看到流星了。"我大概不置可否地嗯了几声，远航就接着说："昨天晚上太安静了，我睡不着，就去看晚上的天空，结果刚刚爬到我们家的屋顶上，流星就出现了，你相信我，我连许什么愿都没来得及想，它就过去了。"

远航的手换了地方，他挽着我，从远处看，我们两个就像最普通的一对好朋友。"你怎么不和她们一起玩呢？"远航问我。我正在悄悄地把僵硬的胳膊抽出来，如果我直接推开远航，他该多么难过！不，也或许他不会有丝毫难过，但我还是决定不动声色地把手臂抽出来。

我和远航就这样从认识变为熟识了，我们的友情这样匮乏，朋友就像困在一个潭子里的死水，只要说过一句话的人就算得上相互熟悉。我熟悉远航之后，几乎每一天都能反复见到他许多次，但我从不主动同他说话，我们两个都保持着沉默。远航缓缓地走在路上，就像踏在一片棉花上那样轻柔，他带着他的弟弟，两个人闷声不语地向前走。他们太瘦了，眼睛也像公益海报上的孩子那样透露着一直往前看却什么都望不到的空茫。

从远航身边经过的时候，总能闻到一股厚厚的烟味。后来远航告诉我，那些像蘑菇一样从他身上不断窜出来的烟味来自他的爸爸，说话时他的手又挽上了我的胳膊："还有，那个小孩不是弟弟，她是我的妹妹，短头发，像男孩一样。我们家只有两张床，她就和我挤在一起睡，她睡熟之后总是哼哼地喘粗气，还会把脚搭在我的身上。我心里就想：'真可怕，我每一天都在想变成一个女生，可是一个真正的女生在我身边睡着了，张牙舞爪。我们两个活颠倒了，她做什么事都那么粗鲁，她应该是男孩才对。'每次她弄醒我，我都下床去看天空，我一直等着流星，真可惜，只看到那一回。"

真可怕，我也这样想。可我不知道究竟什么可怕，从来没有人对我说过这些。王一菲这样的女生，从来只夸耀女生的好处；男生像李昨非那样，也只会大喊："兄弟们，我们冲啊，今天誓要攻占女生的地盘。"

王一菲很快发现了我和远航越过她和李昨非成了能够说上话的朋友，她问我："远航和你说话的时候，是不是总把手放在你的背上？"我轻微地点了点头，算是对她最不屑的回答。王一菲胸有成竹地笑了："冉馥，你不懂得尊重自己，远航把手放在你的背上，就是想占你的便宜，我们都知道推开他，只有你，就这么任由他放着。"王一菲总有这样杞人忧天的想法，有一次我站在远处，听见她教那群女生："如果一个人和你站在一起，忽然俯下了身子，就说明他很可能要亲你了。如果你不喜欢他，就赶紧用脚踢他，或者拿拳头打他的眼睛。"

我气得不知说什么了，我想用脚踢王一菲，或者拿拳头打在她的眼睛上。可是她身后有三个女生，如果动手，我们就会像一群鸭子那样在众目睽睽之下撕扯对方的羽毛，我只好不停地往前走。前面就是一排破旧的房屋，我无处可去了，不能回头，只好爬到那段楼梯上，我一直待到晚上，连饭都没有吃。风从楼梯的底下顶上来，金属咔嗒咔嗒响，我心里只剩下了害怕，害怕塞满了我的身体。

我害怕王一菲那群女生走上来找我，也害怕她们不走上来，就如常地站在下面聊天争论；我害怕一整个晚上过去，自己像个傻子似的，一直坐在原地，也害怕风把老楼梯吹散架了，我就摔死在这里。

最后走上楼梯的不是王一菲她们，而是远航。都是因为他！我刚刚认清人影时，就在心里做好了决定：如果他再敢把手虚放在我的后背上，我就把他一脚踢开；如果他对我说的话超过了五句，我也要把怨恨都发泄到他的身上。

"你怎么不下去一起玩呢？"远航问我。

"一。"我在心里默默数着。

他把脚向前挪了挪："今天操场上要放电影。"

"二。"我接着数。

"不像在电影院看的电影那样。"

"三。"

“是一些人把很老的机器搬过来，放一些更加老掉牙的电影。”

“四。”

远航忽然不说话了，我们就这样相对看着。我后悔了，应当把标准定成三句话，那就不会像现在这样，我不能发作，只能用眼睛瞪着远航。

放电影的人已经来了，他们两人一组拖拽着巨大的银色箱子。远航还是走上来了，他的手越过肩头，马上就要虚放在我的后背上了。“我们俩还是朋友吗？”他问。

我大概把一整年的力气都用在之后喊的那句话上了。“滚——”我一边大喊一边流眼泪。几乎所有的大人孩子都围到楼梯底下了，我依然不断在喊，一直喊到快要断气。我不知该再喊些什么了，王一菲教女生们的话反而来回蹦跳在我的脑海里。我站起来，先用脚踢，然后握起拳头，拿拳头打在他的眼睛上。

我和远航早恋的谣言很快就飘荡在男孩和女孩之间了，大家都像春雨过后的第一茬蔬菜那样生机勃勃、气色饱满。我开始幻听，走到哪儿都听见形散神不散的一阵缥缈声音：“冉馥和娘娘腔早恋了。”

我大病了一场，清醒过来，我们全家人就已经搬到别处了。我乘车上下学，读完了小学最后一年。新学期开始，我和大操场周围的人们就彻底断了联系，能够传到我们这一区的消息绝大部分都是有关王一菲和李昨非的。比如李昨非统领他的兄弟们去打架，这次他没再喊“兄弟们，向前冲”之类的台词，他们沉着气向前走，合力把三个男孩打得头破血流；再比如王一菲杞人忧天，天就真的塌下来了，一次王一菲和李昨非站在一起，李昨非忽然俯下身子，把头低向王一菲，王一菲没像她说的那样用脚去踢李昨非，她甚至连拳头都没有伸一下。他们两个被附近的几个小学生发现了，却浑然不知，又若无其事地向前走去了。

我避免了和大操场发生过的任何事情重逢，生活得却一点不比从前开心，我和新学校的这一群女生又闹了矛盾，可我不能再搬家了，一而再，再而三，说明错的不是别人，错都是在我的身上。

我开始独自看书，走到很远的书店去，季节都淋漓尽致地融化在路途中。我常想起无关紧要的人，想着他们那么勇敢。那段时间有一种被框在格子里的特殊和平庸，我重复着每天应当做的事情，风迎着我向前走的方向吹来，我就生长出了想象中的长发，女侠似的漂泊来去。

后来，远航的风头简直大过了他们那一区的王一菲和李昨非。消息不断传过来，所有人都知道了，市北区的方远航，竟然像女人那样化妆，第一次他化了妆去上学，半路上被他的大伯发现了。后来他就偷来他妈妈每天用来打扮自己的那些宝贝，躲在学校对面的破房子里偷偷涂上眼影，他还抹口红，站出来就像一只鬼似的。

另一区传来的小道消息还提到，方远航差一点就亲手掐死了他的妹妹。夜深人静，大家都安安稳稳地睡觉，只有他走来走去的不安生。果然，有一天，大家继续安安稳稳睡觉的时候，他就把手掐向了他自己的亲妹妹。远航的妹妹被救下之后，远航就越来越过分，他不知从哪儿弄到钱，买了一身黄色碎花的长裙，不穿校服的时候他就穿着长裙四处游走。

远航刚穿上黄裙子不久，我的生日就潜伏在近旁，我已经在世界上度过了十四年，多么不易，我决定送自己一份大礼。《晚间新闻》的男主播恳切地向所有人保证，流星雨就要来了。这个秘密我没有人可以分享，于是就把它当作礼物送给了自己。我要去看流星雨。在这座城市里，我所能到达的最佳看流星雨地点，就在大操场旁的那段楼梯上。

楼梯扶手下的支柱已经纷纷松动，有几根彻底断了。远航站在楼梯的外沿，摇摇晃晃，好像轻得要被吹到地面上去。他看见我，身手敏捷地从支柱的断口里蹿回楼梯。我下意识地想转过身来逃走。“冉——馥——”远航却在吱吱呀呀的声音里大声叫我。

一踏上楼梯，那种变化多端的害怕就回到了我的身体里，我害怕楼梯倒塌，害怕楼梯下面活跃的人群，害怕劈头盖脸吹来的大风。

“远航，你也是来看流星的吗？”

远航把头向我这边偏一偏，他今天比任何一段时间都要正常：“我早就不看天空了。”

“今晚有流星雨啊！我在电视里看到的。”

楼梯早就停止了吱呀作响，我学着远航那样，把手撑在栏杆上。远航没有回答我，反而像我们还很熟悉那样开口：“你知道吗，我几天前在路边捡到了两株从花盆里摔到地下的天竺葵，我去买了盆，把它们养起来，现在它们活过来了。反正是两盆，你想要吗？我可以送给你一盆。”

远航送我的那盆天竺葵我一直养到十五岁，而那天晚上根本没有流星雨出现，可能我和远航是这个城市最善于犯下错误的两个人，一而再，再而三，错的当然不会是别人，错都在我们的身上。

我十五岁的时候，天竺葵枯死了，我下了决心要饲养一只鸭子做宠物。“哪里可以买到鸭子呢？”我问远航。“在市郊的动物市场大概就可以。”远航正在变声，声音哑哑的。他心里不情愿，可还是不得不随着别人的节奏发生变化。

我和远航就这样坐在车上穿越我们由市南市北组成的城市，远航坐在右边，身上仍然是挥之不去的烟味，他一如既往地瘦，烟草的味道像一支鲜少被战胜的军队那样横冲直撞。在这一刻，我反而觉得远航像一种天然的植物，生来就有一种忽浓忽淡的烟草味。我想，远航也没有什么不好的，我们也许可以做真正的朋友。

可惜我一直到现在都保持着胆小，这样想的一瞬间，从前那种无孔不入的害怕又钻进了我的每一片皮肤。我想起几年之前，远航虚放在我后背上的手，这让我几乎要趁车门打开的时候逃下去，可是除了远航，还会有谁愿意陪我坐这么长时间的车去买一只鸭子呢？

我不去看远航，只盯着窗外，后来反而是远航先开口说话了，他莫名其妙地扑哧笑了一声，然后对我说：“我们学校的同学现在都开始恋爱了，那天居然有一个女生给我写了情书，她是新来的转校生，不认识我。我吓坏了，也可能是太窘迫了，竟然直接大声问她：‘怎么可能，这是你写给我的？’她向我点点头，我反而不知所措了，就把她扔在原地一个人跑了。冉馥，你们学校也是这样吗？大家都在不断地谈恋爱，好像不这样就会死掉一样。”

我们学校是怎样的呢？我竟然完全不知道，那些成日待在春风里的人大概已经和我相隔很远的距离了。我忽然想起王一菲和李昨非，他们从叱咤风云变得几乎不在我们学校的小道消息里出现了。他们也是这样，简简单单就谈起了恋爱吗？我想问远航，却又不愿开口，显得我对从前那一区大操场周围的生活还念念不忘似的。

一沉默下来，我和远航之间就开始渐渐堆起尴尬，远航没什么事，我却开始不安起来，幸好车已经走过了通向市郊的大桥。我们走下去，整个喧闹的世界一下子蹦到眼前，动物的气味浮在空气中，整条街上的动物都病恹恹的，我们在街上来来回回地走，不死心地问有没有小鸭子卖。这样长的一条街上竟然没有一家店出售黄澄澄的鸭子，有的店主对我们的询问充耳不闻，有的探出一颗脑袋，告诉我们："夏天到了，天那么热，现在出生的鸭子哪能养得活呢？"

我阴沉着脸继续向前走，远航在后面问我："非要买鸭子不可吗？你去不去看那边卖的松鼠？或者买一只兔子也行，兔子总比鸭子好多了，放在家里，过几天就会健康长大了。"

"我妈妈最害怕松鼠；还有兔子，我从前养过一只，疯狂地啃笼子里的报纸，浑身都脏兮兮的，不一会儿全家都是兔子的味道。"我回答远航的同时，心里却忽然想到，生活里多了一只鸭子，又能怎么样呢？

我们又坐上车子摇摇晃晃回到市区的时候，连远航也不再说话了。我安安静静地坐着，闻周围遥远的烟草丛生的味道。我想起了一件事，有一天晚上，我趁大人们都睡了偷偷打开电视看《晚间新闻》，节目里说，有一座酒吧里接纳了许多变成了女人或者正在转变过程中的男人，他们掩人耳目地活着，靠给客人们跳舞、唱歌赚钱。女主持人带着满面怜悯说："在他们的生活中，兴奋和痛苦共存。"可我想，他们会有多么痛苦呢，能够比得上远航吗？如果让远航也像他们这样生活，那他大概会高兴得不行吧。

那天看完电视，我就决定要把这件事告诉远航，可现在我竟然不知怎么说出口了。我和远航默契地沉默了一路，直到从窗子里远远能看到大操场边那些垂头丧气的破旧房子，我心里莫名其妙的害怕好歹消散了一半。远航要下车了，我看着他走到前面去，肥大的上衣像是直接挂在他的骨架上似的，我叫住他："远航，你以后不要再翘兰花指了，我们女孩说话时也从来不这样。"

暑假过去，我只接着上了一个月的课就被通知可以作为交换生去邻市的中学读书。这是我从出生开始遇见过的最幸运的事，不仅仅是因为我能从我们市不入流的学校转到邻市第三好的高中直到毕业；另一个原因，除了我谁都不知道，人都会犯错，可只有幸运的人才配拥有改正的机会。

其他同学还在上课的时候，我抱着交换生的手续、材料走出学校，爸爸帮我背着宿舍里的东西走在后面，那是我第一次发现上午的阳光那样宽容。我和爸爸一起回到大操场周围，爸爸要去公司收拾他的东西，我们即将举家搬到邻市了，这是多么好的事情。我在楼下等了一会儿便开始四处闲逛，走到大操场的中央，我忽然看见楼梯上坐着远航，我向他走过去。他手里拿的东西让我吓了一跳，那好像是一根烟，又好像不是，阳光照在远航的手上，我们的距离太远了，我越想看，反而一片模糊，什么也看不清。

“冉——馥——”远航坐在楼梯上，一如既往地大声叫我。我想对他说点什么，比如问问他怎么坐在这里不去上学呢。可惜爸爸已经收拾好一切，走到操场上来找我了，他在我后面喊：“冉馥，咱们是今天夜里的火车，你再不走，就真的来不及了。”

到了邻市，好像奇迹一样跌进另外一种世界，新学校的女生都像恋人一样一对一对地厮混在一起。不可思议的是，我居然也有了一个对应的朋友，我们大概从不相互喜欢，却亲密得好像一个人似的，下了课我们就坐进校门口的奶茶店假装一起完成作业，或者挤在炸鸡店门口排队等一小袋油炸食品，这些事情就像橱窗里的表演那样，规矩整齐，却并不真切。

有一次，我正和另一个女生坐在奶茶店吃同一份冰激凌，忽然接到了远航的电话，接起来，嗓音沙哑，又摆脱不了远航特有的阴柔。他告诉我，上次在操场边的楼梯看到他时，他刚刚被退学，他们那个挺着一只大肚子的校长气势汹汹地告诉远航，如果是在远航的父辈们长大的七十年代，像他这样的人，会被判流氓罪抓起来，他的妈妈觉得脸面已经丢尽了，想要把他转到职高去，可他爸爸和大伯想让他继续读高中，执意去找了他们校长。现在远航又回到了学校，用他的话说：“和从前也没有什么不一样。”学校讲的课都很难，也没有什么其他人同他讲话，他像是一条轻飘飘的裙子，被随意搭在某把椅子的靠背上。快要挂电话的时候，远航继续用他婉转的嗓音对我说：“你以前总是莫名其妙地害怕，我现在有一点理解你了。”

高二夏天的时候，我回了我们的城市，毕业那年的夏天，又回去了一次。第一个夏天，我对养育我的城市就已经陌生起来，走在大街上就像是在旅行，看见什么都新鲜不已。有一次我甚至远远地看见了远航，他穿了一件崭新的格子衬衣，走路不再屈着腿，胳膊也很随意地摆着，不再像从前那样，急着放在哪个女生的背上，以帮助它的主人显示同类的亲近。仅仅从肢体上看，远航已经很像一个正常的大男孩了。我暗暗想，远航的这件新衣服上，会不会已经没有了那种长久不变的烟味？

之后的那个夏天，爸爸妈妈回到这座城市卖掉了我们家在市南区和市北区的两套房子，我们就要斩断自己与这座城市的联系了，我却一点都不惋惜，甚至连害怕都没有一点。八月是诗人的八月，我们全家人仅是像要牢记什么重要历史一般走遍了城市里与我们有过关系的地方；八月依然是诗人的季节，我们告别了带着韵脚的城市。

最后一次离开前，我回到了大操场，那里的楼梯已经不能使用了，先是松动的栏杆在一个晚上被人的重力整个扯了下去，没有人管这一截楼梯，后来楼梯的踏板也松动了。

我看见远航俯在楼梯的栏杆上，穿一条蓬勃的大裙子，笑嘻嘻地，对我扬了扬手。

直到最后依然没有人理会这段楼梯，就像从没有人在乎楼梯上挣扎过的人们。

终结

文 / 胡啸天

过了多久了？村子里一直都这么冷。这种日子我实在望不到头。但我能模糊地看到未来会有不一样的光景出现。这个漫长的时代快要终结了。

这种脚步越来越近了，我很高兴地告诉秦忆用不了多久这里就会改变的。可她却哭丧着脸对我说她闻到火葬的味道了，她问我是不是有人要被大火燃烧成灰烬。我说别怕，大冬天火是着不起来的，没有火就没有死亡。她说，不是的，不是的，张瘦子那团火就灭了，我觉得他要死了，他再也不会到菜市场读诗了——他说过诗是他的命——他的命没了。我一想也是，我已许久未见过张瘦子了，我觉得我们得去看看他。

张瘦子住在村子的最西头，那是村子里最冷的地方。以前倒是有几户人家，但都是一些上了年纪的老人，后来那些老人一个接一个都死了，就剩下张瘦子一个人，还有一大堆人们称作诗的东西。村子里的人都说诗不是什么好东西，他们说都是那些诗害得村西头一直冷得要命，只有把那些东西都烧了，村西头才能变暖，才能有生命存在。我和秦忆都不相信这些鬼话，因为张瘦子就在村西头活得好好的，他就是个生命。他的顽强令我咂舌，还有就是村东头就没诗那东西，可依旧冷得要命。

很多次我和秦忆看到张瘦子在一群人中间大声朗诵着那些诗，人们的脸立马就变了颜色，他们觉得张瘦子在骂他们呢。然后他们就拿棒子打他，拿瓦片掷他。看到他头上流出鲜血的时候，秦忆都哭了。我抱着她哄她。等她不哭的时候人群早就散了。我问她：你怎么了？他只是个陌生人啊，你干吗为他哭啊？她说：我从他身上闻到我太爷爷的味道了。我说：不可能的，你都没见过你太爷爷。她说：可是我知道他的味道，我从我爷爷身上闻到的，我太爷爷残留的味道，不会错的。我想也不会错。秦忆的鼻子从来都没有闻错过什么，有一次她闻到死亡的味道了，结果不久后村西头最后一位老人就死了；还有一次她闻到了花的香味，结果村子里的老树都开了花。听秦忆的爷爷说，那些树已经很多年没有开过花了。

多年前的村子是什么样子的？村子里的大人们怎么说的都有，但我觉得他们都在胡扯，因为他们也不老，那时候他们都还没出生呢。我猜真正知道的就只有村西头的那群老人，虽然他们什么都没说过，但我感觉很多事他们是知道的。

我第一次去村西头是和秦忆去看他的爷爷。不知道是不是有火炉的缘故，我没觉得多冷。我分明觉得那里比村子里的任何地方都暖和。秦忆说她看出来了，她看到我在听她爷爷讲话的时候眼睛里充满了火焰，那团火能把一整块冰瞬间烧为虚无。后来她从张瘦子身上也看到了这种火焰，他整个人都掉进了那种火焰，所以他到哪里都是充满激情的。

我想人们都讨厌张瘦子的这种热烈。这个突然出现的人总是像疯子一样从村西头发狂一般地跑来，然后癫狂地读他的诗，而每一次都会被一群人打。杀猪的朱刀子好几次都说剁了他吃了呢，周围的人都笑他说吃了张瘦子会变疯的。我和秦忆问她的爷爷：张瘦子是什么时候到村子里来的？她爷爷说：就是你们第一次来这里那天，你们告诉我有很多老树都开了花的那天。我是永远都忘不了那一天的。那天回去的时候我就被一群人围着打了一顿，似乎是说了一些什么话，天哪，我到底说了什么？

我一共只去过村西头三次，最后一次是秦忆的爷爷死的时候。村西头死人向来是引不起关注的，人们是不会去管那群该死的老头的。对，“该死的”老头，他们都这么说。那次我是陪秦忆去的，她老早就闻到死亡的气息了。我们眼睁睁地看着村子里最后一位老人闭上眼却无力阻止。我们没有在那里停留太久，因为我觉得那里一下子变得太冷了，我实在受不住了。

自那以后，秦忆很久没有闻到过死亡的味道了，可她现在说她又觉得有人要死了，这个人只可能是张瘦子，所以我们要马上赶过去看看。

我来这里的次数不多，每次都是匆匆忙忙的，都还没好好看上一眼就走了，现在我看到了这里和别人说的其实是不一样的。空气中满是冻结的气息，可我的身体不自主地肆意舒展着。我明白了这种冻结是与温度无关的。

看到张瘦子家的时候我吓了一跳，他的房子不是用泥土而是用一块块长条子堆建的。秦忆指着它们说，这些书他都读过。真正使我惊呆的是进屋子之后。屋子里什么都有，那个外表看起来矮小而荒唐的屋子里有各色各样的东西。我看到各种各样的树上栖息着各种各样的动物，还开着千姿百态的花。我把它们指给秦忆看，可她说什么都没看到。我急得大骂两声。秦忆说：你别生气啊，我闻到了，我闻到了生命的味道。

我们很着急地对张瘦子说：你快死了，你知道吗？他却仿佛事不关己，一句话也不说。他是什么时候开始变得这么不爱说话的呢？我想起他最后一次去菜市场的时候，我一直对我那天的行径感到懊悔。我记得我也加入了朱刀子那群人的队伍了。其实我本来是想阻止那群人打张瘦子的，可我鬼使神差地把手中的瓦片掷向了他。他直愣愣地看着我，眼睛里尽是震惊和恐慌，还有一丝丝的绝望，然后我就带着羞愧和懊悔跑开了。

现在我向他道歉，我看到他笑了。我知道他已经原谅了我那时的鲁莽，只是他仍旧没说话。

我们走的时候我向他要了两只松鼠。他高兴地露出了以往读诗的模样。我背着他给我的包裹和秦忆一起向他告别了。秦忆对我说她闻到了离逝的味道，浓郁得呛得她咳嗽了好长一阵。我回头看看张瘦子，我看到他正在把他的房子埋掉。

回去之后秦忆就生了一场大病，她说死亡的味道越来越重了，然后就闭上了眼。

我被她的情况吓怕了，我担心她会死去。我不知道怎么才能把她叫醒，我不能向村子里的那些人求助，自从他们知道我们两个去过村西头以后，他们就惊恐地把我们隔离了。我想我只好去找张瘦子。

我又一次去了村西头，可我找不到他的房子了，同样也找不到他。在他房子的位置上多出了一个凸起的坟。我知道他把自己和他的房子都埋掉了，他与那些诗一同长逝了。

村子里变得更冷了，所有人都待在家里不出来。我一个人守在秦忆身旁，她没有死去，她只是睡着了，即使现在天寒地冻，她依旧面色红润，呼吸均匀。我耐不住这种死寂，我想起了张瘦子送我的那两只松鼠，我赶紧张开袋子，却发现松鼠不见了，但是多了厚厚的一大堆张瘦子称作诗书的东西。我失落地将它们丢在一边，然后就去给秦忆唱歌了。

一天，我看到窗外有大火烧了起来，我看到朱刀子家的房子变成了一只巨大的狰狞着的火兽。他因为忍受不住寒冷就把能烧的东西都烧了，结果把自己家的房子也引燃了。村民们没有一个人帮朱刀子救火，他们只是围着他家的房子欢呼雀跃，享受着这难得的温暖。

从那以后，每天都会有房子着起来。很多人都知道那是朱刀子干的，但是他们不去阻止，那些房子早就被烧掉的人看到别人家的房子也燃成灰烬时显然很高兴，那些房子没被烧掉的人也愉快地享受着那些温暖。总有一天，他们的房子也会被烧掉的。我担心朱刀子会在某个晚上把我的房子也烧了，那还不如我自己烧了呢。但显然我还没有烧掉房子，我支个火盆烧了桌椅和一些其他的东西，然后又去烧那些诗。屋子里渐渐暖和起来了。当我把最后一本诗丢进火堆的时候，秦忆醒了。她捂住口鼻大哭起来，她说她闻到了终结的味道。她不停地打我说："你怎么能把这些诗烧掉呢？这可是我太爷爷留下的唯一的东西啊！没有它们，这里的一切都会完的呀！"我忙给她擦眼泪说："你别哭啊，我都记着呢，我把它们都背下来了，现在我就背给你听。"

当我朗诵到"大火不能将我烧成灰烬，焚烧只能成就我的永恒"的时候，最后一本诗烧得正旺，火光中，看到了张瘦子，我看到他欣慰地一笑，然后就闭上了眼睛，和最后一缕烟一起飘散了。秦忆说她又闻到了她太爷爷的味道，所以她也笑了。

我继续大声朗诵着诗，那两只小松鼠又出现了，紧接着还有各种各样的树和各种各样的动物，房子里变得像当初张瘦子的家那样，秦忆说她也看到了。

村子里所有人都看到了。我的房子的房顶被一棵参天大树捅开了，然后它一直长啊长，把天捅出了一个大窟窿，里面照射出久违的温暖的阳光。我高高地站在树杈上，所有人都张大嘴巴望着我。他们离开了那最后几座正在燃烧的房子跑到我这里，震惊地看着这怪异的画面，尽情地享受着这里的温暖。然后跟我一起大声朗诵着那些诗。村子里骤然变化，温度一节一节地往上升。那些矗立多年的树木喷涌出了大片大片的生机，千奇百怪的动物都大声地歌唱，整个村子变成了一朵肆意舒展开来的花。村民们个个都来了劲，像当初的张瘦子一样疯狂地朗诵。他们说："冬天已如此漫长，春天还会远吗？"

"不会的，"秦忆说，"我闻到了春天的味道，这个时代终于终结了。"

不如不见

文 / 李乃琛

我来到了宋子晴的城市，在不怎么熟悉的帝都，在王府井的繁华里路过，我一刻不停地缅怀，我们是怎么分开的。

我比约定的时间早了一会儿，在咖啡店里坐定，服务员过来问我点些什么，笑得露出了虎牙。她的话里捎带了点儿可爱的京片儿，我想一会儿见到宋子晴，她大概也会说京片儿了吧。

我对着咖啡店的单子踌躇了好久，最终也因记不清宋子晴的喜好，而只给自己点了热可可。想着几年前我还对此如数家珍，至如今，它已彻底被我塞进了记忆的犄角旮旯里。

我把自己放进了咖啡店的沙发，闭着眼怀念穿着白衬衫校服的我们。

我从来不是个靠谱的人，跌跌撞撞走了狗屎运才上了省重点高中之一，初中的我浑浑噩噩，高中的我亦是如此。

区别在于，初中我只认识了一个铁哥们，高中我认识了好多个。

宋子晴当年和我是上下铺，我们一起睡了三年，睡到了全世界都知道宋子晴和叶小珺是闺密。

刚上高一那年，我和一个瘦瘦小小的小男生做同桌，见证了文文绉绉的小男生慢慢地原形毕露，成了我的哥儿们，他是老陈。

当年我们三个就像三剑客，连参加学校的歌唱比赛都是一个组合参加，很可惜我们海选失利，可这并没有影响我们铁哥儿们的情谊。我向来活得像个男孩子，为了证明我的女子身份我才留了长发，可看起来这并没有什么用。我的朋友们大都和我是哥儿们关系，我觉得像闺密一样腻腻歪歪互相猜忌其实挺没劲的。

宋子晴其实是我人生中的例外。

我从来没有想过我们人生的不同路其实在高中的时候就决定了，那时候只懂得傻玩，现在想想确实傻得可以。

三剑客后来变成了四剑客，在高二那年。那年我再次走了狗屎运，荣任我们班的纪律委员，从此成为一个奶妈一样的人物。高中生普遍青春期，谁也不听谁的管，谁也不吃谁的气，导致纪律委员的工作其实是帮助违纪的同学疏通各种关系把事情兜住不再上传下达。

班长也干这个活，所以我和班长建立了深厚的革命情谊。班长是个女汉子，可以拍着桌子指着全班人的鼻子骂。我其实挺喜欢这样的姑娘的，没有小女孩气。

她是阿楼。

我们四个，除了宋子晴以外，都是那种出了名的脾气烂，宋子晴是天生的软脾气，从来不和任何人置气，但也有自己的底线，这种人往往人缘好得出奇，这更加反衬了我们的不堪。好在我们三个都知道自己的脾气很烂：我脾气躁，很容易生气；阿楼性格比较尖锐，像一个国王；老陈性格孤僻，只和我们三个玩。所以，在面对在乎的人，比如彼此，我们都会尽量收敛。而宋子晴就像一汪清水，包容了我们所有的锋芒。

一直到高中毕业，我们都处得很好。连去吃个饭都要挡着路并排着走，后面的人越生气，我们四个笑得越开心。

我知道这样不道德而且幼稚，但是青春期的孩子喜欢的不就是幼稚吗？

变化大概是从高中毕业开始的吧，其实在某种意义上，这是可以预料的。

宋子晴是理科学霸，顺顺利利地从我们高中保送到了帝都，在我们拼死拼活地拼高考的时候，她已经从马尔代夫以及巴厘岛转了一圈回来了，晒出了骄傲的古铜色。这是她成功的人生起点最美好的烙印。阿楼是文科学霸，占着我们文科的保送名额，也保送到了帝都，在我们拼死拼活地拼高考的时候，她在学校拍了一部微电影，拍了一部纪录片，放到淘宝上赚了一笔自己学校亲学长学姐的钱。我对自己的状况非常了解，我学习不如阿楼，努力不如宋子晴，所以我选择了艺考，在寒假就确定了自己的方向，毕业以后升上了魔都的大学。最后是老陈，老陈不仅性格孤僻，而且不喜欢学习，所以他毕业以后没上大学，留在我们的泉城，加盟了统一银座。

我们是这么分开的。

其实大学的时候我们也聊天啊、打电话啊，但毕竟见面少了，没有了天天的good morning kiss，我们就开始怀念。

怀念在日子里变了味。

我有的时候躺在我宿舍的床上，围上床帘以后，在黑不溜秋的小空间里想，我凭什么和他们这么好？明明我们有这么多的矛盾。

当年我和阿楼几乎天天吵架。我受不了她的脾气，我觉得那是颐指气使，她觉得我固执己见，我们每天都在吵架。

我和老陈的矛盾，其实从来没有说出来过。我和老陈玩得最铁，所以我其实待他最好。他逃课，我跟老师说他病了在医务室；他难受，我装病去医务室骗药给他；全世界都嫌他不合群，只有我陪在他旁边，我在他最尴尬的时候拯救了他。但有时我觉得他待我不够好。这和爱情其实一点关系也没有，只是女孩子对于家长里短的特殊要求，只有在这个时候我内心的女孩子才被充分地叫醒。

我和宋子晴，其实就是一个青春期的孩子和一个长辈一样的关系。那时候我总是叫她“妈妈”，“妈妈”“妈妈”地叫个不停。而她真的像一个妈妈一样早晨起来叫我起床，督促我学习吃饭练声。我们最大的一次矛盾，是因为我们学校的留日计划。我非常喜欢日本，所以当我知道我们的留日计划的时候我非常兴奋，敲定了一定要去。但是我的家长、老师都持反对意见。我那个时候一意孤行，我觉得我是追求梦想的一匹孤狼，实际上我只是一个一意孤行的野狗。我以为宋子晴是支持我的，但是她后来花了一下午给我发了一条一千多字的短信，告诉我不是的，她并不支持我去。她觉得不适合我。我觉得她是在妨碍我。

好在后来我们说开了。

不只是我，他们互相也有矛盾。

这样想着，其实我们的关系圈也并不是很好，只是……只是那个时候我们没有别的朋友，只能拼了命地把朋友圈维系下去，当大家都为之努力的时候，才能促成我们幼稚的青春期友谊。

那不是所谓的革命情谊，那是黑夜中的光明。

我看了看表，已经超过我和宋子晴约定的时间半个小时了，她依然没有来，我抬手点了第三杯热可可，在氤氲的甜香中，揉了揉额角。

那件事犹如一场噩梦，现在噩梦又回来了。

先前我有一个学长，比我们高一级，学习好得很，还是双语班，后来是他们级部第一个被保送的，也去了帝都。他喜欢阿楼，喜欢了很久，就是因为他追阿楼，所以才认识了我。我从小是被爹妈兄长一起疼大的，进了寄宿学校着实不习惯，后来认识了他，他代替了我的家长，在学校照顾着我，所以我对他是有着特殊的感情的。当初我要出国，他也劝阻了我，他跟我说他就很不想出国，出去了才知道家有多么好。后来知道阿楼也去了帝都，我还特别兴奋地跟他煲电话粥，说：“学长啊，阿楼她去找你了，你等了这么久，终于有结果了。”

学长在电话那头笑了笑，说那真是太好了。

他是那种很憨厚老实的山东汉子，长得也有点儿小帅。

好像是大一那年暑假，抑或是大二，记不太清了。

那时候我们还没有分得这么彻底，只是许久没有见面了，老陈给每个人发微信，说这么久没见面了，聚一聚吧，哥儿们挣钱了，到时候可劲儿吃，哥儿们请客。

我回他：“哟，陈哥请客哪能不赏脸啊。”

于是我们四个在泉城的一家烧烤排档坐在一起，起先是很高兴的。

我和宋子晴一起调侃老陈：“这么多年没见，老陈你挣了大钱，就请我们吃排档啊？”

他只是喝酒，接了一杯又一杯的扎啤，喝得满面红光，看着是真的高兴。

我看向阿楼，我说：“你和学长怎么样了啊？”我以为以学长的努力，追上阿楼应该不成问题。

阿楼抬头看我，没什么表情：“我拒绝了他，他出国了。”

我心里的火，对她积蓄的不满，一下子发作了。现在想想当初也有点冲动。我说：“你凭什么啊？他明明这么好，还等了你这么多年。”

“你这样说不是很奇怪吗？我又不是活该要喜欢他。”阿楼用留长的指甲戳着面前的烤翅中。

“那你也不该伤他啊，他这么喜欢你。如果不是你伤他，他不会出国，他明明最讨厌出国。”我为我的学长打抱不平，宋子晴在桌子底下拍了拍我，示意我别说了。老陈仰脖把半杯扎啤灌进了胃里。

也许是大家都喝了酒，酒精在胃里发酵，才惹出了这么大的祸端。

阿楼说：“那跟你有什么关系？”她面无表情无所谓的样子反而更加激怒了我，印象中学长追她总是小心翼翼的，他是个极端温柔的人，能容忍阿楼所有的小脾气，每天晚上发短信督促她睡觉，陪她一次又一次地走过教学楼到食堂的林荫大道，斑驳的影子洒在他们的白衬衫上，明明是这么地好看。他温柔之际，却从不强逼，他不用喜欢做威胁，只是对她好。所以我一下子站了起来，揪住了阿楼的头发。

她在大学留了长发，看起来有了几分女孩子的样子。

她也急了，本来都不是脾气好的人，我们之间隔了一张桌子，吵得乌烟瘴气。

老陈放下了扎啤杯，拦住她，说好好的日子别打。不知哪里惹到了她，阿楼盯着老陈的胳膊，看着他拦住自己的动作，突然说：“你一直偏向她对吧？”

老陈声音一下子拔高了一些：“偏你丫啊！我哪次不是拉架的？”

我这时候也松了手，低头整理衣服，对阿楼说：“你别把火撒给别人。”

阿楼声音也很大：“别人？你们一直把我当别人！”

“娄霄你今天过分了啊。”老陈叫了阿楼的大名。

“我过分？陈晟你睁大眼睛看看现在是谁过分。到底为什么啊？你们一个一个都针对我。”陈晟是老陈的大名，念书的时候我老嘲笑他，问他和吴广是不是一对，起义为什么没成功。

“为什么？”我笑，这时候吵架吵得气喘吁吁，说话也慢了，“因为你独断，说白了就是自私。”

老陈扯了我一下：“你闭嘴，今儿我请你们是为了高兴。”

“你看看他向着谁啊，娄霄？”我这样说。

“向着我又怎样？”阿楼手撑着桌子，拿了一瓶冰啤酒直接仰头喝，被老陈截了下来。

宋子晴一直在我旁边站着，终于插上嘴，通常我们吵架她都拉架，她性格软了一些，很少跟着我们一起吵：“到底为什么会变成这样啊？不该是这样的啊！”

我们三个一起静了静，我们知道她说的不是这次聚会，她说的是我们。

阿楼眨了眨眼睛，夜太黑我没看清她脸颊上的是汗还是泪。是汗吧，这么热的天，我的眼睛都潮潮的。

“早该这样了不是吗？如果没有你和老陈，我是不会和她做朋友的。”阿楼指着我说。

“我们是过吗？早在高三的时候我们就不是了吧？”高三的时候我们疯狂地吵架，也是因为学长，那时候她责怪我不和她站在同一条战线，反而跟学长玩得很好，我觉得她很自私，即使她不喜欢学长，也碍不着我跟学长玩。

“我看今天喝多了的是你，过分的是你。”宋子晴转过身来对我说。

我的鼻子一下子酸得要命，我想我大概是哭了：“宋子晴，你向着她？别人不知道，你还不知道吗？是她先走的。”

“咱能想点好吗？原来那样不好吗？我们四个又何必这样呢？”宋子晴也快哭了，她的声音有些颤抖。

“怎么了，你也插一脚？”老陈冷笑着看宋子晴。他今天喝了好多酒，我们桌子上摆了很多空瓶子，他还不断地从扎啤桶里接扎啤。“我告诉你宋子晴，你也择不出去！当年我没考上大学，嫌弃我的只有你。”老陈眼睛通红，不只是因为喝了酒，还因为生气。

“我没有，我从来没有嫌弃你，我只是生气。”宋子晴说。

那时候的事我是知道的。当年老陈没考上大学，请我们三个一起商量对策，只有宋子晴没去。后来的聚会只要是老陈在的，宋子晴都没去。我问她为什么，她说她很生气，高考前她每天都督促老陈学习，他自己不喜欢学，现在他高考失利，她觉得她很失败。

其实宋子晴才是我们四个里面最好的那个，她从来没有讨厌或者嫌弃过我们，她从来都是希望我们过得好，过得非常非常好。

“算了吧。”我在周围的一片狼藉里拎出了一个干净的椅子，坐下。我其实很疲惫，加上喝了酒，我的脑子就像要炸开一样。我说：“咱们再也回不到以前了，坐下吃个散伙饭吧。”

又是一片寂静，看热闹的人们也都收回了目光，我们坐在狼藉里互相看着对方。

老陈突然扯了句粗：“我靠！当我今儿多事！以后别见了，再也别见了，都别见了！没意思了！都这样了还有什么必要啊，散伙吧！”他猛地踢了一下椅子，给老板扔下一沓现金，走了。

我和宋子晴看了一眼阿楼，也走了。

过马路的时候我看了一眼阿楼，她慢慢地蹲坐在地上，好像是哭了。

最后是一片狼藉，酒瓶子碎了一地，分道扬镳。

回忆到这里断了片儿，我盯着面前凉透了的咖啡，抹了一把渗出眼角的泪。

我看了一眼表，她已经迟到一个小时了，我们今天约见面其实也没什么事，就是想叙叙旧，我不太想等了，给她发了一个短信，说：“算了吧。”就开始收拾东西。

看到隔壁桌有个人在玩手机，有短信“叮”的声音，她面前也摆了一杯咖啡，好像是抹茶奶昔，猛然想起是宋子晴喜欢的口味。那个人看了眼短信，也开始收拾东西。

到了门口的时候我回头看了她一眼，却是宋子晴，我们两个对视，哭笑不得。

我们约在了咖啡厅，离得很近，各自为自己点了一杯喜欢喝的，忘记了对方爱喝的，在这么近的空间里，没有发现彼此，放了对方的鸽子，回到了自己的生活。

这是青春期的结局。

最后我们相遇在咖啡店的旋转门门口，她长发齐腰，变了很多，戴着圆框眼镜，她对我笑了笑，说："好久不见。"

我想起了许多年前，夏日的夜晚，我们躲在同一个蚊帐里。两个年轻的生命，在黑夜来临前，给了对方一个温暖的good night kiss，然后心满意足地坠入了黑暗。

我也对她笑了笑："是啊，好久不见。"

背信者与救赎者

亲眼目睹

文 / 李梦媛

“该死的，这是这个月的第三起了。”爱德华警官压低了黑色的礼帽，灰色的眼睛机警地盯着四周。六英尺高的爱德华身形消瘦，因此显得格外修长，细长的鹰钩鼻使他的相貌显得机敏、果断，下巴方正而凸出，说明他是个非常有毅力的人。

清晨，伦敦的天还是灰色的，多塞街刚下过雨，就好像茅盾在《子夜》中描述的那样：“变成了浓雾的细雨，将五十尺以外的景物都包上了模糊昏晕的外壳。有几处耸立云霄的高楼在雾气中只显现了最高的几层，巨眼似的成排的窗洞内闪闪烁烁射出惨黄的灯光——远远地看去，就像是浮在半空中的蜃楼，没有一点威武的气概。”

窗外有惨淡的路灯，几名年轻的警官正在几平方米的老式租房周遭走动。爱德华环视房间一周，然后走到尸体边蹲了下来，从风衣口袋里掏出尼龙白色手套，掀起了白布的一角。

“爱德华，有什么发现吗？”体态臃肿、满面油光的乔治上校踱步侧身从窄小的过道里走进，他伸出粗短的手指，揪住了他浓厚的髭须，整个人就像是那些内阁中高官厚禄的权威人士。

“玛莉·珍·凯莉，二十五岁，妓女。金发碧眼，英国人。因为六个星期未缴房租，房东发现时就死在床上。子宫和肠子都不见了。是开膛手。”爱德华右手扣住礼帽的帽檐，转过身和身旁的年轻警官小声交流几句，“目前有X个目击证人。”

【邻居玛伦大妈】

真的是见鬼了，我才刚收齐屋子里乱七八糟的旧报纸，还没来得及洗个手。据说楼下那个妓女死了，真的是作孽。那个外露的女人，几乎天天在酒吧玩到深夜，回家总是把门“咣当”一拍。

灰色眼睛的高挺的警官，真是像极了我那个在特恩厄姆工作的小汤姆，只好把灰擦在围裙上，我还是伸手握住了他的手。

“我住在玛莉楼上。昨晚大概八点我还看到她。当时我还在收那些雇主的衣服。那盏该死的路灯到现在都没有修好，我就看到了她正在桥边上和一个穿黑西装的男人搂搂抱抱。

“他们一直亲亲抱抱到了十点。嗯，我看到她穿着一件黑色皮衣和一件小黑裙。当时我还在和我儿子汤姆通话。他遇到了些伤心事。

“后来十点多我就睡下了。因为我睡得比较熟，所以什么也没听见。

“如果先生您有机会，一定得叫人修修那些倒霉的路灯，实在让人很困扰。”

【邻居莉齐寡妇】

“九点的时候，我就卧在床上，当时外面的路灯打得我在屋里也看得清楚。我当时在看我死去丈夫的照片。”我零零碎碎回忆了一下昨晚的场景，“我大概一直到十一点都没有睡觉，但是在凌晨的时候听到那个玛莉总算回家了，因为门是砰的一声阖上的，把我给惊醒了。”

被这么几个警察盯着，我很不习惯，视线不自主地往窗户下面的路上看过去，白教堂周边因为出了几起事件，所以很多人不敢出门。我搓了搓冰冷的手，然后把深褐色短裙上的褶皱一点点抚平，拉紧皮衣的领口。

“昨天晚上好像还是蛮安静的，嗯，但我迷迷糊糊听到一声喊叫，后来还夹杂着桥上一条流浪狗的声音。但是，原谅我，我就只有一个人，也不能做些什么。好在只有一声，我就当是那个不检点的女人的无病呻吟了。”

一个年轻警察正在一脸正经地记录着，我感到心里有点慌。

“莉齐太太，您真的确定自己晚上在家睡觉吗？”一个身形高挑的男警官说。

“嗯。”我做出不屑的表情，有些不耐烦地站起身送这几位年轻警官出去。

【玛莉的同居人汤姆】

玛莉……我的玛莉竟然死了……抑制不住的哀恸从心底浮上来。哦哦，天哪，我还记得昨晚玛莉的脸，我在特恩厄姆，朝思暮想着她。她就像是在花园中独放的玫瑰一样。都是我的错，我昨晚没有和她住在一起，天哪，在白教堂那个地方我竟然让一个女人独自回家，我真的是罪不可恕啊！

我觉得好像整个人挨了重重的一击，疼痛继而麻木。好像是心上划了一道口子，血哗啦啦地往外流。就在昨晚，就还在昨晚，我和她还在酒吧里面，我们点的都是蓝色妖姬。玛莉很喜欢蓝色鸢尾花，她还穿了一条美丽的蓝色长裙。哦，真的，她当时还说她要好好地爱我。

“酒吧的舞池很乱，但是我的眼中就只有她。我不在乎她是不是妓女，哦，我是真心爱她的。

“我送她回家的，我们关系一直很好……我打算向她求婚。昨晚……大概十点多吧……我们是吻别的。”

之后是一片让人窒息的寂静。我真的无法面对玛莉，也真的无法面对妈妈。要不是因为昨晚玛莉……拒绝了……

【桥洞下的乞丐约翰】

这里是伦敦东部的白教堂管辖范围，最近的治安越来越差了。传说中的什么杰克在四周犯案。我倒不担心他对我做什么，因为我们这里有很多人。

昨天晚上，我本来还在桥上吹风，就看到一男一女出现在巷子里。那女的身材窈窕，男的显得有些矮矬。好像是男的想求婚。哦，可惜那个女人还是没有答应，男的抓着女的石榴裙央求了很久。那可真的是一个水性杨花的女人。

后来我就回去了。

再晚点的时候，就听到了塞姆的叫声。我本来以为是有陌生人了，但它马上又不叫了。现在我都没找到塞姆，不知道它又跑到哪个旮旯里去玩了。

【老黄狗塞姆】

啊呜，汪汪——汪汪汪汪汪！啊呜——

【玛伦看到的黑西装的男人】

I am Jack.

背信者与救赎者

文 / 邵蔚

我睁开眼看见的第一件事物就是冷光灯。刺眼，然后右边的瞳孔尽职尽责地自动调整好通光孔的大小，能透进来的光线就刚好合适了。我仍在不娴熟地调试右眼的焦距，这东西真麻烦。这时候冷冰冰的声音突然响起来：“喂，03-A。”

为什么是冷冰冰的声音？我对于自己大脑里迅速生成的形容词感到迷惑。我搜索完新植入的数据库里“冷”和“冰”的含义，确信这是由于冷光灯和没有看到来人的脸的缘故。

“03-A，这是你的代号，恭喜你挺过了重造手术。以后，你的生活会很精彩。”浑身上下全副武装在白色防护服中的人只露出阴森森的绿豆眼，防护服上零星的血迹让我意识到我刚刚动过一个手术，一个幸运至极的手术。他把“精彩”两个字咬得很重，听起来有点……滑稽？我有点想笑，但是大脑右半边的处理器找不出笑的理由来。我就这么僵硬地躺着，在手术台上，处理器和左半边大脑一片混乱。

我被推出手术室，打零工的小护士推着我的移动器，眼里满是惊恐。如果一定要找出某种比喻来——就像是在小熊饼干里看到一只死蟑螂——处理器给出的鬼东西。

我希望有谁能提供给我一面镜子。事实上确实没有人。

我的大脑还不能很好地从麻醉中恢复过来，大致搜索了现在的情况，筛选出几个关键词：尼古斯、再造人、半机械化植入手术。

移动器被吞没在走廊的尽头，一扇崭新的门打开。

“欢迎你，新同伴。”

我打赌这人一定是个出色的男低音。

我姑且自以为判断是正确的。其实我从头到尾都错了。

而此时处理器的电波终于趋于稳定，和我左半边的脑电波契合。我可以逐渐驾驭住新机体，但是我还没办法操控自己的命运。

“我是02-Z，你的前辈。”

我这才清晰地透过改造过的右眼看到，一个高大的再造人，我的同伴，我的同类。他的再造机械左眼暴露在外，告诉我他是右脑改造人，机械化装置植入右脑，控制经过机械化改造的左肢，而保留人类正常的左脑功能和右肢生理功能。而我的出现，代表着半机械化植入技术开始了一个新的阶段：左脑植入阶段。

而我终于可以开口要一面镜子了：“抱歉，请问能给我一面镜子吗？”

“在那边。”他指了指墙角一个堆满杂物的箱子。

我回过头去，才发现这个屋子里并不只有我们两个。

他们胸前的电子码让我毫不费力地得到了他们本不打算带给我的自我介绍。

02-X 02-M 02-R 02-P 02-G

我不仅是这里唯一的03系列的再造人，也是这里唯一以女性身体作为基础的再造人。在这个年代，无论是女性外表的重自控化智能机器人还是再造人都不多见。

“我们这里的家伙很少照镜子，大概一年一次吧。”他们中的某一个人说。

我没空回应他的嘲讽，在一堆储能罐空瓶中扒拉出一个碎了三分之一的镜子。

镜子里无神的人类银灰色左眼和暴露在外的机械右眼相比脆弱得不堪一击。机械右臂隐藏在仿真皮肤之下，只需一个指令就可以触发弹出。

“博士说你的机械眼可以收回机体，能否演示一下？”

他的话丝毫没有请求的意思，不过我搜索了一下数据库的机体使用说明，还是照做了。

收回后，右眼看起来像正常人类的一样，虽然收回机体后原有的功能就无法发挥了，像瞎了一样。

“欢迎你。”刚才说话的那家伙嘴角抽了一下，表示他礼节性地笑过。

我在气氛怪异的房间里浑身不自在，不过处理器很快发回了措施：习惯就好。习惯了才有鬼!

我很快就见到了他们口中的博士，秃头，我们的造物主。

“服从。”这是他所说的一堆空话里的主旨。

我的处理器记下这些鬼话，然后指引我的机械右臂签下我的代码，和我原本的名字。

Ayers，听起来已经是很遥远的呼唤了。

第一次任务的指派表示他们完全没有留给我适应新机体的时间。毕竟和我签下卖身契的是暴力大本营尼古斯而不是慈善机构。而这个年代的慈善机构也不过是个把屠刀藏在圣母像胸膛里的大屠场。

而任务就是刺杀这个屠杀场的屠夫之一。

我通过追踪定位，锁定了目标。

这位肥胖病的典范，割下的头颅如果用作榨油出油率可达50%的屠夫先生，惊恐地看着我。

“你是智能机器人，还是再造人？”

“对你而言，都没有什么区别。”反正他是会死的。

然后他就死了。

我收回体外的机械装置正打算离开，突然警觉巷口处有人。处理器估算了一下形势，给出先发制人的指示。我转过身打算启动移动器的悬浮飞行功能冲过去制服他，那人却先我一步开口了：“主的法则保佑你，我的孩子。”

处理器分析给出这人有精神性疾病的猜测。我不想理会嗡嗡运作进行复杂又白痴的运算的处理系统。

“法则指示人类生而追寻自由的逻辑，法则是万能，是造物主，是宇宙的意志，诸神的内在。”

他身着白色的正装，几乎是一个世纪以前的款式，双手合十，表情如同阵痛时那样严肃和真诚。

我对这个神奇的生命体产生好奇。他像是夹在时间的断层里，时间和混乱似乎不曾把他叫醒带入现代社会。

宇宙法则是万物的本原，这是半个世纪前的学说，曾轰动一时，被奉为绝对真理，它为奄奄一息的宗教界注入了新的可能。一个集政治、军事、宗教于一体的团体就出现了。直到后来一场浩劫席卷了所有物种，把一切人类社会的产物扔进搅拌机里筛选，在那之后，这个团体和宇宙法则说就销声匿迹了。而基督教神学重回大地，傀儡般支撑起一个虚伪的框架。

事实上，处理器只不过给出了几个关键词，但是我仅存的人类右脑发挥了强大的语言功能。

现在我开始庆幸，我的语言逻辑是自由的。

其实我仍然觉得这一切都很扯淡。

“我并不相信，”我冲他挥舞着机械手臂，“我不相信宇宙法则的存在，如果它连我的存在都不能解释清楚。”

“我的孩子，存在是不需要理由的。法则自会给你应有的庇护和怜悯。”

我并不想赞同把法则看作有自主意识的精神体的想法。庇护和怜悯往往是软弱无能的伪善说辞。我模糊地想起一些久远的事物，像从汪洋大海里捞出一片浮藻，比如孤儿院刷得煞白的通电围墙和只能看不能吃的放在高高的玻璃储物架里的零食。

对话没有进行下去的必要，于是我听从了处理器的差遣，掉头回归总部。

最后我听见那人叹了口气。而处理器分析说那人终于咳出了一口痰。

对我而言都一样。

之后的几次任务这家伙都会出现，适时地。

“快说，你把跟踪定位器安在哪里了？”

他摇摇头：“不，孩子，我不是凭借仪器找到你的。”

“你有千里眼？”我皮笑肉不笑地开了个古老的玩笑。

他继续摇头，没有要告诉我的打算。

变故却在这一刻出现。

机械枪弹出的声音从四面八方传来。十个智能机器人把枪对准那人的脑瓜，下一刻那人的脑浆应该就会在空中迸溅开。

“不，放下武器吧，可怜的孩子们，法则赋予你们自由的意志，并不是要你们与它为敌。”

我猜那些智能机器人的处理系统正齐刷刷地表明这人有精神疾病。

“我说，宇宙意志就是人类意志，宇宙法则就是我们的法则。也就是，我们的意志才是一切。”

秃头博士打开隐形移动器的舱门：“与其相信那破玩意儿，我更愿意相信上帝的存在，因为上帝就是我们，上帝的意志就是我们的意志。是我们创造了上帝。”

那人摇摇头：“不，不要执迷不悟了。你已经背弃了你的信仰。但是倘若你愿意，让法则之光照进心扉，你会得到救赎。”

秃头笑了笑，那是我见过的和处理器数据库里最艰涩的笑。

“不，你才是最初背弃信仰的人，同样也是被救赎的那个人。”

然后那人脱掉了一身正装，从阴影的庇护下走了出来，露出银灰色的瞳孔，露出和我一样的机械手臂和机械眼。他胸前的电子码让我一惊——01-A。

01-A对着秃头开了一枪，与此同时，十个智能机器人对着01-A开启扫射装置。清脆的断裂声和沉闷的组织破碎声回荡在狭小的巷口。

无奈也好，迷茫也罢。一切告一段落了吗？

我回到再造人基地的时候，那群同伴正在讲故事。

02-Z面部表情夸张地讲述他未改造前的学生时代和小姑娘相处的故事，过于浮夸的面部是改造手术的后遗症。“那时候我还没说话，她就扇了我一巴掌。”

“这就是你和幼年女性人类相处的故事？”

“是的。”

我放声大笑，而后意识到他们都不怎么觉得这好笑。

02-Z面部扭曲起来：“不要露出那种人类一样的浅薄表情。”

而此时我终于发觉我的错误了。再造人眼中的自己早已不是人类，而是一种介于机器人和人类之间的奇怪的东西。我不再觉得02-Z是个男低音，因为他什么都不是。

而我又是什么？

2135年，是人类史上最具毁灭性的浩劫。

而始作俑者，是人类。

宇宙法则学说的极端统治使得相当一部分人类从心理上丧失了能动性。所以当电子风暴从形成到席卷全球的时候，大多数人是放弃了抵抗的。大部分人的观念是：存在的意义无论是什么，最终都要走向毁灭，而这一切都由法则来操控。说白了就是听天由命。而也有这样一部分人求生意识强过信仰。他们研制出具有抗电子风暴性能的机器人建造防暴避难所，尔后使用大量的人体作为改造人类自身体质以抵抗电子风暴影响的试验品。再造人就是在这样的背景下出现的。那是第一代再造人，编号01-□。这个系列只有26名再造人，但就是这样一群再造人发挥了至关重要的作用，启动了拦截装置，消除了电子风暴，救下这少部分人。当信仰者悉数死去，法则的光芒也就不存在了。尼古斯组织在废墟上建立，把上帝的统治又叫了回来。而这次的上帝，其实是人类自身。暴力组织丛生，黑手党遍地，当人类变得目无信仰、只相信自己的时候，这的确又是一场浩劫了。

我坐在基地的档案库里查阅资料。再造人之父和尼古斯组织之父：尼古拉·安德鲁。第一个再造人：艾伦·安德鲁。而他们都有一双银灰色的眼睛。艾伦在尼古斯组织建立不久之后叛离了。动机不明。下落不明。

而现在一切都明朗了起来。

暴力的源泉被掐断，无论是信仰者还是背信者，都走向了终结。而这个时代会被终止吗？

远不会。

我等待着另一场劫难的救赎。

而这个时候我终于想起来了我是谁。

艾尔斯·安德鲁。

阴谋，是贯穿人类历史始末的关键词。

我仍记得，那时的天空很蓝，父亲带着我去参观他的秘密基地。

一架巨大的装置，对准很美很蓝的天空。

“想不想看看什么叫电子风暴，艾尔斯？”

“好呀。”

然后他就启动了装置。这个时候，父亲露出他的机械手臂，激动地朝着天空挥舞：“看哪！我们的时代就要开启了！极端法则的虐待就要终结了！”

反正之后我就再也没有见过那么蓝的天空了。

父亲叛逃之后，我被除名，被送进了育孤所。在那里我度过了生命中第一个四分之一，也就是五十年。然而当他们考虑03系列的时候，又想起了我。

命运往往都不是由自己控制的，但是起码我们可以满腔热血地唾弃它。

我摘掉处理器里原装的芯片，替换上经过改造过的。现在，处理器终于不会和我的右脑乱打架了。

我透过基地的防护窗向外看，外面的夕阳是灰橙色的。我回想起一个背信者和一个救赎者的故事，长长的，复杂的。更确切地说，是两个背信的救赎者企图互相救赎的故事。

承光

文 / 史恒瑞

后天七月半，是鬼节呢。

小心啊，小心啊，今日百鬼出游，很容易见鬼呢。

铃铛红绳什么的，就不要戴在身上了吧，会把它们招来的。

八字轻的人，晚上最好不要出门，当心被欺负。

天气再热也不要下水，它们会跟你玩游戏，一不小心命就玩没了。

…………

对了，好心嘱咐了你那么多，你也送我一点东西吧。

后天晚上，到海边放一艘结实的纸船，船头要写我的名字，船尾要放一盏莲灯，船舱里，务必放一碗人血，要新鲜。

好兄弟 顾承光上

这都什么和什么啊？我怎么会惹上这个“好兄弟”？！它倒是不见外啊，每次和我通信都要吃要喝，今天要猫脑子，明天要蛇胆，这次更好，竟然要一碗人血！

我到哪里给它弄人血去？莫非要自己放一碗？

就着屋里暗淡惨白的灯光，我拿起那张纸条从头到尾仔细重读一遍，仍然什么都没看出来。纸条潮乎乎的像是浸了水没晾干，但上面字迹很清晰，黑色的手写字倒还挺拔。

我是在自家计算机桌上发现这张纸条的，而在我早上出门之前桌子上还没有它。门自然是紧紧锁好的，窗户——我撇了撇嘴，我租住的这个六平方米小房间根本没有窗户。本来是有一个的，让我找来几块三合板钉住了，板子之间的缝隙仅能确保我不会憋死。房东曾多次暗示她想让我滚蛋，因为我把墙上砸得到处是钉子，还把屋里弄得又潮又暗又脏；而我之所以到现在还没有滚蛋，完全是因为房东也明白这样的房子只有我这样的人才会租。

我捏着纸条在木板床沿上坐下来。四张了吧？都是顾承光留的，内容无非是说一些神神道道的禁忌，再要吃要喝。

说到吃喝，我发现我还真有点饿。看看手机都晚上七点了，我也懒得下楼买东西，就从计算机桌上那一堆“产品”中扒翻出一塑料袋剩油条维持生命。油条是早上买的，啃一口下巴都累得慌。要说做人做到我这份上，还不如个鬼。鬼，例如这个顾承光，最起码还有像我这种出于畏惧心理供它吃喝的㞞货；而人，例如我，却没有本事吓得一只鬼来给我送晚饭。

门缝里突然透进一线橙光，走廊的声控灯被一串有气无力的脚步声惊醒。声音由远及近，最后在隔壁门口停下了。“楚楚，是我……你开门见我一面啊楚楚……你说你把锁都换了，干吗要对我那么绝情呢……开门啊……”声音简直称得上伤心欲绝，宛如鬼哭。

与之形成鲜明对比的是他的砸门声：砰！哐！砰！哐格里哐里地哐……震得我头痛欲裂。

其实隔壁那个叫楚楚的妹子也很可怜，只身一人来这里打工，住在这么个破房子里，还交了这么个浑蛋男友。她的房门本来是木头的，被她男友砸烂后自己掏钱换了个铁的，即便这样门框上还用胶带缠了一层又一层，防男友胜过防狼。他俩有时候好了就住在一起，隔着一道墙向我传播不良信息；有时候闹翻了，我就得隔三岔五听一场打击乐伴奏的哀号。如此说来，其实我也很可怜——我连女朋友都没有呢，所以我并没有太多闲情去可怜他们。

我在噪音中躺下来闭上眼睛。我当然不可能跟老板请一天假守在家里等顾承光现身，也没有意向放别人或自己一碗血。我想跟顾承光谈一谈。如果它真的是鬼，我希望它是那种通情达理的鬼，在理解我的苦衷后可以放过我，去缠那些饱食终日、无所事事的有钱人。

然后我就睡着了，手里捏着那张纸条，嘴里叼着半根油条，下巴酸疼酸疼。

凌晨三点左右，百年不遇地，我自然醒了，在一堆亮晶晶黏糊糊的口水里。

灯忘记关掉，我的眼睛一时睁不开，皱着脸心疼这几个小时浪费的电费。等到眼睛完全适应了，我又开始算计着跟顾承光谈一谈。现在天还未明，不过也快了，时候正合适。

毕竟这种事，还是越早办妥越好。

作为一名终日累死累活的小推销员，我对于宗教以及鬼神之事一向是敬而远之。干这个活要厚脸皮，丢掉人品，节操无底线，而信仰这个东西是让人变得高尚的。我不排斥高尚，但在抽得起“中华”之前，我的高尚只会让我满心羞耻，最终饿死。

那么现在问题来了：我该怎么联系上顾承光呢？

我知道现在有很多神乎其神的通灵游戏，像“碟仙”“笔仙”啥的，可我并不很相信那个。那些办法总透着一股邪乎劲，别介鬼还没招来，我先被瘆死了。思前想后，我决定采取最简单粗暴的方式。

我把电脑桌上的杂物统统扫到一边，抽出压在键盘下的另外三张纸条，与手中的纸条一起按顺序摆好。为表示尊重，我还从公文包里掏出盒皱巴巴的“红塔山”，点了一根放在桌沿上。觉得心中的虔诚已经差不多满格，我深吸一口气，双手合十闭目喃喃道：“好兄弟顾承光，你……在吗？”

没有回应，旁边公路上驶过一辆汽车，不远处的酒店门口有中巴发动机持续而低沉的轰鸣声。

我定了定心神继续喃喃：“那个……我就当你在了啊。你看你到我家来这么多趟，我也没给你倒杯水，那个……对不住，对不住啊……”

墙角一只蛐蛐突然叫了几声，屋里太静，这点儿动静竟吓得我一哆嗦。

“兄弟，你也看过我家了，破得很，这还是租的，不是我的。我呢，就是一个小推销员，公司生产什么我推销什么，一个月也就混出个房租吃喝……那个，兄弟能看得起我，我真是不胜荣幸。可是，我说兄弟，你看我虽然有心好好供养你，可是实在……实在没有那个能力啊！”

这段话说完，我后脖子上已经出了一层汗。正要抬手擦一下，却觉得浑身一凉，寒毛全竖起来了——有风！

这绝不是自然风。这风给人的感觉阴森森的，虽然不大，却冷得很，像是从一个大冷库里吹出来的。

是鬼来了吗？

我能听到自己的心脏在腔子里怦怦作响，活这么大岁数，终于知道啥叫怦然心动了。出于职业习惯，我是越紧张说话就越顺溜，如今紧张到极致，一张嘴便是一片落花流水：“哎哎哎，我说兄弟你可别生气啊！咱们有话好商量！你看我也不是成心和你作对，你之前要蛇胆、猫脑子，我不是也乖乖地给你弄了吗？不过你这次要的可是人血啊！当然，我不心疼自己那碗血，可是兄弟你得为将来打算啊！跟着我有前途吗？没有啊！我连自己的前途都看不到啊！……”

我这都说了些什么？

但下一个瞬间我就住嘴了，因为一张纸条突然贴在了我的嘴唇上！

手指抖抖索索地把那张纸条取下来，眼皮抖抖索索地睁开，似乎连眼珠都在颤抖。纸条同样是潮乎乎的，上面只用深红色的颜料写了两个字和一个标点：找死！

一个冷战从脚底心打到天灵盖，纸条从指间落下，在还燃着的香烟上烧成一团火光，也不知怎么那么易燃。对此我的反应出奇地快：向后倒，拉过被子全身裹住，团成一团，抖。浑身出了三层冷汗，大脑是彻底空白了——虽然我胆子也不算小，但这种邪乎事真落到自己头上就和胆量没关系了。真见鬼了！这次是真的！那么一张纸条就拍我嘴上了！上面还有字！还血红血红的！

结果由于精神太过紧张，我抖着抖着就又睡着了。

六点三十分，手机闹钟负责地把我叫醒，我从被子里探出头，觉得有些懵懂，好像做了一场咒怨式的噩梦。

失神地坐起来，我看到桌子上整齐排列的四张纸条，桌沿上熄灭的香烟，以及被烟头烫出的一个小黑斑。

把脑袋再次埋进被窝里，我突然觉得心很沉，屋里很黑很闷，连空气都冰冷而潮湿，快要发霉了。

这个世界并没有因为我见鬼而改变多少。在炎炎烈日下骑着电动车的我竟然很安心，因为此时此刻我周围的一切——阳光、蝉鸣、冰棍儿、汽车喇叭、挥洒臭味的垃圾箱、蚂蚁一样煞有介事瞎忙的人群，都带给我一种“活着”的真实感。我仍然不喜欢他们，也不喜欢现在的自己，但我喜欢活着，而且这种喜欢在见了鬼之后愈发强烈。我也不是因此就对生命多出了几分赞美，之所以如此矫情，我想我大概是受刺激了。

鬼说我找死，但我要求生。

于是在结束一天的敷衍后，我把电动车存在公司里，家都没回就奔李叔的门头了。李叔大名李卫国，法号冲天子，自诩“冲天道长”，真实身份是个三分真七分假的老神棍兼盗版光盘贩子，单身。他的门头和我家隔了两条奇长奇窄的小胡同，我每天上下班都要路过那里，偶尔看到几个满脸衰相的人出入。他能有多大本事，还真不好说；不过我也就认识这么一个神棍，事到如今，死马当活马医吧。

李叔就住在门头里，我到时他正在吃饭。倚着那个塞满了光碟盒子、油渍麻花的玻璃柜台，我尽量详细地说明了来意，语气压得风平浪静——怕他趁机加价。李叔也是脸熟我，一边听一边头也不抬地吸溜方便面，还不时用筷子后端挠挠大腿；待我说到见鬼一节，他突然把头抬了起来，两只眼睛贼光四射：“你见到‘它’的样子了？”

我摇摇头：“没，就看见张纸条。”

李叔干脆放下筷子站起来，也倚到了玻璃柜上：“那纸条呢？”

我眯起眼思索了一下：“当时……我一紧张，纸条落到烟头上，烧没了。”

没想到李叔听了这话突然就拉下脸来，一甩胳膊开始收拾残羹剩饭：“哼，你娃娃莫要和老道我耍滑头！烧没了……你当我是闲得么得事情做，来听你说故事？”

我也有点急了：“我哪有闲心讲故事啊？真的就是这样，你要没办法，我去请别人了。”

李叔身形一顿，端着泡面汤慢慢转过身来，盯着我的眼睛看了半天，冷不丁又大笑起来："哈哈哈哈……娃娃急了？莫急，我老道哪里会没办法？你等我一哈，我去取点东西。哈哈……"他一边笑一边朝屋后走去，笑得太厉害，一只手抚着胸口。傍晚光线昏暗，我愣愣地目送李叔离去，就觉得他一举一动都如此诡异，说不定也是一只流落人间的老鬼。

百无聊赖地收回目光，我开始研究玻璃柜的内容来打发时间。柜台一角摆了一堆药瓶，我只知道那个葫芦瓶子里是速效救心丸，好像还有一些治肾的。看来李叔撸得也不少，我有些不厚道地想。柜台第一层是新来的一些光盘，各国大片都有，外包装工艺精良，堪称良心之作。

等我把第一层的光盘都研究完了，天也已经黑透了，却还不见李叔回来。摸索着扯亮头顶二十瓦的小灯泡，我想，再这么等下去，鬼不弄死我，我就先被饿死了。于是朝后门走了几步，唤道："李叔？"

没有动静。

这老神棍就算真没办法，也不至于吓跑了啊？我摇摇头打算离开，可一种说不清的感觉又把我拉了回来。又前进几步，我再次呼唤："李叔，你掉到厕所里了吗？"

黑暗中传来一声颤巍巍的呻吟。

我沉默了一下，随即迈开大步奔出后门——李叔出事了！

屋后是个十分勉强的小院子，四周被破房子遮得严严实实，地面铺了层碎砖，后门旁的电灯让我模糊看清了趴在院中央的李叔。李叔的大背心外披了件抹布样的道袍，我把他像掀锅盖那样掀起来，就见他面色苍白，嘴唇青紫，双目圆睁，一只手捂着胸口，另一只手还捏着一柄拂尘——这是犯病了啊！我想起那堆药瓶，这时就听见李叔从牙缝里抖出的一声："救……哎心……丸……"

我立刻转身冲回屋内。

从医院出来时，已经九点多了，然而我还没吃一口东西。

身上的钱都给李叔交住院费了，也罢，反正饿过了头。发善心也是要付出代价的。

此刻我的心情十分微妙，经过李叔的门头时看了一眼那扇紧锁的铁皮门，门框上贴着缺了横批的对联。我突然想去念一念对联上写了什么，随即又否决了这个想法。

我不想把身边的倒霉事都和那只死鬼联系起来，但又无法不往那方面想：怎么李叔早不发病晚不发病，偏偏我去找他捉鬼时他就发病了？这是否是顾承光给我发出的警告？如果是，那我就太郁闷了。接下来我该怎么办？按纸条上说的乖乖放血，还是找个更厉害的神棍？

郁闷地走进灯火昏黄的小胡同，郁闷地踢开脚下一个矿泉水瓶，郁闷得想要仰天长啸——却被拦在面前的几个壮汉生生惊了回去。

为首的壮汉光着膀子，身上文得像个赖皮葫芦，仰着脑袋从鼻孔里骂出一句：“我X你爹！你那狗腿不想要了？”一边发型酷似光头上扣了半个烧饼的壮汉也阴阴地笑道：“兄弟，大晚上的乱踢瓶子，你想干吗？”我下意识地后退了一步，就听得耳后传来一声怒吼：“挑了事儿还想跑？！要么你小子跟咱玩玩，要么赔钱！”

我一脑袋头发根儿全立了起来：已经有十多年没碰上混混了吧？今儿这是犯太岁了？自知一场恶战是逃不了的，于是我侧身贴住墙壁，两手握拳做好抱头准备，小声哼出俩字：“抱歉……”

烧饼头伸手拍拍我的肩膀：“不用那么紧张，我们也懒得打架，请哥儿几个吃顿夜宵，这事儿就算了了，啊，哈哈！”说完，他直接把我壁咚在了墙上。我苦笑了一下：“大哥，我不是不想请您吃饭啊，问题是我连晚饭还没有呢……”

“没吃？那就更好了，和我们一块儿吃啊！吃完了再跟哥乐一乐，哈哈！”其他几个壮汉也跟着坏笑起来。鸡皮疙瘩自脚指头上生起，我怀疑这已不只是一场恶仗的问题，我的贞操要就此了结了。

突然，我后脖子上一凉，浑身都僵住了——有风！

这感觉给我的印象太深刻了，那种仿佛能刺到骨子里的阴寒，能唤醒人体内最本能的反应：抖。他奶奶的，又见面了！

我想我身后一定是出现了什么，因为我清楚地看到烧饼头的脸开始抽搐，然后他退下了，他的同伙也退下了。我的心情再次微妙起来：虽然运气差得想呕血，但也许这次鬼能救我。

僵持片刻后，不约而同地，他们惨叫着朝胡同口狂奔而去，而我则是扑通一声跪下了。

胡同里瞬间安静下来，太静了，好像连响彻整条胡同的虫鸣都被按了暂停。阴风一阵阵抚过我的脖子，我突然开始想念那帮混混——我身后那位得狰狞到什么程度啊？白眼珠子？大长舌头？一身血乎淋拉的白袍子？

我不应该跪在这里，我应该逃跑，可我连站起来都办不到。

而下一秒，我想我看到了顾承光。

和我脸对脸站着的，是一个约莫十岁的男孩，我跪着刚好能与他平视。他盯着我的眼，我也盯着他的眼，愣是盯出了一份含情脉脉。良久，他不再对我放电，有点老气横秋地垂下头道："别跪着了，起来吧。"

我扶着墙爬起来，想想又蹲下了："你你你你你……顾……承光？"男孩垂着脑袋点点头："嗯。"我还想问点什么，但也不知从何问起，疲惫和惊吓让我的脑子成了糨糊，末了才从糨糊里扒拉出一句最直观的："你不吓人啊！"

顾承光抬起头苦笑了一下。他留着齐整利索的短发，小脸儿有点苍白，长相还有几分可爱的意味。他并没穿血乎淋拉的白袍子，而是T恤、牛仔裤、运动鞋的打扮，如果非要从他身上挑出点吓人的地方，那就是——他没有脖子，脑袋和身子是分开的。"我不吓人？你是吓傻了吧？"

他大概是对的，因为我现在心情竟然挺平静，恰似一只待宰的羔羊。叹了口气，我问："兄弟，现了金身有何贵干啊？"他也叹了口气："不是我要现身，还有几个小时就是中元节了，阳间阴气重了，你火气不旺，所以能看见我了。""这么说，你一直跟着我呢？"他干脆一屁股坐下了："也不是我要跟着你，是你自己把牵魂纸烧了，这两天我想走也走不了。""牵魂纸？""就是我给你写的小纸条。""噢。"

一人一鬼一时无话。

我看此时气氛还算融洽，本欲把请他不要再纠缠我的话提一提，没想到他先开口了："那个，你不要以为李卫国是我害的，他那是巧了。"

我点点头："哦。"

他又思索了一会儿，站起来拍了拍裤子："你回家吃饭吧。"

我又点点头："好。"我注意到他的裤子根本沾不上尘土，拍裤子只是出于习惯罢了。

我就这么恍恍惚惚地走出了胡同，回头一看，顾承光还跟在我后面几步远的地方。我俩一前一后进了家，家里当然没吃的，于是我倒头就睡。坠入梦乡前突然想到：明天记得让李叔把钱还了。

次日早晨，我依旧在手机闹铃里醒来，一转头就看见头身分家的顾承光盘腿坐在我枕边。

我先是睡眼惺忪地扇了自己一巴掌，随即“嗷”地大叫一声，一个侧滚滚到床下。因为精神恢复了，我对事物的认知也变得正常起来，迟来的恐惧虽不至于让我崩溃，却也足以让我缩在地上手脚发软。

顾承光一副习以为常的表情：“现在知道怕了？你放心，我不害你，要不是脱不了身，我早走了。”我想起昨天晚上的事，不得不承认顾承光其实是救了我，于是定了定心神，硬着头皮爬起来问他：“那你还……要人血吗？”顾承光扭头看我：“要！当然要！一年就这么一次修炼的机会，我还被你缠住了，再不要人血岂不是亏大了！你敢不给我，我今年就豁出去，天天缠着你，给你捣乱！”他的眼睛瞪得圆圆的，小嘴噘起来，一脸孩子气。我看了竟忍不住笑了一下。顾承光垂下头嘟囔：“笑什么？”看来这小鬼虽然有时候挺老成的，不过还是小孩心性，并不是一肚子怨气成天憋着害人的主。

既然鬼不杀我，我就还得照常过日子。找到拖鞋穿上，我一边洗漱一边试着跟他聊天：“你，呃，多大了？”“多大？你是指现在，还是我死的时候？”“这个……你去世的时候吧。”“哦，十岁，虚岁十一。”“那你现在呢？”“现在得有……快二百岁了吧……”我把牙刷从嘴里拔出来：“二百岁？这么说你是清朝人？怎么没见你留小辫儿呢？你怎么不穿清朝衣服呢？”顾承光摇摇头从床上飘下来，还保持着盘腿的姿势：“发型、衣服这些东西，自然是可以随时换的，少见多怪。”晨光从三合板的缝隙里漏进来，他身上被光照到的地方会变得透明；他也不去躲避，在屋里飘了一圈后落到了我身边。

我半边身体凉了一下，不禁打了个寒战。从墙上粘的那块破镜子里看去，只有我一个人，没有他。

“你是怎么找上我的？”“看你身上阴气重，就跟来了。”我撇了撇嘴，想，我最近衰气是够重的。“我说承光啊，今天这碗血，我放就放了；但是以后……啊，当然，我不是嫌弃你，但我也不是那有钱有势的人，你看这个……”“我明白。”他转身飘回床上，神情似乎有些黯然：“今天晚上我试试看，能不能挤进鬼门关。要是能，我就去投胎转世不做鬼了；要是还不能，我就继续游荡去，不缠着你。”不知为何，他这个神情竟让我产生了一丝贱兮兮的内疚感："……谢谢。""谢什么？我跟你要了那么多东西，你还要谢我？"

我一愣：对啊，我谢他干什么！

今天仍然是个见鬼的炎热天气，不过天边飘着好几朵丰满洁白的云团，下午可能有雷雨。我拉着一车产品一户户做推销。顾承光就坐在后车筐里，我看不见他，却在每次上车下车时都起一后背鸡皮疙瘩。

阳光并不明亮，好像也受了中元节鬼气的影响，显得有些苍白。顾承光一路上保持了可贵的沉默，这让我不禁开始乱想：这只小鬼是怎么死的呢？身首分离，莫非是斩首？那又是为了什么呢？谁也看不出我车上坐了只鬼，那别人车上是否也有鬼呢？也许我的那些客户，有的其实就是鬼？

他们身为人，却还不如承光可爱。

上午的任务完成得差不多了，我就把车锁在路边，溜达进一个小公园。承光自然也跟了进来，我在凉亭石凳上坐下，他就飘到石桌上，幽幽地叹了口气。

我"扑哧"一声乐了，因为他叹气的样子实在太逗了。他没搭理我，只是自顾自地说："今晚要是再进不去，就又得等一年。一年一年的，什么时候是个头呢？难道当上几百年孤魂野鬼吗？"我懒洋洋地趴到桌子上，就觉得凉凉的很舒服："孤魂野鬼就孤魂野鬼呗！我觉得你现在这个状态，虽然有时候孤独了点儿，不过也算不错了。吓唬吓唬人就能有吃有喝，无聊了就四处逛一逛，找几个我这样的㞞货纠缠一番，比人强，最起码比我强。"不知不觉间，我和他已经挺随便了，而且一想到我还得给他放血，就忍不住要损他几句。他躺倒在我面前："鬼有鬼的难处，你不懂。没完没了地游荡啊！我也没个孝子贤孙来供香火，到哪里都受欺负，只能弄点阳气弱的活物勉强不魂飞魄散。"他翻身面向我，"有时候也想，过这种日子还不如魂飞魄散呢！但也就想想而已。做人，还很遥远；做鬼，也总比什么都不做强。"我也有了点感慨："合着你还羡慕人啊！你在世间游荡这么多年，应该也见识到人的难处——我有时候还想做鬼呢！不过也只是想想，大概是我这人比较贱又比较㞞，没有改变命运的勇气。"

天色渐渐阴下来了，我准备找个地方去吃午饭。起身走向门口时，跟在我屁股后面的顾承光突然冒出一句："你，还有很多人，活得也跟鬼差不多。"

我停了一下，笑了，然后头也不回地继续走：“你说的对。”

下午果然下了雷雨，还不小，砸得地面都起了白雾。主管难得有了点人情味儿，大手一挥：“等雨停了再说吧！”我感动得恨不得抱住主管的秃顶亲两口，乐颠颠地窝进办公椅里。这时就听见主管阴森森地补充道：“你小子办事向来不靠谱，我是怕你把产品淋坏了——也别高兴太早，月末了，你任务完成多少了？别成天一副没上进心的样子，年纪轻轻就知道鬼混！”我挂着一脸微笑只当一条老狗在叫。等他走了，承光从窗帘后面飘出来，有点犯愁地嘟囔：“这雨要下多久啊？晚上能停吗？要是把纸船打沉了，东西可就被水鬼抢去了……要是花灯被浇灭了，那可就找不到了……哎呀……”“安啦！这是雷阵雨，下不了多久的。”其实我恨不得这雨下到明天早上，这样我就不用满城乱窜，也不用放血了。

就在这时，一道滚雷在附近天空炸开，我被震得一激灵，就看见承光的身形散了一下，接着——他猛地扎到了我怀里！

我整个腔子顿时凉了，就像抱了一大坨冰又塞了一肚子冰块。我跳起来想甩开他，没想到他抓得死紧，几乎钻进我的身体。我惨叫：“你你你给我滚出去！我我我受不了了！”他倒是很听话，慢慢离开了我，一猫腰躲进窗帘，然后一脸歉意地指指我身后。

我僵硬地转过头去，就看见门口主管那张惊愕而愤怒的肥脸。

晚上九点，假日海滩，夜空繁星点点，海面莲灯烁烁。

我赤脚坐在海滩上，吹着海风，看着海景，心中竟也陶陶然泛起一点诗意。更让我心情大好的是，因为害我被主管唠唠叨叨骂了一下午，顾承光表示万分抱歉，决定不要人血了，弄点酒就行。这倒是出乎我的意料。得了，花钱免灾，交个朋友吧。

方才我按照他的要求把纸船放了，还顺带买了一刀纸钱烧给他。他就在我身边看着，因为吸了酒气，有点醺醺然。我乐了，我给他倒的是五十度的老白干。

今天烧纸放灯做海祭的还真不少，现在正是退潮，很多灯和纸船都被留在沙滩上。我一口口喝掉剩下的酒，顾承光飘了一圈，回来跟我说好多鬼都在沙滩上抢钱，有的纸船上的名字被浪冲掉了，船上的东西就便宜了孤魂野鬼。我见他两手空空，就直着舌头问：“你怎么不去抢呢？”

他垂着脑袋，说话也有点儿含糊：“力气小，抢不过嘛。”

我一拍地：“走！哥哥给你……抢去！”

一人一鬼晃晃悠悠地往海边走。我提着酒瓶一挥胳膊：“说！想要哪个？”他又飘了一圈，然后指指不远处一艘泡得看不出形状的小纸船：“那个就行，不过旁边围了三只鬼呢！”我摆摆手：“承光，有点儿出息！咱不和那些饿死鬼……抢，咱来个……大的！”又往前晃了几步，我捧起一艘花花绿绿的“航空母舰”：“这个，怎么样？”

承光眼睛都直了：“可是……上面还写着名字呢！”

我哈哈一笑，从兜里掏出刚才给他写名字的笔，唰唰几下涂掉船上原来的名字，在旁边龙飞凤舞写下一行大字：顾承光专舰。“拿去，不谢！”

说完我就扭头走了。我不能算个好人，也不常做好事，而且挺怕被别人感激。我和承光也算一对难兄难弟了，承光比我更弱小，我能帮他就帮他一把。有的事，对我来说不过动动笔就能解决，他却拼了命也办不到；有的事，对别人来说不过动动笔就能解决，我却累成灰孙子也办不到。然而我可以为他动动笔，有谁愿意为我动动笔呢？

头一次，我希望这世上真的有因果报应，恶有恶报，善有善报。

如果恶人不能都有恶报，那善人可一定都要有善报啊！

我正胡乱感慨着呢，承光追上来了，周身的寒气更重了些，手里还捧着一堆金银财宝：“时候不早了，我得去鬼门关候着了，晚了鬼都回去了，又该挤不进去了。”我想拍拍他的肩膀，却拍了个空。“好，一路……顺风！祝你成功！要不成功，就回来找我！我再给你个……”我用手比画了一下，“大的！”

顾承光也笑了，摇摇头向远处飘去：“不回来了！”

我双目蒙眬地看那个小男孩儿渐飘渐远，有点迷糊地想：就这么走了？

他突然停了一下，回过头远远地冲我喊：“回去把窗户上的板子拆了吧！屋里太黑了！”

我想说“关你屁事”，却没有说，只是点点头，对他挥了挥胳膊。

明天是周六歇班，我得去看看李叔，让他把钱还了；把家里打扫一下，还要把窗户上的板子拆了。

倾听

海上月亮船

文 / 肖辰星

纵使海船已经驶离了那座沿海大都市，船上的人们依然能感受到九月的那一场暴风雨给空气带来的清凉和透彻。

肖望乡在这艘船船尾的甲板上，不知疲倦地遥望着，直到天空变得艳红，大海变得此起彼伏。

在夕阳下，他斜靠在护栏上，小口抿着酒。酒在他那张被岁月晒黑的脸颊上，印上了两道浅浅的红晕。

不知何时，一股骄横劲将他手中的酒抢走，还没等他扭头，那人已经在说："我陪你喝。"

那是文诺亚的声音，那种坚决而干脆的语调，使他没有惊讶的时间。

"你怎么也在这艘船上？"

"难道船上写着禁止文诺亚乘船？"文诺亚一口气将酒喝得见了底。

"你什么时候这么会喝酒，这酒……"

"酒挺烈的，你不用说我也知道，挺好的酒，陈酿？"文诺亚将肖望乡的话打断后，又添了一句，“待会儿我倒了，你别不管啊。”她咧嘴笑着，像一个小孩子。

“这酒有个几十年了，我爸从老家带出来的，不过，我也只能找到这瓶了。”

“你还没告诉过我，你什么时候离开的老家？”文诺亚问道。

“七八岁吧……”

“我这辈子就没离开过自己的家乡。你当时发生了什么？”

“我没跟你说过吗？为了生存。”

“你还真没说过。”文诺亚的语气中有责怪之意。

肖望乡一时语塞。是啊，他陪她的时间太少了。但他被她这么一说，还真有点想家了。他望向银光闪闪的层层浪涛，不禁想起小时候，第一次随父亲出海的场景。

那是七十年代最后一个中秋节。在父亲的一再叮嘱下，肖望乡才得以跟随父亲下海捕鱼。

从村里到渡口的一路上，肖望乡都很安静地跟在父亲一行人身后，直到跳上了父亲的渔船。船在水中摇摇晃晃，如同儿时的小木马。几束暗红色的灯光流泻在海面上，肖望乡看着海中自己的倒影，显露出一副被喜悦冲昏头脑的模样，而在自己的身后，出现了父亲棱角分明的脸庞的倒影，父亲摇摇头，叹息般地说：“水急，坐稳喽。”

船行没多久，不知是谁带头唱起了家乡的民歌：“山哟，水哟，云哟，月哟，对岸的游子，快归家哟，归家……”在歌声中，肖望乡半躺在船身，仰头望天，神情显得有些沉醉，他听不懂他们在唱什么，但他知道天边的月亮听得懂。皎洁的弦月悬挂在太阳升起的地方，如钩。

船漂漂荡荡在夜里行走着，随着时间的推移，众人高昂的情绪渐渐消退，四周顿时陷入一片浪涛声。肖望乡从船身探出头，海是夜一样的海，墨黑色的，一望无际。

年幼的他这才意识到，自己沉浸于美景之中，一路前行，竟没意识到天色早已暗淡下来。

风像穿膛箭般投射下来，肖望乡一阵心颤，急忙将头缩回。只听见父亲豪情万丈地喊着什么，肖望乡此时已蜷成一团，完全没有父亲一行人的半点豪气。

船身在风浪的作用下开始倾斜，肖望乡甚至可以听到底板裂开的声响，海水如同投机者，在缝隙裂开的一瞬间蹿进了底板，肖望乡的衣裤顿时被这些投机者打湿。

不断加深的恐惧感，随时会翻船的危机感，让他喘不过气，他想吼出声，可嘴巴完全不听使唤。

在月亮已被吞噬的夜空中，突然闪下了一道闷雷，夜空似乎被拉开了一道裂痕，而蓄势待发的雨也在此时倾泻，并由此一发不可收拾。

肖望乡翻了个身，他的余光瞟到，在他正对面出现了一名背对他的女子。女子身穿一件青布衣，领口绣着一朵蜡梅。她似乎知道肖望乡在看她，突然转过身看着肖望乡，面带微笑，她像是在说：孩子，别怕，你会挺过去的。

一刹那，肖望乡看清楚了，那是他的母亲。

关于母亲，他知道的很少。据说，母亲是因为生他难产而死，他也知道父亲是爱她的。一次，他趁父亲出海捕鱼，翻开了父亲的床头柜，床头柜里堆满了整齐摆放的信件，他抽出了其中一封，父亲的字迹歪歪斜斜，可字里行间都流露出真挚的情感，而收信人就是母亲。

此刻，肖望乡没有惊讶，没有哀伤，他一直相信母亲从未离开，就如同母亲的照片一直摆在他的枕边，陪伴着他度过每一个春秋。

一滴雨在他眼皮前跌落，一眨眼，眼前空空如也。

他没有对父亲提过见到母亲的事，他几乎可以想象到父亲听到之后的反应，目瞪口呆，然后是一脸茫然地说："你又做梦了。"他不愿意看到父亲如此伤心。

回家之后，肖望乡高烧不断，等烧退后，父亲便把他带上了一辆长途汽车，终点站是南方的一个渔业城市。从此，这里就成为他的家。

父亲依旧做着渔民的老本行，而且在父亲老板的帮助下落了户。不久，肖望乡就进入了当地的一所寄宿制学校。

时间对于肖望乡而言，就是宿舍里厚厚的老皇历，最开始每一张都要端详好久，到后来，几乎是隔一两个星期才看一眼。八十年代很快就要翻到底了，肖望乡也要离开这所小学、初中、高中并在一起的学校了。

肖望乡考上了省会的一所一流大学，父亲得知喜讯后，当晚炖了一锅鲤鱼，边吃边说："好小子，争气，咱也算鲤鱼跳龙门了。"吃完后父亲又说："要不你去学管理吧。"父亲在两年前接替了他老板的位置，并在原有的基础上建立了一个渔业公司，父亲是董事长。父亲想让肖望乡继承他的事业。

肖望乡当时搪塞了几句，在填报志愿时，他填上了“文学系”三个大字。

肖望乡在寄宿学校的这几年，除了学习，大量的时间都用来看书看报。他在读高中时，被推选到学校的宣传社做了一名编辑，在学校门口的宣传栏经常能看到他的文章。渐渐地，他的目标就锁定在那些大牌作家的位置上。

大学，在省城的正中央，但好在学校的面积大，绿化几乎遍布校园，所以，城市的喧闹几乎是可以不闻不问了，但，周围人的变化是不可以忽视的。在高中校园里行走，至少会有几个女生对他投以炽热的目光，而在这里，那些举手投足间都流露出娇贵气息的女生，是不会正眼瞧这个从乡下来的小子的。

那年，他急于让自己出众，于是写出了一篇在这所大学轰动一时的《青年！青年！》。小说里有一些过激的言语，导致他的文章不仅被公开做反面案例，他也险些被学校开除。

自此，几乎是全校的人开始打听肖望乡这个人，不论是在教室里、在路上、在图书馆里，还是在宿舍里，都有不止一双眼睛在打量着他。有一次，他在去图书馆的路上迎上了一双打量他的眼睛，可是他在迎上后又很迅速地将视线拉到地上——那双眼睛在说：你就是一个乡里人，还出什么风头，也不看看自己有几斤几两。

他低头径直走到图书馆里，在门口和一个女子迎面相撞，将女子手上的书撞掉在地。他小声说了句“对不起”就走进了图书馆。他听到女子在喊他，可他没有回头，只是不顾一切地朝着四楼跑去，在那里他可以忘却现实中的一切。

刚刚跑上四楼，那个女子也跟了上来，拽着他的手腕，说：“就一句对不起就完了啊？你父母怎么教你的？”

女子就是文诺亚。文诺亚穿着运动装和球鞋，留了一头清爽的短发，外加有些厚实的声音，猛地一看还以为是一个男生。

肖望乡思绪乱极了，他现在真想找个地缝钻进去。文诺亚似乎看出了他的难处，话锋一转，说：“我经常来这栋楼，怎么没看见过你？”

肖望乡这才平静了一点，说：“我一般晚上来。”

过了一会儿，文诺亚伸出了右手，说：“文诺亚。”

“肖望乡。”

这就是他们最初的交往，也许他们谁都没想到会持续下去。

“看你样子，不像是去办公的，怎么想着要去台湾？”

“台湾？”肖望乡面对这个突如其来的问题显得有些茫然。

“你别说，你连这船要到哪儿都不知道吧？”文诺亚疑惑道。

肖望乡摇摇头又点点头，挤出了一句：“老毛病又犯了。”

“我看你是酒喝多了，脸红得像个猴子屁股。你知道吗，我只会在两种情况下喝酒：第一，”文诺亚拧着他的胳膊说道，“你有没有认真听？”

“你说，我在听。”

文诺亚仍然抓着他的手臂，一字一顿地说：“第一，无聊；第二，逃避。你是哪一种？”

肖望乡没有回答她，他似乎是真的被她说中了。

远方的海域似乎被剥开了一道缺口，一个水灵灵的、铅华洗尽的乳白色圆盘从缺口缓缓升起，光彩夺目。肖望乡和文诺亚的视线全集中在远方。许多人涌上甲板，纷纷掏出手机、相机，记录下这一时刻。

当闪光灯如流星般划过眼角，肖望乡瞥见文诺亚眼中充满幸福的泪水。

大学四年，在一片祥和声中结束了。留下的，只有一张睡了四年的板床和一堆没来得及还给图书馆的书。在临走前，文诺亚给肖望乡硬塞了一张纸条，文诺亚说：“咱们几年的交情，不能就这样断了，别弄掉了，弄掉了就找不到我了。”

肖望乡搭上汽车回到了阔别四年之久的渔业小城，现如今，这里已经成为一个新兴的城市，所有的一切都向着省城靠齐，在大街上还可以见到金发碧眼的外国人。

一下汽车，一个西装革履的男子就将他带上一辆私家车，男子说自己是父亲的司机，今天专程来接他回家。

司机开着私家车把他带到一处欧式建筑的小区，父亲的新居在一栋有旋转楼梯的顶楼。在门口，迎接他的是一个年轻女人，女人冲着他微笑。她的笑容让他想到一个叫关之琳的女演员，而在她背后还有一个小女孩睁着水汪汪的眼睛，一眨一眨地望着他。

肖望乡正准备扭头走，却被女子叫住了：“望乡，你先进来，你爸在里面做你最喜欢吃的鲤鱼。”

肖望乡一瞬间明白了，眼前的女人是他的后妈。他感觉一股血气往上冲，他真想握住一根木棍往里冲，他克制了一下，说道：“我应该叫你什么？妈还是姐？”

这时，父亲端着一盘鱼从厨房走了出来，父亲黝黑的脸变白了许多，看到肖望乡后，招了招手，说：“赶紧进来吃饭。”

肖望乡指着后妈说：“这几年你不让我回来，一回来就给我这么大的惊喜？”

父亲淡然地将鱼放在餐桌上，说：“先吃饭。”

“你对得起我妈吗？”

“你妈已经死了。”父亲从盘中夹了两块鱼，送进了自己嘴里。

“你变了。”

“没有谁一成不变。你知道我这些年为这个家付出了多少吗？”

此时的肖望乡脚像被灌了铅一样，定在了原地。

他内心是挣扎的，进一步和退一步，也许意味着不同的生活和不同的结局。可他迈不过这道心坎。

摔门而出之时，他就想好了，他得去找在省城的文诺亚，那是他唯一的朋友。

他不一会儿就来到文诺亚给他的纸上的地址所在地。他怀着忐忑的心情敲开了那扇大门，开门的正是文诺亚。

文诺亚冲他一笑，说：“这么快就来找我了。怎么，没找到你家？”

肖望乡一五一十地将事情告知给她，文诺亚边听边吃饼干，把一块饼干塞进肖望乡的嘴中，说：“待在我这儿，可以，但是要给房租，这里可不便宜。”

肖望乡深吸一口气，重重地说道：“等我赚了钱，一定还你，我说到做到！”

文诺亚突然一拍手，把肖望乡惊到了，他以为她反悔了。只见文诺亚说：“跟你开玩笑的，你还当真了，进来吧，鞋子随便穿。”

肖望乡正准备说一番感谢的言语，文诺亚又添了一句：“只要你穿得下。”

肖望乡一低头，发现这些拖鞋全是女式的。他怎么都不会想到，这个平常不怎么待见自己的女生，竟在自己最需要帮助的时候伸出了援手。霎时，两团泪水噙在眼里，直打转。

一晃，一个春秋过去了，肖望乡依旧住在文诺亚的家里。他偶尔也会问文诺亚父母的情况，文诺亚每次都扯开了话题。他也不笨，见文诺亚不愿做出回答，他也不会继续追问下去。

在这段时间里，他潜心进行创作，前前后后投了数十篇中短篇小说以及一些散文，每次的希冀最终都像肥皂泡在半空中爆开了。

文诺亚大学学的也是文学系，只不过她比较务实，在朋友的帮助下，开了一家摄影工作室。

而在“九二共识”“三通”之后，大陆又有一大批中青年作家崛起，毕淑敏、格非、刘醒龙、池莉……其中许多人的作品还被各大导演拍成电影，在国内国际的影坛上掀起轩然大波。看着这些人频频出现在电视、报纸上，再看着文诺亚的生意越做越大，他那颗年轻的心按捺不住了。

在求职的道路上，渐渐地，他忘却了文学。他拿着一张名牌大学的毕业证书，却屡屡碰壁，几乎所有的公司都有了这方面的人才。

在文诺亚的提议下，他回到了那个渔业城市，在父亲的手下做了一名普通的渔民。

他换上渔民的单衣就被带上了船，他从一个旁观者变成了一个参与者。

船长啸一声，出海了。

船上有数十个渔民，有老有少，开船的是一个外国人，一直专注地盯着前方的那片海，偶尔也会接过渔民们递过去的卷烟，但一般都不抽。渔民们在晚上就围成一团，在月光下、星光下、灯光下抽烟、喝酒，有时还会两两打一架，至于女人，一定是渔民们三句不离的。有的老渔民到现在都没娶妻子，每每提到女人他们都会眼神迷离地向天空望去，口中喃喃地说些什么；有些渔民有老婆，就经常说些被窝里的事，把一些小青年说得心潮澎湃。肖望乡虽然是大学生，但难免会受他们影响，也会说一些下流话。在月亮清清的夜里，总会有一个有力而沧桑的声音，唱起藏族民歌《在那遥远的地方》。据说，他曾经和一个藏族姑娘相爱过，但由于种种原因，最终二人天各一方。

肖望乡容易沉湎在歌声中，每次都会想到文诺亚。文诺亚像是一坛酒，沉淀久了，再开封，那种醇香、那种后劲，让他久久不能自拔。

他们能在一起吗？肖望乡只是一个渔民，长年都回不了家，哪一天死在了大海，也说不定；而文诺亚是一个长年和艺术打交道的人，保不准哪一天就和一个艺术家远走高飞了。想到这里肖望乡内心像潮水一样起伏不定，他不能再等了……

在文诺亚二十六岁生日那一天，肖望乡抱着一捧玫瑰花出现在文诺亚家门口。

这一次，依旧是文诺亚开的门，只不过这次文诺亚脸上全是惊讶的神色。肖望乡在见到文诺亚后，把想了一整宿的求婚台词忘得一干二净，他只是说了一句：“好久不见。”文诺亚镇静地与他对视，片刻，文诺亚的眼眶湿润了，她嘴巴动了动，想说什么却没说出来，只是紧紧地抱住了肖望乡。

时间过得飞快，九十年代如同过山车，一个俯冲，一个上冲，在几个圆圈里翻转，最后来了个平稳停车。

肖望乡和文诺亚并排坐在过山车上，一手抓住扶手，另一只手和对方的另一只手十指紧扣，一同感受时代变迁。有时，他们会惊讶社会变动之快；有时，他们会偷喜，感谢上苍把他们生在那个并不喧嚣的时代；有时，他们会叹息，生活给他们开一扇窗的同时，也给他们关上了一扇门。

在他们结婚的头几年，港澳相继回归，肖望乡看准了形势，自告奋勇提出，自己愿意将品牌打入港澳，经过董事会的商议，最终同意了他的请求，并且给了他一大笔资金。他深知，这一切都是因为他的父亲。

在分公司大张旗鼓地扩大的同时，从家那边传来消息，文诺亚生了个男孩，正当他准备举杯庆贺之时，他又听到了一个消息——他的儿子患有先天性的心脏病，而且属于活不过十岁的心脏病。

天色阴暗下来，像个催债鬼拉着脸死盯着大地。肖望乡把办公室的窗帘扯上，由于用力过猛，暗黄色的窗帘歪歪斜斜地瘫软在地。他咒骂了一声，对着这个窗帘一顿踩踏。

天色依旧晦暗，他明天仍然得踏上远赴东南亚的轮船，和一群满口都是金钱和利益的商人做生意。没人会因此停下生活的步伐，没有人会同情他，怜悯他，他只能坚强，他和他的家，还要生存下去，他不能停止。

他拾起不堪入目的窗帘，整平后小心地将它挂起。在天空的注视下，他提笔在一张信纸上写下：我已知道此事，我抱歉没有陪在你身边，还希望你能坚强，我办完手头上的事就回来，至于儿子的名字，你自己取吧，祝你们母子平安。

夜渐深，太阳升到一个高处，戛然而止。船朝着月亮的方向驶去，给船中人一种要被带到月亮之上的错觉。

“这么圆的月亮很少见了，你知道今天是什么日子吗？”文诺亚轻声问道。

肖望乡陷在一片回忆之中，一时语塞，只能搪塞道：“中秋吧。”

文诺亚意味深长地盯着他的面部，似乎要在他脸上寻找到什么，片刻，只见文诺亚露出了得意的笑容，说：“猜的吧？”

肖望乡无奈地点点头。

“你什么都不知道，怎么活到现在的？”

肖望乡摊开双手，一脸无辜地说：“我不知道。”说完，又补了一句：“我真想什么都不知道，那活得多轻松。”

“赶快死吧，死了一了百了，省得活着受罪。”

“你可别这么想，我还年轻。”肖望乡很刻意地收了收肚子，又说，“你也年轻，可别死了。”

文诺亚干笑了一声。两人又回归平静，两人挨得更近了，彼此都能感受到阔别已久的温暖。

在儿子肖平安出生四年后的一个大雨天，肖望乡接到了一个长途电话，电话那边是文诺亚，文诺亚说起话来颤抖着，似乎在忍着不哭出来。肖望乡几乎在同时间颤抖起来，他不知道发生了什么，但他知道，如果不是什么大事，文诺亚是不会哭的。在一连串追问下，文诺亚终于说道：“你赶紧回吧，爸不行了。”

“当啷”一声，话筒落在地板上，他像死人一般僵在办公桌前。

当天晚上他赶回家时，父亲已经咽气了。

这一定是幻觉，父亲不会死的，父亲身体可好了。父亲曾经在外捕鱼整整两个昼夜，带回了一满船鱼；曾经，父亲奋不顾身跳进激流，把喝了满肚子水的他从死神手里硬扯出来；曾经，曾经……

恍惚间他看见了满身汗水的父亲，一手握着鱼叉一手提着一挂鱼对着他说：“咱今天吃鲤鱼，爸亲手做给你吃，保证让我的小子吃得饱饱的。”父亲咧着嘴对他笑着，露出两排泛黄的牙齿，眼神中尽是满足的幸福。

一双手在此时搭在了他的肩膀上。这一定是父亲，没错，这就是父亲的手。他死死抓住了这双手，睁开了饱含泪水的双眼。眼前的人是他的后妈。

后妈也老了，她头发泛白，眼睛被撑成铜环状，眼角还残留着没有拭去的泪，两颊也多出了两道瘦削的骨痕。

后妈强打精神，说道："你父亲……他最后还在喊你的名字。"后妈咬咬牙，最终没忍住眼里的泪水，泪如泉涌，趴在肖望乡肩上无声地哭着。

妹妹则在床边拿梳子梳理躺在床上的父亲的银发。

文诺亚立在墙角默默地看着这一家，手边还牵着一个小男孩，眼睛一眨一眨，一脸好奇地向四周望去，那个小男孩就是他们的儿子——肖平安。

整个屋子都是静静的，空气也是如此地静，就连灰尘都凝固了。

肖望乡注视着父亲的遗体。

父亲就这样躺着，无声无息，像喝了一壶闷酒，可没有鼾声，也许父亲只是睡着了。

突然，下着滂沱大雨的夜空，传来一道轰隆的雷声，他几乎和雷声一致地发出了一声嘶吼……

父亲死后，由于没有立遗嘱，董事长这个职务就这样空缺了，父亲生前的左膀右臂都展开了激烈的争斗，唯一支持肖望乡当董事长的，竟然是肖望乡连妈都没叫过一声的后妈。

可肖望乡婉拒了后妈的好意，他太累了，他没办法再承担这一重要职务。

肖望乡给父亲办了丧事之后就回了自己的家。他的家并不大，但这是他和文诺亚在平安出生之前用所有积蓄买的。在这两室一厅的六楼居室里，一推开窗户就可以远眺大海。

此时，文诺亚正抱着平安坐在窗台，肖望乡丢下行囊，一把抱住了他们母子俩。一股清新的海风吹进窗台，平安指着大海喊道："海鸥，海鸥！"顺着平安指的方向看去，一对海鸥在天空中翱翔着，中间还夹带着一只小海鸥，一齐飞翔到更远的天空。

平安今年四岁半，他和一般孩子没有多大的区别，会说话，会跑步，会骑车，甚至会唱歌。肖望乡问他以后想做什么，他一副小大人的模样叉着腰说："我要当船员！"语气是那么坚决而干脆，完全没有一点犹豫。突然，平安转头看着肖望乡，说："爸爸，我想坐船。"

肖望乡凑在平安耳边，说："等你长大一点，爸爸带你坐最大最大的船，好不好？”平安点点头，双目直视着大海，脸颊上泛起如夕阳般的红晕。

这一诺言，肖望乡没能实现，在平安过五岁生日那一天，他倒在一片祝福的歌声中。

就这样，平安安静地离开了人世。在火葬平安的时候，后妈和妹妹也不请自来，默立在一角，抹着一行行流下的眼泪。

在平安去世几个月后，后妈和董事会一起邀请肖望乡任公司的董事长，肖望乡接受了这一邀请。他此时已经把后妈和妹妹当成自己的家人，而之前的心结早在见到父亲遗体的那一瞬间就融化了。

肖望乡带着一家五口人踏上回到家乡的轮船。

在接近家乡的港口时，已经入夜，月亮若隐若现在云端。后妈捧着父亲的骨灰盒，文诺亚捧着平安的骨灰盒，肖望乡搂着年仅十三岁的妹妹，在秋天萧瑟的海风中，撒下了骨灰。一声悠长的鸣笛声，似乎在昭示着，他们回家了。

肖望乡在前些时候查出得了胃癌，必须进行化疗，但他拒绝了医生的建议。二〇〇八年赶上金融危机，公司裁掉了许多人，随后爆发了一场信任危机，几乎所有与他合作的公司纷纷解约，公司摇摇欲坠。后妈和妹妹安定下来之后，肖望乡实在不好去打扰她们。他几乎找不到坚强的理由。

他在今天上船前服了很大剂量的药，药有麻醉作用，他还喝上了家乡的烧酒，包括中秋节坐船，这一切举动只是为了看到逝去的亲人，哪怕看到的是幻觉。

满月当空，月光照上甲板，在他旁边空空如也的甲板上拉出了一道影子。

文诺亚的离开是在两年前，急性白血病。医生说，文诺亚是因为劳累过度，加上先天体质有缺陷，就患上了这个病。

那时，肖望乡在国内外四处奔波，为了挽回公司局面，日复一日地工作，原想着，这场风波过后就将董事长这个职位让给他人，和文诺亚一起，在她最喜欢的马尔代夫买一套海景房，共度余生。没想到，上天再次惩罚了他。

文诺亚躺在病床上，头发剃光后，整个人显得更加消瘦了。肖望乡陪在她身边时，总是拿她的头发哄她开心。文诺亚苍白的嘴唇往上一挑，但不一会儿就重重地落了下去。

人总是在失去后才知道珍惜，可没想到最终几乎是孑然一身。

鸣笛声响彻整艘轮船，回荡在静的夜，船就要到岸了。

他四下环视，看到一个小男孩。小男孩趴在护栏上，全神贯注地凝视着大海。肖望乡看得真真切切，那是他的儿子——肖平安，他手中还握着一个轮船模型。

而在平安身后，还立着一个女人，紧紧抱着平安，女人是文诺亚。文诺亚穿着一件她最钟爱的粉红色晚礼服，她只在朋友的宴会上穿过。

鸣笛声再次穿透夜空，一只温热的手搭在肖望乡的肩膀上，他转过头，看见父亲咧嘴笑着，洁白的牙齿在夜空中显得格外别致。父亲在重新成家后，对于这些方面有了更多的讲究，这一切得归功于后妈和妹妹。

父亲的右手牵着一双女人的手，抬头望去，那是肖望乡只在照片中见过的母亲。母亲披下一袭黑发，眼眸中闪着如清波般的柔情。

这一切都是真的，就连呼吸声都能听得格外分明。在麻醉中，他看到了所有本该存在的人。

他突然发现人生还很长，如果说人生有四季，现在最多只过了春夏，秋冬也是他的人生，他得好好过完。

在人生这辆长途汽车上，会行驶到很多无路的当口，转弯或是回头从头再来，无论怎么选择，路上都有泥泞，有坎坷，有闪电，有风雨，风雨之后也不一定有彩虹。但往往挫折就是转折，危机往往就是转机，柳暗花明也许就在下一站。

“干脆我去做个手术吧。”他想着。第三次鸣笛在夜空中散发出拨云见日之势，持续不断的鸣笛，又好似在倾诉着一种永恒。

他疾速从船尾走向船头，他依稀听见一个豪迈的声音唱起：“山哟，水哟，云哟，月哟，对岸的游子，快回家哟，归家，哟。”唱毕，他才意识到是他自己在唱这首家乡的歌，歌声中尽是一份释然。

他走上了船头，望了望码头边停泊的银白色海船、码头上绵长的海岸线、“台中港”三个火红色的大字和港口后面透着雨后清新的大都市，他的笑容像迎风的旗招展着。

他沿着下船的方向走去，在岸边满月的月光下，站着两个人，她们看见了肖望乡，纷纷高喊他的名字，向他挥手。他远远望见，穿着学生装的妹妹和撑着一把天蓝色雨伞的后妈，朝着他下船的地方飞奔而来……

倾听

文 / 王若兰

我是因为H姐才知道那个叫阿琴的女人的。

一头短发被染成酒红色，眼神干净凌厉，跟H姐是同事，一名冲锋陷阵的女记者。

第一次有幸跟她打交道是我失恋时哭着要H姐来陪我，她抽不出身，便喊了阿琴过来。其间她很平静正常地安慰我，开导我，言辞恰当，甚至不惜引经据典。

点餐时，我侧对着她，脸朝向服务员那边，问了她几声要吃什么，她都没有回答，我这才觉出哪里不对劲。

接下来的交谈中阿琴告诉我，她其实是个失聪者，她听不见。

我惊讶。原来她一直是通过看别人的口形进行交流的。

她长发紧束在脑后，笑着跟我说，她是儿时发高烧导致脑神经损伤，所以永远活在无声世界中。那么深的伤疤，她就这样一边喝着咖啡一边微笑着说给我听。

那一刻我真的觉得一次小小的失恋实在算不得什么了。

生活有时就是缺个比你过活得还悲惨的对照，自从认识阿琴之后，我往后的日子似乎都过得顺心许多，哪怕亲友背叛，丢钱掉物，甚至是高考失利，我也能做到轻松地一笑而过。

收拾行李要去很远的地方求学的那一天，在火车站，H姐领着阿琴来为我送别。那个时常和蔼地笑着的女人居然落了泪，给我一个大大的拥抱后，她附在我耳边跟我说：“时至今日，你做事，希望永远具有破釜沉舟的勇气。”

我心底一暖，想到她给过我的某一条短信。我问她是如何在失聪的情况下还能努力拼搏到今天这一步的。半小时后她回我：如玫瑰骄傲的长刺，愤怒地开放。

H姐说阿琴因为失聪的缘故，手机往往是开震动，二十四小时贴身携带的，那么那空白的半个小时的时间，她都会想些什么呢？

或许每个人都有过一段倾城之恋，我猜阿琴也不例外，因为她以前在跟我讨论当年张爱玲为了成全白流苏和范柳原，生生写倒了一座香港的故事时，她眼里滑过一丝很清晰的难过。

原来她也爱过一个人。我试着深入探究那段感情，却被阿琴敲了一个爆栗。她温暖地笑着说：“我喜欢他，他不喜欢我，告白后就没有然后了。”

“为什么不再试一次？”

“耶稣在《圣经》中说过，如果你得不着，是因为你不求；如果你求了也得不着，那便是妄求。”

我彻底被她击败，却不是源于她坎坷不平的遭遇，而是那坚强微笑的勇气。

失聪者，倾听用的不再是耳朵，而是敏感的思维和聪慧的心念，交谈的每时每刻都需要集中精力，这样才可做到“听得见”且“听得清”。

阿琴，一个教会我用心灵去倾听的朋友，一个得不到便不妄求的信徒，一个尝尽风尘冷暖、看遍千里飞沙的普通女人。

—Fin—

番茄之歌

文 / 臧心韵

徐若愚走出酒店过于郑重其事的大门，他刚刚打算在点菜之前呼吸一下外面新鲜的空气。带着凉意的风绕过来，瞬间让他变得和这个秋天之间畅通无阻。

徐若愚有点尴尬，就好像他一时间不知道应当怎样面对这么鲜明的一个季节。点菜的时候，徐若愚和那个带一点口音的服务员有理有据地争执起来——他想点的最后一道菜是番茄炒蛋，无论这道菜多么登不上大雅之堂，本该提供饭食的地方都不应该拒绝为顾客服务。徐若愚还想了许多气势汹汹的排比句，但服务员的平淡好像压制了一切，她说：“好吧，那我去后厨问问。”

这里的包间一间一间没有特点地平铺直叙着。徐若愚犹豫要不要叫那个小姑娘回来，取消那道番茄炒蛋，但最终还是像结束了一项任务似的走回他的房间。人几乎到齐了，椅子紧挨着挤在两张桌子前，不断有人站起来递多出来的餐具和纸巾。徐若愚咳嗽了一声，声音刚发出来他就后悔了，他本意不是这样的，只是想在仓皇之间找一个动作来掩饰紧张。

果然有几个人转过身子来看着徐若愚。“老徐，你真是那么多年都没变样子。”他高中时的班长步伐紧凑地向门口走过去，班长的身上也带着秋天的寒气，徐若愚在寒暄之前竟先想到这个。

“哪里能不变样子，咱们比起那时候都成熟多了。”徐若愚很巧妙地避过两个分发热毛巾的服务生，在班长的座位旁边坐下来。

刚才他又用了一个不恰当的词，似乎过于生涩的气氛让他脱口而出的话都失去了应有的圆滑和流畅。他不应该说成熟，他们这个年纪，其实足够把“老”这个字提前拿来说了。

坐在徐若愚周围的都是从前的男同学，他们肆无忌惮地发福，和徐若愚一样都是安然等待苍老的人。凉菜上来的时候，他们不动筷子，只是很有兴致地吩咐服务生把酒都倒满。徐若愚一眼就在端着杯子的男人里认出了江梁，他才是真正没变样子的那一个，手抬得比别人都低一些，似乎仍然保持着从前那种若无其事的清高。

上中学的时候，徐若愚和江梁都是班里的才子。文人相轻，至少在徐若愚看来是这样的。徐若愚的天赋都来自他身上带着的一股情怀，但江梁不一样，文字在江梁身上作用的成果是一种内敛。徐若愚从前不喜欢江梁，他在别人面前对于轻狂与豪迈的运用自如到了江梁那里总会不自觉地显得浅薄。

徐若愚总害怕被淹没在凡俗的人海中，他怕了几十年。离开高中的很久之后，徐若愚仍在疑惑，他对江梁的故作不屑，究竟是不是因为那种恐惧，那时候江梁甚至不参加学校的文学社，甚至不把自己写好的文章拿去发表，但他站在四处求异的徐若愚面前，仍是一个内心坚定的人。

那种成见，一直到今天再次见到江梁，才干净地从徐若愚心里消散。徐若愚环顾四周，装作不经意地看向江梁的方向，好像这满座的男人里，只有江梁身上的那种青春，穿透了他们分别后的几十年，一直保留到如今。徐若愚感到从前针对江梁而特意生出的感情，已经变成了一种惺惺相惜，这种若隐若现的桥梁使他又燃起了低低的一小股热血沸腾。

不知道是谁开头说了第一句话，仅仅是关于天气的寒暄。第一个人说，现在天真是慢慢地冷起来了。

没错，感觉刚刚从夏天走出来似的，可过两天气温就要降到零下去了。于是就有人附和。

原本真实的季节，被人反反复复地评论之后，似乎除了更呆板之外就没有其他的改变，徐若愚不喜欢这样的话题，但话与话之间的沉默抛出来时，他还是接了一句。

酒店门外的那种凉意又回到了他的身上，徐若愚本想说些什么不一样的话，可话到嘴边，他有了一阵模糊，就慌乱地改了一句，真是秋天了，连风都这么凉。

第一道热菜上来，是摆盘很好看的肉菜，第二道才是番茄炒蛋。理所当然，那是最简单的一道菜，但实在是太低廉了，所以才不能排在最先。并没有人要对着刚上的两道菜评论什么。徐若愚想，就像是一种规矩，菜上齐前不能动筷子，也不能说什么关于菜肴好坏的评价。原先说着话的人还继续着起身让过服务员之前说的那段话，然后就是接连地碰杯。

菜终于一道一道地摆了上来，忙着上菜的服务员不再来回走动，又站回到了他原来的位置，这似乎是一种正式开宴的标志，徐若愚和身边几个人互相客套着拿起了筷子。徐若愚右手的袖扣掉了，他是在筷子伸到半途中时发现的。他现在一个人生活，总顾及不了生活全部的精细，那只伸去夹菜的手差一点就为掩盖自己的潦草缩了回来。

徐若愚对面一个头发仍然很茂密的男人说，若愚太会点菜了，这些菜，荤素爽腻搭配得正好。

男人借着这个机会站起来，敬徐若愚一杯酒。“若愚高中就是我们班的大才子，今天我们老同学难得见面，不如你写一首诗送给我们大家。”他端着那杯摇晃着将要满溢出来的酒很认真地说。那认真，还是属于十几岁大男孩的那种。

“我现在哪还能写诗呢？”徐若愚说。今天不知怎么了，总做一些失态的事——他意犹未尽似的又说了一句：“我已经有好几年了，写不出什么文章，连书也没看几本。”

男人讪讪地坐下，他和徐若愚之间微妙的尴尬似乎很快被淹没在其他人的热闹中。有人开始借着桌上的菜说他留在本地上大学那几年在这座城市大小馆子之间游荡，慢慢悟出了本市菜肴独具一格的特点。比如这里的春卷，似乎在咬下去的酥脆和咸鲜之后总有一种婉转的香味作为收尾；再比如他面前的那道熏鸭肉，是以微甜开头的，这在别的地方都是绝无仅有的。

徐若愚很认真地听着他说，最后点的那道番茄炒蛋离被点评还有着很远的距离，讲话的人却忽然觉得自己一个人讲得太多，过犹不及了，于是很巧妙地抓住时机住了嘴。

很快有新的人担起讲话的责任，徐若愚身旁的班长用筷子在空中划着，很生动地讲他过去在广东吃三吱儿的事，大家安下心来，不再去评价徐若愚点的菜。徐若愚被突如其来的烦躁缠住了，焦虑蒙蔽着他，让他在这次宴会上第一次忘记了那盘有些歇斯底里的番茄炒蛋。

徐若愚很突兀地站了起来，一只手举着酒杯，于是有接连椅子被推开的响声回应他。他仅想做点什么打消烦躁，但既然站起来了，就应当说点什么。

“咱们，今天不醉不归。”他最后说出的，好像又是一句落入窠臼的俗话，大概从古代的英雄好汉到如今任何喝着酒的人，一不留神都会说出这样一句话。但是没关系，大家都是半醉的人了，没有谁会留意微不足道的祝酒词。

徐若愚似乎是很早就有了在吃饭时点一份番茄炒蛋的习惯。上大学的时候，他的导师带着几个得意门生一起出席饭局，导师是学术界知名的人物，偶尔有关于食物的一点雅癖。菜上了桌，他就从读过的谈吃随笔中引经据典。那天的番茄炒蛋似乎是一个败笔，不知道是谁点了这样一道菜，盘底和桌面接触的瞬间，大家都有点扫兴，那阵子徐若愚似乎读了许多杂乱无章的东西，知识有一种另辟蹊径的广博。他随口说，赵函在《植品》里提过，番茄是西洋传教士在万历年间和向日葵一起带到中国来的，只是可惜两百年后人们才知道番茄作为食材的美味。

徐若愚原本只是导师手下成绩不错的学生而已，他第一次被认真审视，就是在那个饭局上。那一天，散在导师周围坐着的，是徐若愚未来的妻子，还有他日后的竞争对手，他在吃过那一份番茄菜肴之后开始了真正春风得意的生活。

最风光的几年里，他热爱番茄炒蛋在不同饭局上飘出的香气，徐若愚偶尔会想，如果是他面对着宴请宾客的自己，绝不会反复扯住饭桌上这样微不足道的一盘菜来突显对方的学识。徐若愚知道自己是一个太自信的人，别人借番茄炒蛋夸奖他，他从不虚情假意地谦虚。但是停不下来，他抑制不住点这道菜，桌上的客人止不住地就此引出他辉煌的过往。

在这秋天的夜晚，徐若愚反而忘记了番茄炒蛋，他喝醉了，所以又一次对所有事都不以为意，就像几年之前和大学同学分道扬镳一样。他的妻子是同学圈子里人缘最好的，自从和妻子离婚之后，他就再也没见过从前始终望着他的幸运兴叹的人们。徐若愚找人算过，妻子是旺夫的女人，他不知道应不应该相信这个，只是离婚之后接连的失败像漏风的大口开在他的生活里，他几乎是遭到了众叛亲离，他以为自己不舍得从那个热烈的世界里逃出来，但如今还不是照样丝毫不在意地走了过来。

秋天也好，夜晚也好，现在是彻底浓重下去了，徐若愚想和江梁喝一杯，但他端着杯子走过去的时候，江梁也只是很爽快地一饮而尽。他原本以为在一杯酒的激发下，他们两个会说些什么不同的话，可惜他和江梁说不定已经相隔甚远了。他和江梁，就是不同在这里，他的情怀裸露在外面，出尽了风采，也早早地被磨洗得一干二净。

这个房间吵嚷起来，另一桌上的女同学也走过来，有人拉着徐若愚合唱，他唱了，但是唱的一切都模糊着。他，是真的喝醉了。

喧闹之后，喝醉的人互相搀扶着离开，上一个走的人没有关门，秋天就又再次捕获了房间里仅剩的两个人——他和江梁。

他清醒了一些，四处看着有没有遗落的东西，桌上的每一道菜都几乎没有被动过，尤其是番茄炒蛋。他想，这大概是最后一次了。有那么一瞬间，他感到的是和整个季节一致的黯然，他的大半生都被绑在这盘番茄炒蛋上了，他将继续平凡，一如他所经过的冗长的几十年。

满桌安然无恙的饭菜后面坐着江梁，他的眼神是一种准备好了告别的若无其事。

徐若愚想开口说找车送江梁回去，但他不能说，这仍是一句俗气的话，他因为告别之后的漫长而不愿以它结尾。

浪遏飞舟

文 / 梁振杰

厨房飘来浓郁的粥香，房间里的电话突然狂响，韦固一下子手忙脚乱，光着脚跑到厨房拧熄炉火。房间传来爷爷的呼唤："韦固，听电话！"

"知道啦！"韦固盛几勺粥到瓷碗中，试尝一小口粥的味道，浅笑着抹去额头上的汗珠，小心翼翼捧出厨房。

"爷爷，小心很烫，还不能喝。"一碗粥摆在爷爷床边的桌子上，爷爷作势撑起身子，却没有任何挪动的迹象。韦固连忙跑去接电话，寥寥几句后挂断，回爷爷房间时，他手中又捧了一碗粥。

"谁打电话过来了？"爷爷眯眼望着窗外早晨热闹的景象，风吹进来，窗帘如起伏的波浪。

"初中同学呢，他们下午要坐船离开这里了。"

"去送他们一程嘛。"

"会的。"韦固轻吹碗中升腾而起的热气，盛一勺凑近爷爷的嘴唇，爷爷乐融融地喝了一口又一口。两下工夫，爷爷喝完一碗粥，韦固才喝自己那碗。爷爷叹气说："爷爷也想送一次这乖孙出海咧。”

“送爸妈不送习惯了嘛。”韦固呵气，大口大口喝粥。

“那不一样，韦固出去定成大器，哈哈哈。”

“留在这儿才好，遍地黄金哪。”韦固站起来收拾碗出房间，然后又盛两碗粥进来。这时，爷爷睡着了，脸侧向阳光处，空气变得闷热，房间里似乎一切都躁动不安，唯有嘴角流口水的爷爷和桌上巴掌大小的木质飞舟模型显得安逸沉稳。

出门前，韦固特意换了一套衣服，看挂钟的钟点时心里咯噔一下，飞速奔出门往海港跑去。下午时分，室外很炎热，似乎任何裸露在太阳下的物体都发烫，汗珠一下子爬满韦固的额头和背脊。他走过几个街口，气喘吁吁来到海港，一眼认出即将远航的朋友。朋友身边放着厚重的行李箱，有人焦急地看手表，皱眉说几句话。没有谁打伞遮阳，他们只想立刻离开。

“来了！”韦固招呼他们。朋友绽放笑颜，阳光下显得尤为灿烂。几人寒暄几句，如谁谁忙活来不了，下次回来大家再聚，祝一路顺风。朋友提着行李道别，韦固松一口气挥挥手，望着他们不回头离去。

笛鸣，码头只剩下零星几人，韦固用力挥手，但看不见朋友渺小的身影。

“好热啊。”他情不自禁地说道。热风夹杂着盐味，让汗水更咸。上次在这儿送别，离开的人是谁呢？不记得了。依稀记得每次接到电话，必是“道别的人”，他每次都过来，挥挥手，看着朋友意气风发地奔向他未知的世界。不过送别爸妈时稍有例外，因为那要搀扶爷爷过来，然后在一轮落日下，和爷爷漫步回家。

这个夏天，韦固找到一份跑腿卸货的活儿。十七岁的他学着老一辈苦力，一条毛巾搭在肩膀，把几箱货物抬到机动三轮车后方，上车，记下目的地，顶着烈日往买家处送去。路上会遇到同龄的家伙，他们和韦固一样没有固定某份工作，这一季送货，下一季当餐厅服务员。

估计下一年，政府就要想法子禁机动三轮车了吧。到时候又要适应新的活儿了。韦固想着，捏紧发热的车把手，三轮车响着枯燥的声音往前行驶。他想起方才送别的朋友——自己如果跟他们出海的话，已经是高二年级的学生了吧。每天能和同龄的人打交道，这是多么愉快的事情。好吧，谁让自己考不上高中呢。

这座城镇的少年，自小学毕业后就要去外地读书，这里没有高中，所有土地尽可能建成商场、写字楼和住宅区，大亨富豪恨不得把太平洋彼岸的华尔街复制过来。所以韦固这个年纪的年轻人还在这里生活的话，就意味着是被筛选后“无能读书”的人。他们的父母支付不起高昂房价，只能在外寻找更好的生活方式，幸好老一辈依靠残损的地契，能在旧城区留存一席之地。

急刹车，韦固果然准时把货物送来。店家眯眼看小伙子利索卸货的身姿，笑着说：“臭小子，以后必定有出息，好好干！”这句话激励着一代代留在这里的少年。韦固取下毛巾擦拭汗水，无奈地说：“那不。要有出息，得像您儿子出海读书呢！”店家哈哈大笑，付钱时爽快地添了些小费。

韦固清点兜里的钱，乐意地数出两张小额钞票，骑车经过水果店时，买两个西瓜回家。路上，城管在巡逻，管制那些抵不住炎热而裸露上身的中年大汉，他们时不时爆发冲突，引人围上去凑热闹。这让韦固想起初夏时政府出台的一项政策：为整顿城镇容貌，严抓不文明行为，包括公共场所吸烟、衣冠不整的人。眼下，一切将变得井然有序，没有学校和市集以及任何多余的东西，旧楼区被排挤到城市的边缘，这里江河波光闪烁，楼宇的玻璃墙耀眼迷人，立交车道阡陌横亘，道路的线条涂上新油漆，每一条纹路都昭示着时代的严谨。多么伟大的工程啊！韦固想着，城市规划者每天醒来望着窗外，必定会扬扬得意吧。

傍晚，韦固交还机动三轮车给店主后，跑着回家。跟路人打招呼“今天热死啦”，拐角，小巷，进门。“爷爷，我回来了。”他特地大喊。爷爷还一句道：“吵死，老子在睡觉呢。”

忙完晚餐，这一天便算结束了。他窝在电脑前一边听爷爷说话一边上网。爷爷行动不便，闲来无事就翻旧物怀感，故此他床边有一堆破布鞋、铁盒、旧葵扇。

“韦固，爷爷掐指一算，飞舟节要到啦。”

“嗯，我知道。”韦固目不转睛地盯着荧幕，不时发出急促的点击鼠标声音，“没有公共假期啦。”

“爷爷年轻的时候啊，每年夏天飞舟节，可不只是放假这么简单哦。”爷爷深吸一口气。韦固转过身来面向爷爷，不管电脑里发生任何事。这是爷孙俩长久达成的默契，每当爷爷重提“年轻的时候”，孙子就放下琐事，跟着老人的思绪进入逝去的时空。

“当时江上的船还很笨，不会出海。哈哈，年轻的时候爷爷穿什么衣服都土得要死，唯独不穿衣服的时候，你看这八块腹肌，简直让爷爷纵横情场咯。哪像你，瘦骨嶙峋，一点气概都没有。所以一到飞舟节，不仅是赛飞舟那么弱智的事，而是展现男人魅力的时刻咧！各村派最强的飞舟队伍，六人一舟，咱这七舟一飞高下。你看这……还有这些……”爷爷往杂物里钻，找出好几艘小木舟模型。

韦固拿在手上观摩，皱眉道：“爷爷，都是银奖、铜奖而已啦。”

“喏，这个。”爷爷指着桌上的黄色木舟模型，那玩意儿一直放在那儿，听爷爷说曾镀上一层金漆，后来剥落了，爷爷擅自抹了一层黄漆，弄得它似一条阴阳不均的怨船。“这个是金奖纪念啦。”韦固又把玩一遍，金银铜三奖都是同样大小的木质模型，不过涂漆不同罢了。

“当年很帅哦。”韦固打哈欠，熄灯。

“帅得无可挑剔。”爷爷盖上被子。

爷爷死了。

那天爷爷说好热啊，穿着衣服热死啦。他不像别人那样特别安详或很难受，而是烦躁，像平常无理取闹。韦固急忙呼叫救护车，也报讯给远在外地的父母，却是忙音。三天后，父母联系韦固，得知爷爷死去的消息很心痛，但工作忙，无法抽空回家，只能汇些钱给他，让他凑合为爷爷办一场葬礼。

四天后，某家殡仪馆举办了葬礼。偌大的厅堂只有两个人：一个死人躺着，一个活人跪着。

焚化爷爷的遗物时，那堆旧物让韦固收拾了半天，他从里面找出许多书信和账簿，还有几件写满潦草字迹的衣服，一沓折角残损的黑白合照。照片里，封存着不同年龄的爷爷的形象，还有几个“一老不复返”的年轻人抱在一起咧嘴欢笑，后面有一条横幅，写着“飞舟大赛”字样，右下角标注日期。一张张照片切换中，韦固窥见了爷爷的光辉岁月。

韦固留意到，无论哪届赛飞舟，参赛者从未换人，那几个在爷爷身边的人。

日期越接近现在的照片，他们越是变老了，有的换生气蓬勃的年轻人上，该是“代父从军”吧，但直到翻完所有照片，爷爷始终未被替代过，也意味着韦固的父亲从未参加飞舟大赛。正如韦固所知，自他懂事起，罕有的几场飞舟赛好不容易才雇了几个小伙子赛舟，但他们是外地人，没有本地人在其中。

爷爷每次都嚷嚷要去，结果只能凭着江河岸边的栏杆，伸长脖子呐喊，满脸通红，气急败坏。

临走之前，爷爷说好热啊。韦固视线涣散，眼中，照片的黑与白模糊一片。

翌日清晨，韦固早起，却没有做早饭给爷爷吃等往常之事。他把昨晚整理得出的“一老不复返”的六个“年轻人”地址夹在口袋里，一番着装，去上班了。

……每天都在设定的程序里忙碌，为了赶在某个时刻到来之前，充分消耗自己，所谓习惯，不过是圆滑地被安置，不求改变，不求突破……韦固出乎意料地叫喊道：“母猪们，让一让，生命短暂呢！”引来背后一堆冷眼指责。

他穿插街巷，精明地审视迎面走来的人，他有种预感，爷爷当年的伙伴就在这附近等着，他们一定希冀某天到来，苍老的手必想握着木桨，使劲往后划。

他骑上机动三轮车：“我来了。”

傍晚时分，韦固告诉店家——今天我把车开出去，一整天在外面，没回来运货呢，辛苦工友啦。店家指着韦固的鼻子臭骂一顿。他笑着应付，没有丝毫歉意：“毕竟您孩子好嘛，在外面读书。像我这种没有读过什么书的人，做事的确很烂，对不起啦。”韦固挠头，店家红着脸无言以对。

“下次安分点！”店家打发他离开。

“嗯，明白。”韦固道别，暗自舒了一口气，往夕阳落下的方向离去。天边彩霞宛如一幅高贵的油画，无比壮丽。

这天，韦固跑遍城镇，找了无数人家，应门的人给他答话是：“你找那人啊，搬家咯。你去这个地址看看……”“呀，这人老早就搬走啦。你问问他朋友嘛。咱不晓得……”韦固第一次对握在手中的地址抱有疑惑之心，它们只让竭力到来的他白跑一趟，每次失望。幸好平日串门多了，脸皮厚，总算找到那六位老者和亲属，他们都健在，与伴侣相守或住在养老院安详度日，儿孙出镇外读书、工作。

韦固把爷爷去世的事告诉他们后，委婉谈到飞舟时代意气风发的年少时光，老者笑不拢嘴，皆说有空得和其他同伴聚聚。韦固又相互转告各位近况，一阵唏嘘。即将道别时，韦固满怀希望地说："我想满足爷爷的夙愿，来一次飞舟，您看怎样？我想叫上大家一起去，您也来飞舟吧。"

老者和蔼的脸色立刻板起，摆手。"老家伙咧，这腰使不得，这肩膀的肉，豆腐脑似的啦。"他们自嘲，"再见咯，有空常来！"

他低下头，不看老者的样貌："下周日，我会在江边飞舟——不可思议吧？为了爷爷，希望您来看。"老者怔住："也许吧，也许都会来。"韦固把无力的谎言说了六遍，六位老者深知，一直以来这座城镇秩序渐得井然，不可能允许一个孩子几个老头在江上放肆飞舟，那孩子也不可能为了祭奠爷爷的青春而搞到政府特批。况且前几年各街道居民委员会联合申请重启飞舟赛，毫无下文，奇迹不会在一个小屁孩身上发生的。老者没有道破事实，只是重复说，愿意来的，都会回来。

回家路上，韦固把写满地址的便条撕烂，扔进垃圾桶。回家后，在月历的下周日的方格里标注，那天并非特别日子，人生没有多少特别日子。他疲惫地脱去衣衫，躺在爷爷的床上。懂事以来，自己对这张床的印象比任何事物都深刻，如今它散发着旧物的淡淡臭味，窗帘一直敞开着，爷爷说他习惯早晨被阳光刺眼而醒，房间摆满飞舟模型，是韦固摆的，有四十六艘，船头浩浩荡荡地向着窗，最先头那艘金黄混色的木舟，犹如大军雄将。

周日。

韦固一醒来，就想起今天是周日。

穿短裤和白色汗衫，戴上鸭舌帽，吃过早饭，喝两瓶酒。酒精上脑，躯体发烧像浴火，翻一遍爷爷的旧照。拿起那艘混色的木舟想带着外出，而后生怕弄丢又安置回桌上，接一通电话："麻烦您拉到码头边上，谢啦！剩下的钱我会转到您的账户里，祝生意兴隆！"

赤脚，出发。

走在街道上，发现根本不必戴帽，天黑压压一片，还有隐约雷鸣，早餐店的大婶激动地说："可下雨啦！再不下，热死人啦！"大叔不耐烦吆喝："来咧，馒头——"话语顿住，他指着路过的小伙子："哎！"

大家看到了，赤脚少年，没人来管他吗？他正在一步一脚印踩坏文明的秩序。少年拉下帽檐，拔腿前跑。

不会真的下雨吧？

下雨了，一滴雨水沾在他摆动的臂膀上，被甩开，又招来无数滴，全甩开。脚踏在凹凸不平的地面时，会被硌疼。疼一次，就迫使他抬腿踏出下一步，却硌出更锥心的痛。

晃荡的视线中，码头出现了，六位老者没有应约而至，意料之内。"谢谢您把飞舟送来！"韦固向货车司机打招呼，雨越下越密。

"船放在哪里呢？"

"江上，帮帮忙。"

"好嘞，可别随便就把舟下江哦，小伙子……"

"来，给我木桨。"

"现在划船？很大雨咧。"

码头上，过客被火车司机的呼喊声吸引来，只见韦固吃力地用木桨推岸边石阶，木舟被江水送出去，两把木桨像脱毛的翅膀。他生硬地往江河中央划去，浸入雨帘，影姿朦胧。

"太危险了，这雨哟！"众人说道。

越来越多人来到江岸，没有人报警，他们乐意观看突如其来的事情，也深知城管迟早会来执行秩序的裁决。雨从云端倾泻，注入人们的发际、衣裳，偷袭了炎气，洗涤建筑物的狂热。众人的瞳孔中，烟雨笼罩的水面上，有一条孤独的木舟奋力前进，却无奈、不断地退回，船手惊慌失措地摆动双桨，一时忙着把船里的水往外泼，一时站起来险些失去平衡。船渐渐下沉，他重又划船，却已木舟沉江，回天乏术。警笛声呼啸而来，飞艇闪烁着红蓝光，高高翘起艇头，尾部裂开两道长长的白浪。

"这才是飞舟嘛。"一位撑伞的年轻人对飞艇啧啧称道。

旁边的女子说："那少年疯啦，闲着没事干这种事情。我们走吧。"

"你们才疯了。"一声粗犷而平缓的搭话。

“臭老头，想挨揍？”年轻人把伞递给女子。

十二只眼睛，老态龙钟，注视着他。“你要干吗？”老者说话，带着颤腔，夹杂怒气，“打啊，来打。”

人们不解地看着年轻人：“打老人？”有人上前彰显世所标榜的正义：“这是有秩序的社会！”

年轻人愤愤不平地牵着女子走了。警察把江上少年救上来，扣押反手，警艇离去。人们陆续走散，融入滂沱的烟雨中。

“走吧，再淋雨要感冒了。”

“想不到啊，这孩子够烈，确实是老韦家的。”

“赶明儿我去拘留所探他一下。”

“扰乱社会公共秩序，你知不知道下着雨在江上划船的危险性？幸好你他妈的没有发动机，要不然早撞成烂饼了。”警察咬牙切齿，旁边的记录员瞪了韦固一眼，继而埋头写笔录。“拘留一周，你要不要告诉亲属？”韦固摇头，说：“快吧。”

待警察做好备案工作后，韦固被带到地下拘留所的其中一个房间里，锁上铁闸，房间只有两三平方米，一扇铁窗、一椅一桌，角落是结满污垢的蹲厕和洗漱盆，咣当一声，门锁上，被扣下七天的时光。

“好好反思什么叫秩序吧。”

坐在床沿，他低下头，双手抚额做沉思状。“母猪们，让一让，生命短暂呢。”韦固念叨。上帝会在关上一扇门时，打开一扇窗，但那扇窗只够得着你张望外面。门内的人做了门外的事就得赎罪，不过这大可放心，上帝会原谅你的，因为这是他的职责。

这周，韦固尽可能把能想到的事情都反复思索了一遍，包括以上关于上帝的觉悟，还有诸如洗澡从头还是从脚先洗比较快，十几年以来有谁暗恋过自己，以前做过最深刻的梦，反正偏不“认真检点秩序的威严”。他甚至还做了一场周详越狱的白日梦。韦固记得有位同学出海前曾对落榜的他说：“一个人可以被打败，但不可以被毁灭。”这种偏执意念支撑他度过漫长的一周。铁幕拉开时，韦固昂首阔步地离开，身上洋溢着酸臭气息，踩着政府配的布鞋。警察说：“你若不立即回家洗澡，待会儿还以‘影响市容市貌’名义进来，别胡闹了，珍惜生命。”对方勉强嘴角上扬，挥手道别。

韦固能理解，不论城管和警察，他们都是活生生的人，在社会的教化下成长，他们每天与打破秩序的人交涉；他们只想坚守岗位，安顿自己、别人、社会。只是爷爷死了，飞舟死了，梦想和光辉诚然可贵，但它与生命大容器发生碰撞时，“珍惜生命”，他们这样说的。这种叛逆，只属于不更世事的自己吧。

既然离不开这座城镇，就只得循，顺从强者的守。

韦固走在街上，盘算去哪里寻找下一份工作。大家已记不起他一周前的疯狂事迹了。他加快脚步，急切回家洗澡，再无声无息融入人海。

正回到家，满身汗水，开门，一张纸落在地上。

“出狱了的话，正午来码头。字丑，莫笑。”阳光照耀在白纸上，相当刺眼。韦固抬头望太阳，现在恰是正午。

韦固揣着纸条往江边走去。

越走近，看到越多人往海岸走去，江边来了好多老人，有的推着轮椅来，白发者眯眼，有气无力地鼓掌。

“咚咚——咚——咚咚——咚——”隐约鼓作。

拨开人潮，到码头的石阶，一周前他曾从这里跨出秩序之外。

江面上，一艘木舟浮游而来，船头的人绑着红头巾击鼓，五人划桨，最末端空缺了一人，但侧绑了一把木桨。他们奋力追着击鼓的节奏，一划，提桨，再一划……

“岳父几个月前检查出来，腰不好，这下还……”

“你看老头！离击鼓位置那么远，他心脏不好，又高血压……”

“他们把咱老于搂下船的，他不能走路，划什么船！”

“是之前那少年教唆的吧！我诅咒他不得好死！”

码头处，六位老者家属气急败坏，有的红着眼呼唤长辈的名字。韦固凝视脚下的小浪花，再看看江面，那艘飞舟传来老人齐喊的口号，豪气万千，白发被风吹乱，像一团生生不息的火焰。人们充满期望地聚焦而来，站在树荫下看江上飞舟，却只见舟浮逆水。

故乡的食物

The Sound of Silence

文 / 苗杰

（一）

电钻与墙壁交合所发出的噪音几乎是在同一时间内散播到了这栋公寓楼的每一个角落，无须钥匙就能进入所有的房间，也不知是谁赐予了噪音如此便利的特权。

在这个房间里，坐着三个人，一个男孩和两个女人，他们彼此之间很少交谈，倒不是因为噪音的分贝高到了足以将人的声音完全覆盖的地步。他们之间的交流并非通过语言来完成，男孩弹奏的钢琴声才是将他们三人联系起来的纽带。

男孩弹奏出的琴声仿佛将三个人带到了另一个维度的空间，而现实性的电钻无法在这个空间的四壁上留下任何痕迹，噪音自然也无从进入他们三人的耳中，能进入他们三人耳中的唯有那寂静的声音……

（二）

电钻声无疑是这个世界上最为有效的闹铃，我缓缓地将头从枕头上抬起，心想，真应该用手机将电钻声录下以备不时之需。我家楼上大概又搬来了新的邻居，我自然不会奢望新邻居会按响我的门铃送上小礼物，然后彼此象征性地寒暄一番，毕竟他都用电钻声向我打过招呼了。

当然，并不是所有的新邻居都是用电钻声来向我问好，住在我对门的女人就是个特例。她是半年前搬来的，她给我的见面礼是钢琴的声音。到现在我都没看见过那个女人的正脸，也没和她说过话，但她的琴声似乎有一种潜在的亲和力，让我渐渐地产生了一种对朋友才会产生的依赖感。

我的睡意还在。自从一周前辞职以来，我就过着日夜颠倒的生活，晚上怎么也睡不着，但到了早上六点我必然倒头睡着，然后在傍晚醒来。现在才下午三点，对于我来说仍属于睡眠时间。可电钻声不会轻易地让我睡去，因为我是它为数不多的听众。但我显然不是一个有涵养的听众，我将床头柜上的收音机打开，并将音量调到了最大。

辞职前，我在城市广播的都市频率给一档法律咨询类节目当编辑，每天为了收听率和拉广告而绞尽脑汁。我十分羡慕经典音乐频率的同事，他们既不用为收听率永远垫底而烦恼，也不用去拉广告。在领导眼里，其他频率都是经济基础，而经典音乐频率则是凸显情操的上层建筑。可到底什么音乐才能被归为经典呢？经典的音乐又能带给听者怎样的体验呢？为了找到答案，我将收音机从流行音乐频率转换到了经典音乐频率，在电钻声的干扰下，我勉强听出正播放着的是交响乐。

初中音乐课上老师也经常播放交响乐，老师总是让我们闭上眼睛听，然后在脑海中将旋律转化成画面。交响乐的名字对于我来说长得无从记忆，不管是什么曲子，我闭上眼睛看到的都是一样的画面，那是一块迟迟没有被拉起的黑色幕布。多么贫乏而死气沉沉的画面，以至于一次老师喊我起来谈谈自己的想象时，我尴尬得哑口无言。

我打开了微信，我要使用其自带的“摇一摇”功能，但我此刻并不是想借此来邂逅佳人。经过十秒钟的等待，软件识别出了交响乐的旋律，并显示出了曲名——天方夜谭组曲第一乐章《大海和辛巴达的船》，出乎我的意料，我原以为会是个更为抽象和高深的名字。我又找出了一副专业级的监听耳机，戴上它我就能彻底地和电钻声划清界限，再用厚厚的眼罩隔断昏暗的光线，我应该很快就能陷入浅层次的睡眠……

（三）

法国作曲家圣桑说过："音乐始于词尽之处。"

M女士是在收听城市广播经典音乐频率时，偶然听到了这句给予她启发的话语。M女士从小就喜欢听古典音乐，即使在怀孕期间，她也坚持每周花费两个多小时在路上，从郊区赶往市中心的音乐厅。然而，儿子小Z出生后，M女士渐渐地失去了去音乐厅的时间和精力，收听经典频率广播的古典音乐节目成了她生活中为数不多的放松方式。

小Z在四岁时被确诊患有重度自闭症，他无法正常地通过语言与别人进行交流，别人也很难从他异常的举动中揣测出他的心境，不明就里的人甚至会将他视作潜在的威胁而投以白眼。也许在别人眼里，小Z就像是一个冰冷的出了故障的机器人，不知何时就会失控暴走。M女士起初很反感别人用异样的眼神看待小Z，但后来她渐渐地看淡了。她每天都让小Z重复练习着最基本的生活技能和最简单的日常对话。当小Z第一次独自拿着零钱到餐馆里买到了食物时，M女士感到既欣慰又心酸，她明白自己确实是在将小Z培养成一个按照严格的程序来行动的机器人。

"音乐始于词尽之处。"M女士反复地在脑海里思考着这句话的含义。她出生于一个知识分子家庭，从小就受父母的影响而接触了古典音乐，她确实喜欢听古典音乐，但这种喜欢并不纯粹。更多的时候，古典音乐是作为M女士在社交圈里的谈资，当别人说到某个演奏家时，M女士会马上两眼放光地说出她在某年某月某日在现场听过这位演奏家的演奏，虽然演奏了哪几首曲子她已记不清了。M女士总是在想，如果小Z是一个正常的孩子，那她肯定会带着他每周去一次音乐厅，教他在社交圈里该如何成为一个谈吐风雅、八面玲珑的绅士。

可现在，M女士算是想明白了，她既不希望小Z成为舌尖口利的社交达人，也不愿意让小Z做一个只会服从指令的机器人。语言无非是表达情感和想法的众多媒介中的一种而已，音乐甚至能描绘出语言无法触及的、更为深邃的心灵状态。最近，M女士常常会在收听广播中的古典音乐时落泪，这对于她来说是如同及时雨般畅快的情感宣泄。她有了让小Z学习钢琴的念头，或许钢琴能作为一种媒介，让小Z能够宣泄他压抑已久的心声。

（四）

X小姐在半年前和前夫办理完离婚手续后住进了这栋公寓，她从原来的家中带走的东西不多，本来一两个旅行箱就可以装下，但还是为了那架钢琴而请了搬家公司。

从音乐学院毕业后，X小姐就和男友结婚，她放弃了留校当助教的机会，做起了家庭主妇。X小姐除了在大学时当过钢琴家教外，没有任何就业经验。离婚后，她虽然可以靠分得的财产轻松地过下半辈子，但她还是想有一份工作来寻求属于她自己的人际关系。她害怕孤独。于是，X小姐开始在资讯网站上搜索她能胜任的工作，一则招聘广告让她产生了兴趣，是一位母亲替自己患有自闭症的儿子寻找合适的钢琴教师。

X小姐对自闭症的印象仅仅来自电影《雨人》，她在上大学时从音像店里连同另两部由达斯汀·霍夫曼主演的电影《毕业生》和《克莱默夫妇》一起租来和男友在宾馆看的。那一天晚上他们第一次交合。后来，她和男友就像《毕业生》的结尾那样乘上了巴士，来到了男友的家乡，这座南方的大城市。随后又像克莱默夫妇那样分道扬镳，唯一不同的是他们没有孩子，不必为了争夺抚养权而再次陷入冷战。

命运仿佛是一个爱好抄袭的导演，将X小姐的生活照着剧本按部就班地串联起来，X小姐心想，好好演完这最后一场，她或许就能和过去的种种诀别，开始新的生活。于是，X小姐与M女士取得了联系，建议M女士将小Z带来她的公寓。

小Z对X小姐说的第一句话很是突兀：亚特兰蒂斯是传说中拥有高度文明的古代大陆，最早的描述出现在古希腊哲学家柏拉图的著作《对话录》里，据说其在公元前一万年被史前大洪水淹没，沉入海底。M女士告诉X小姐，小Z对海洋知识有着近乎偏执般的兴趣，读过许多相关的书籍，并且能将书中的信息一字不差地复述出来。

X小姐并没有过多地去了解这对母子的生活点滴，她决定教小Z弹琴也并不是出于同情的心理，她只是想通过这次特殊的体验来为自己的新生活开个好头。X小姐没有教小Z五线谱的看法，她原本打算由自己先弹奏乐曲，让小Z记住按键的顺序，随后反复地进行机械的练习。设计精良的机器人也能弹奏钢琴，尽管弹出的是生硬而干瘪的声音。

小Z在弹琴前总要先花上十来分钟观察窗外的景象，然后在原地蹦跳几下才肯在钢琴前坐好。并且，只有在每天的下午他才能静下心来，到了晚上他就会异常躁动。每当小Z把手指放在琴键上，他的眼神总像是在看向未知的远方，任何外界的声音都无法再干扰到他。几节课过后，他开始随心所欲地让自己的指尖在琴键上舞动，他大概已经厌倦了模仿，他开始创造自己的旋律。那些旋律永不重复，却又转瞬即逝，等M女士和X小姐回过神来往往外面已是夜幕将至。

外面开始下起了暴雨，积水让街道变成了河道，雨声将窗外的声音悉数淹没，但小Z的手指还是在琴键上随性地跃动着，离天色完全变黑还有一会儿，他还可以在那未知的远方肆意地玩耍一会儿。

不如留这对母子吃晚饭吧。X小姐已有一段时间没有亲自下厨，但手艺应该还不至于退步，她一边想着菜式一边将纸巾递给了M女士。M女士就像刚从雨中回来似的，水滴在地板上的声音，更显出了室内的寂静。

（五）

外面似乎是在下暴雨，这是足以将亚特兰蒂斯大陆淹没的惊人雨势，耳机里传出的声音仍旧是天方夜谭组曲第一乐章《大海和辛巴达的船》。我忽然想到以前在音乐课上看到的或许并不是黑色的幕布，而是风平浪静时黑夜下的海面。

我想起了以前看过的一部叫《海上钢琴师》的电影，讲述了一个出生在豪华客轮上的弃婴，最终成了一个惊世骇俗的钢琴师的传奇人生。他一生都没有走下这艘船，没有踏上陆地一步。

这部电影里有一段情节我很在意，船长要将男孩交给陆地上的警察，让警察将男孩送到孤儿院去。男孩听闻了风声后就消失了，搜遍了整艘船都找不到。几个月过去，当人们渐渐淡忘这件事的时候，某天夜里突然从琴房里传来了一阵奇妙的琴声。船上的人都簇拥到了琴房的门前，船长战战兢兢地推开了门，男孩就坐在钢琴前，鬼才知道他这几个月都躲到了哪里，反正他已经学会了弹琴。或许可以用男孩是个天才来解释这一切，但我相信男孩一定是经历了某段奇遇。我再次推敲起这段不为人知的经历，不知不觉间我已经沉到了海底。在那里，我遇到了一个鱼人。

鱼人似乎在寻找着什么，我试着和他打招呼，但我在他眼里似乎是一丛珊瑚般的存在，他默然地从我身边经过。我也不再自讨没趣，转身想要离去，却听到了一个空灵的声音。

“你能教我弹琴吗？”鱼人没有张嘴，声音是通过其他途径传来的。在海底自然无法张嘴说话，这是常识。

“五线谱都看不懂，更别提弹钢琴了。电钻倒是能教你怎么用。”我在心里插科打诨着。鱼人又没手指，学什么钢琴？

“电钻是什么？也是一种乐器吗？”看来我的声音也通过某个途径传到了他那里，他似乎对电钻产生了兴趣。

“没错，电钻是一门乐器，在陆地上很多人都喜欢在家里演奏它，但演奏时必须在墙上开洞，开的洞越多，声音越是动人。”我继续胡诌着。自己竟然会拿一个鱼人寻开心，真是堕落。

“那我还是学钢琴好了，钢琴有52个白键，36个黑键，加起来总共88个，这个数字永远不会变。电钻对于我来说可能太过复杂了，我怕是学不会。”鱼人犯难地说道。

鱼人倒是为了钢琴做过些功课，之前我可压根儿不知道钢琴有几个键，我不由得对鱼人产生了一丝好感。

“你怎么想起来要学钢琴的？”我料他只是对陆地上的事物感兴趣罢了，超不过三分钟的热度。

“学会了弹琴，我就能弹给更多的鱼人听，鱼人里还没有一个听过钢琴的声音。”鱼人的话不由得让我想到了马丁·路德·金的那句“我有一个梦想”。还有，原来他不是世界上唯一的鱼人，鱼人原来还有自己的群体，我算是长见识了。

“住在我对门的女人会弹钢琴，要不你跟我到陆地上，兴许她能教你。”我真心真意地给他提出建议。

“我暂时还不想到陆地上去，我现在只有在海底才能和你们陆地人进行沟通，通过一种特殊的媒介。”鱼人婉拒了我的提议，话语间透露出遗憾的情绪。

“是什么媒介让我能在海底听到你的心声？”他的话让我好奇起来，我对鱼人的身世几乎一无所知。

鱼人没有回答，只是用蹼指了指远处的黑暗地带。他朝那边快速地游去，而我则被一股巨大的力量带动，缓缓地向着海面上升……

（六）

“接着为您带来的歌曲是经典电影《毕业生》的主题曲*The Sound of Silence*。”耳机里电台主播的声音将我带回现实之中，我想将眼罩摘下却没有摸到，笼罩着我的是真正的黑暗。黑夜已经降临，就像耳边的歌词所写的那样：“Hello darkness, my old friend. I've come to talk with you again.”

我摘下耳机，才发现那个女人又开始弹琴了。我试着用微信的“摇一摇”来识别这段旋律，却并没有搜索到曲子的名字。这首曲子不属于数据库中任何的著名曲目，它似乎是刚刚被某人即兴创作出来的曲子。

天亮之后，我应该去和对面的女人打个招呼，顺便请教下这首曲子的故事。但在此之前，我还要思考一个问题：究竟该怎么让琴声传入那深邃而寂静的海底，鱼人口中的特殊媒介又到底是什么？可我越是思考，头就越疼，简直像是电钻在我的脑壳上钻洞那般地疼。

罢了，我在寂静的黑暗中听着琴声，等待着鱼人来敲响我家的门……

故乡的食物

文 / 李益鑫

烙菜馍

读杨闻宇先生的《薯忆》，我不禁想起了家乡那一片碧绿的红薯地。

杨先生的家在陕西西安，我的家乡在河南洛阳，离得不很远，同属中原地带，风气相似。同样的感情，不免多有感触。

让杨先生深深牵挂的是那香甜胖大的红薯，而让我念念不忘的是那深绿肥大的薯叶儿。

小时候记得吃西瓜的时候就是吃烙菜馍的时候。

母亲最拿手的食物，也是我最喜欢的——烙菜馍。

我们这里到了夏天家家户户都要吃烙菜馍，而且是百吃不厌的那种，这道饭食可以说是家乡人的一种情愫。

犹记得小时候，初夏时分，妈妈或者阿姨们喜欢领着我们一群小孩子出去放风，最爱去的就是红薯叶地。一望无际的碧绿，不似草绿，有种青黄的感觉，也不似墨绿，压得人透不过气来，而是一种深绿，那种大自然的绿，绿得你身心舒畅。那时候也正是撒欢儿的年龄，我们奔着、喊着、跳着冲向那一片碧绿，玩的什么游戏现在已经想不起来了，只是记得当时的天很蓝、很高，叶子很绿、很多。累了就躺在叶子上面，软软的，凉凉的，伴着好梦沉沉地睡去。印象中，母亲自始至终只是静静地看着我们，笑着嘱咐我们："小心，别跌倒。"然后自己便隐身于那碧海中。等我们醒来时，母亲已经摘了满满几袋红薯叶，分送给各个小伙伴，一路笑着回家，午饭就是我们爱吃的烙菜馍。

小时候没有什么玩具，小小的红薯茎就成了我们制造玩具的材料。母亲会教我们用红薯茎编各种各样的小玩意儿，她那双手灵巧、纤细，挽住一撮茎，像挽那美女乌发似的绾结成一团云髻儿。只是这些年来父母为了我们姐弟俩，奔波劳累，母亲的那双手也已经慢慢地老去，皱纹、茧子，摸起还有点刮手，现在怕是也编不成什么精致的小玩意儿了吧。

菜馍和烙饼差不多，只是面皮一定要薄，红薯叶儿一定要新鲜。吃菜馍必然不能不说"水"。这里的"水"就是菜馍蘸的汁，因为菜馍是不放调料的，吃起来难免会有点无味，所以必定要配"水"。其实"水"就是蒜泥、碎辣椒加上盐、辣椒酱、香油和水调的。菜馍烙好切为四份，卷一片来，外面是薄薄的一层面皮，绵软，里面是嫩嫩的薯叶儿，蘸"水"，又香，又酸，又辣，刺激着味蕾，把这味道深深地烙进里面！

我记得大约是我们还住在老家的时候，那里有一个大院子，母亲就在里面开辟出一片菜园，种上各种时令蔬菜。大了些以后，学了鲁迅先生的《从百草园到三味书屋》，我恍然大悟，原来我们家也有一个百草园，只是没有三味书屋，真好，不用像他们那样不小心就要吃先生的板子。菜园里的蔬菜都是换着花样种的，唯独红薯雷打不动，总是有它的一席之地。有一次，父亲在家，母亲专门为他烙菜馍，院子里有一个大石板，弟弟就坐在上面，父亲把母亲配好的"水"端出来，刚转身进屋就听见身后响起了"淅沥沥"的声音，扭头一看，原来弟弟尿在了"水"里面，还天真地看着他傻笑。父亲当时就笑了，抱起弟弟把他抛起又抱住。直到现在，父亲回想起这件事，总是情不自禁地笑起来。

虽是同一种食物，但是每家每户的做法都多少会有点不一样。我们家的"水"，醋是一定要多放的，而且菜馍是卷着吃的。一次我到朋友家去吃饭，正好也是烙菜馍，不同的是，她家的"水"，醋只是放得适当，而且菜馍是叠着吃的，我当时对那种吃法很感兴趣，回家以后还兴冲冲地给母亲示范。

现在上了高中出来求学，不比小时候在家可以守着母亲，守着烙菜馍。每每到了夏天，不在家的时候，我都会想起母亲，想起她的烙菜馍。我所在的学校，与周边相比，条件还算很不错的，餐厅的饭菜也都不错，但是家的味道又怎能改变！味蕾早已经被家乡味深深地娇惯，又怎能爱上别的食物！中国有句古话："金窝银窝，不如家里的草窝。"我多么想念那个草窝和草窝里的母亲。

糊涂面条

我们家里有一幅书法——难得糊涂。我小时候老觉得它的意思就是难得吃到糊涂面。

到了冬天，我们这里每家必吃糊涂面条。不知是什么道理，大概只是一种习惯。说是一种习惯，但我觉得还是因为糊涂面吃起来方便、暖和。糊涂面不挑面，新面老面都可以做，它也不挑菜，只要是绿叶子菜都可以搭配。还有很重要的一个原因——暖人。冬天，大人下班回家送上一碗糊涂面，学生放学回家，端来一碗糊涂面，刺溜刺溜下肚，顿时觉得胃里又暖和又舒服。

我小时候是很不喜欢吃糊涂面的。因为它实在是不怎么好看。面条煮得稀巴烂，和着很稠的面汤，再加上夏天晒干的菜叶儿，我那时候觉得它像鼻涕里面放了几片烂菜叶。母亲疼我，所以她都会做两锅饭。

其实糊涂面是很好吃的。面条煮得稀烂，和的面糊里加了玉米面，香味绵长，红薯叶晒干，加水浸润，干货特有的感觉加上面糊的滋润，再放上几粒炸花生米，调料是不放多的，一碗吃下来浑身暖和和的，寒冷的冬日就被这一碗面温暖。

后来大了些，渐渐地对糊涂面的反感也没有那么明显，也终于肯尝它了。

上高中第一次出来求学，母亲送我时和我唠家常："真是快啊，你已经上高中了，这些年头你都是在我的眼皮子底下生活，小时候真怕你有什么毛病，一落地就赶上计划生育，带着你黑天白夜地躲，你弟和你争奶，常用糊涂面喂你……"

那时候，我才两岁多，弟弟不过刚周岁，父亲因为工作的原因，经常不在家，奶奶早丧，外婆病重，母亲出门常常是一手抱着弟弟，一手牵着我，其艰辛可想而知！那时候，经济上也不宽裕，所以冬季吃的菜基本上都是夏天腌制好的或者风干的。那时候，家里的小院子里总是整整齐齐地码着几个坛子，大坛子腌白菜，小坛子腌糖蒜，黑坛子腌辣椒，红坛子腌萝卜……当然空地上也会放上几领席子，上面密密麻麻地铺上薯叶儿、萝卜条、苋菜、白菜，现在想想这些年来父母为了我们奔走劳累和那些原本饱含水分却在阳光下慢慢地变干、变皱的菜叶子颇有些相似。母亲偶尔会放上一点外出时摘的野菊花，以做泡茶之用，为这冷色调的院子添上一点温暖。于是院子里便充满了各种腌制的味道，风干的味道，我的童年就在这些味道里慢慢地酝酿，飘远，供我去回味。

长这么大，印象里爸爸只做过两次饭。第一次是我和弟弟小时候，妈妈病了，爸爸中午回来为我们做了一次糊涂面。我那时候刚刚记事，好奇地在厨房外面偷偷看父亲擀面条。他以前几乎没有进过厨房，一是他生性木讷，不知道帮助母亲分担家务；二是父亲爱好书法，空闲时间全放在了这上面（因着父亲，我从小便学习书法，只是自己懒惰，资质又不高，这些年来也只是学到了些皮毛），辛辛苦苦却成效不大。我看见父亲拿起擀面杖，弓着腰将案板上一团不成型的面团擀开，他把面和得太软了，弄了半天也没有弄好，倒是豆大的汗珠顺着脸颊滴到了面团里，镜片上蒙着一层白色的雾气。那天的面实在不怎么好吃，和母亲做的相比差太多了。可是母亲竟然对父亲说做得还行。我想，这就是爱吧。

我们家自爷爷、外公那一辈人起就钟爱糊涂面。那个年代物资匮乏，白面是吃不起的，最常见的就是红薯晒干磨成红薯面，薯叶儿晒干做红薯糊涂面。到了父亲、母亲一辈，稍有好转，偶尔可以吃上一顿白面改善伙食。母亲回忆，当时的白糊涂面真是香啊！到了我们这一辈，白面早已不是“匮乏物资”，家里的饭桌上糊涂面的身影已经不多见了，父母为了我和弟弟，糊涂面已经不再经常做了，偶尔我们不在家时才会做点以解怀念。只是小时候家里经济拮据，糊涂面是经常吃的，现在倒是觉得它难吃了。人，真的是很奇怪！如今爷爷、外公还健在，可是奶奶、外婆早已去世十多年了，不知道她们在那边吃不吃糊涂面？如果她们知道自己的孙子、孙女（外孙、外孙女）已经厌烦了糊涂面，会不会失望？

蒸野菜

家乡的蒸菜也是很有名的。

家乡可以蒸的食材有很多，肉、鱼、菜、面都可。我向来是不太爱吃肉的，因为小时候家里经济拮据，不能经常吃肉。长大后经济渐渐好转，可是对于肉食也终是提不起兴趣。最爱的还是蒸野菜。这之中有两样：一是“虫菜”，二是“麻子菜”。

家乡有一种树，其貌不扬，长一种只有一节小拇指粗细长短的菜，我们都叫它“虫菜”。初春，附近的山上或是田野里都会长出这种菜。这时候家乡的母亲们便会约上三五个姐妹，外出散心，摘上一大篮“虫菜”。这种蒸菜做法简单，把“虫菜”洗净，裹上干干的面，上笼屉蒸熟；这间隙拍一把蒜，切一两根辣椒，捣烂，放盐、香油，喜欢酸的可稍放上些醋，等菜蒸熟了拌匀就可以吃了。小时候晚上放学回家，还没踏进家门口，鲜香就扑鼻了，不用问，晚饭蒸“虫菜”。

麻子菜长得很“清秀”，不过一二十厘米高，小拇指粗细，颜色翠绿，叶子和茎都很鲜嫩。初夏，麻子菜成熟了。它是野菜，田间地头、菜园路边，只要是有泥土的地方便可成长，可见其生命力之强！我们中学的操场上就长了很多麻子菜。初三中考之前，母亲总会去那里给我摘上一袋麻子菜，回来给我做麻子菜蒸馍。顾名思义，就是馒头里拌上麻子菜。这种做法把主食和蔬菜结合在一起，省事，而且蒸出来的馒头有一股清香，香软的馒头包着鲜嫩的菜，外面是又香又辣的汁，一口下去，开胃，解馋。

今年老家的山要开发了，连带着外婆的坟也要被迁走。我三岁记事，四岁时外婆离我而去，现在算算也十多年了。这几年学习任务紧张，不曾回过老家，外婆的坟在哪里我也记不清了。印象中的外婆，慈祥的笑容，满头银发在脑后松散地绾个髻儿，终日虚弱地躺在床上，眼窝深陷。

回到老家，这里早已是物是人非。上午工作做完后，妈妈跟我说：“走吧，去山上转转，摘些麻子菜。你外婆生前很喜欢吃这个，只是她命不好，得了食道癌。你今年上了高中，学习也紧张，麻子菜也没多吃，你小时候和你外婆一样，一到夏天就爱吃这个，今天上山摘点，好好给你做一顿……”说着说着，妈妈和我的眼泪不禁簌簌地落下，滴在麻子菜上。

故乡的食物，牵挂着我的胃；故乡的人儿，牵挂着我的心。天上的风筝啊，任你飞得再高，线还是握在主人手里；地上的人儿，任你飘得再远，根还是扎在故乡。

前世欠花一笔债

文 / 史恒瑞

青龙街口有一户人家，爱养花，会养花。他家在二楼，有一方小小的露台，他便支起一张篷布，在下面摆满了迎春、月季、芍药、杜鹃之类的盆花。一整个春天和一整个夏天，那个露台宛若花月令，足见主人在上面颇费精力。

妈不喜侍弄花。一次路过青龙街，她不屑地说："这人多半是上辈子欠花的，这辈子才这么费心劳力给花支使，是在还债呢！"

我笑道："若前世欠花一笔债，今生来还，这也是很美的。"

真的，如果人生来就有些前世的冤亲债主纠缠，我宁愿我的冤亲债主是那些花花草草。它们安静地在我的苔盆沃土中落户，受我清水沐浴、肥料供养，笑我满额大汗、满手污泥，洒洒脱脱生根发芽，娉娉婷婷长叶开花。我则为其喜，为其忧，为其碌碌终日，为其如痴如狂。这样的还债，虽然卑微，但一念成痴，也十分动人。

反过来想想：爱养花的人，是否也是花草的冤亲债主呢？那些娇红嫩绿被剪折扦插，囚于瓦盆，囚于瓷缸，囚于斗室，囚于狭院，朝供书案，暮弃角隅，生杀予夺，听之任之。姹紫嫣红不过片刻的欢好缠绵，花残枝萎才是逃不开的凄凉晚景。哪个养花人不曾辜负过几盆花呢?

人世间因爱而生的羁绊，大抵如此。彼此眷恋，彼此亏欠，用无尽的悲苦酸辛换取刹那间的欢愉，甚至在这份悲苦辛酸中幻想出丝缕甜蜜，一时好了，一时恼了——这不累吗?

然而青龙街口的花仍是年年烂漫，千娇百媚间，恍若不知世事。

半香

大明小巷——这一场绵长的喜欢

文 / 李乃琛

【壹】女奸商与官少爷

江宁刚认识梁青的时候，不过总角之年，约莫十岁吧，而那年梁青也不过是个十一二岁的小娃娃。总见那话本子上写男娃女娃青梅竹马，互为邻里，抑或是男娃小时候被欺负，女娃如女侠一样从天而降，打退坏娃什么之类的，结局无不是幸福美满，男爱女，女爱男，一生一世一双人。但很可惜，江宁和梁青既不是青梅竹马，也不是女侠救书生。

那年洛阳悄悄兴起一股读书风，洛阳各大家族都将自家儿女孙辈送至学堂，反而不是很支持娃儿们习武了。江家子嗣多，银子更多，也因此可以让六个孩子全进学堂，其中便包括排行老五的江五小姐江宁。在这偌大的洛阳城，你随便逮个人问他江宁是谁，他可能不知道，但你若问他江五小姐，那他定能与你滔滔不绝地说好几个时辰。小丫头不过十岁能有啥能耐？您可别说，还真有。江家世代经商，每个人都有很好的经商头脑，而江宁，又是其中翘楚，从小就聪明。出了名的聪明，果然天分这种东西很奇妙，果然遗传什么的很重要。

而梁青，不，先说梁家。标准的官宦世家，世代为官。他爹是河南知府大人，他姑姑则是皇帝的宠妃梁贵妃。当然，妃是妃，宠不宠，许是只有皇帝自个儿知道了。梁青呢，是梁大人的嫡长子，全洛阳人的大少爷，打那皇帝下旨说鼓励入学堂什么的，梁大人便把大儿子送了进去。

于是这压根儿不是个女侠救书生的梗，而是个官商之斗，官少爷遇上女奸商，妾有心做那荷包中小碎银，怎奈大少爷权财双收不怕一两文，使得妾一片芳心尽错付的乱七八糟戏码，当真是不落俗套得有水准。

那年刚好打京城来了位先生，唤作王殊，倒是个四十上下、比起其他学堂更为年轻的先生。王先生甚是欢喜梁大少爷小小年纪沉稳内敛的性子，而又甚是嫌弃江五小姐活泼好动的个性，便将二人的座位调于一处，寻思着让梁青影响影响江宁，让姑娘家家的她收敛收敛性子，拾掇拾掇少年心性。只是，他太小看江宁的本事了——未过多久，梁青就被江宁带坏了。

其实呢，话不能这么说，打小生在官宦世家的梁青，从小接触的多是那些文人墨客，就是有那孩童心性，怕是也不会玩了。而江宁教会了他玩，自然而然地就放开了。所以，丫的坏乃浑然天成，跟江宁其实没多大关系。

有一回，二人做了俩草人，穿上自己的衣裳，让他们坐在学堂里，二人则跑出去放风筝了。先生起先并未看出来，而后代表梁青的草人倒了，趴在桌台上，先生卷起书卷对着梁青的脑袋狠狠一敲，草人的脑袋应声而断，“啪”地滚到了地上。王先生吓得脸色苍白，险些晕过去，定睛一看，不由得火冒三丈，遣了学堂的几个书童丫鬟去寻二人，不一会儿便将两人拎了过来。王先生见俩娃玩得浑身是土，脸上还挂着几棵草，颇有些恨铁不成钢，请出了戒尺，非要打二人的手掌心。先生一手拿着戒尺，一手指着江宁：“你过来。”

江宁迈着小碎步走了过去，王先生掰直了她的手，“啪”“啪”几下，小姑娘“哇”地就哭了。那厢王先生却还在数落“让你与人梁青挨得近点是去读书的，哪知你把人家也带坏了，你看看哪家姑娘有你这么调皮”之类的。

后来，梁青捧起了江宁的手揉了揉，皱着眉：“啧，红了，莫哭了，揉揉便不痛了。”江宁心底一动，一向脸皮比城墙拐角还厚的她，脸竟也有些发烫。

再后来，听说梁青回家后又被他爹——知府大人数落了一会儿。打那以后，梁青便回归好孩子了，只是与江宁的关系也越发亲厚了。

过了几年，适逢三年一度的河南乡试，一心想让儿子做官的梁大人送梁青去参加了乡试。江宁作为梁青玩得最欢的朋友，乔装打扮了一下，化成一翩翩公子哥，顶了自己同胞哥哥江宣的名字，也去凑了个热闹。梁青心思缜密，天资聪颖；江宁花样繁多，全靠小聪明顶事。最后两人竟双双考中，封了举人。江老爷子见那金黄色的圣旨下到自家门口，甚是欢喜。江宁想到自己可以与梁青一同赴京，也很欢喜。大家都很欢喜。于是，同一年，俩人与一同中了举人的洛阳城的五六个少爷，踏上了去京城应天的路。

那一年，梁青十八岁，江宁，或者说江宣，十七岁，他们认识七年了。

【贰】“江宁，别胡闹了”

两个月后，几人抵达了应天。

一直以来，江宁都打心眼里认为他们的洛阳是最繁华的城，但到了京城应天才明白，他们洛阳那只能叫阔气，而应天，才能称得上是繁华。

到了京城，大家都各自有要投靠的人，便就这么散了，各自去准备三年后的举人会试。江宁去了在京城当官的大舅家。大舅是刑部尚书，有个挺大的府。而梁青给做贵妃的姑妈写了封信，不多时便成了文渊阁大学士的门生。

于是两人见面少了，关系也不如往日那般亲厚了。

江宁骨子里的玩心在应天得到了充分的解放——没了爷爷、爹爹管着，也没有先生逼着，大舅又忙，外公又是只宠着小辈的性子，那便读什么书？不读了！于是江宁便在应天玩了起来，当然，顶的是江宣的名字。

不多时，江宁便在应天混出了名堂。应天城里多数的公子哥都同“江宣”喝过酒、划过拳，对过诗、行过酒令。“江宣”酒量好，酒品比酒量还好，爱玩，也好玩，又长相俊美，很快就出了名。

转眼间便是深冬了，那天江宁刚要出门时，见到了站在门口披着一件黑色兔毛大氅的梁青。

那天天上飘着小雪，梁青的大氅上铺了一层薄薄的雪花。

“江宁……”由于长时间未开口，梁青的声音涩涩的。

“嗯？”江宁遣了随从去通知房家二少爷和李家小少爷，今儿他可能不能去看梅花了，然后便将梁青带进了尚书府。

被府内温暖的空气包围着，梁青喉头发紧。

“江宁，别胡闹了。”

“嗯？”

“来这儿一年多了，还有一年多就是举人会试，哪怕不进一甲，起码要进二甲吧。你爹你娘在家等那么多年，你也不能白来一趟啊。”

“我……”江宁张了张嘴。

“别再混了，行吗？”梁青皱着眉，哑着嗓子说。

“……好。”江宁点了点头，乖顺得像只兔子。

当天刑部尚书府放出消息，说尚书大人的外甥江宣——江四公子要安心准备下下年的举人会试，不再见客了。

当天晚上，江宁有些迷茫。她回忆起了好多事，小时候和梁青一处玩的事，被先生打手掌心的事，说好了要一起做官的事，这才发觉在自己不长不短的二十年生命里，打十岁起，无时无刻没有梁青的影子，他占据了她的一个十年。

他真的是个顶好看的人哪。高高的鼻梁上生着一双剑眉，一对凤眼，薄唇如刃，皮肤偏古铜色，身上是那种恰到好处的匀称，刚好比江宁高两头，从小到大总是一身淡青色长袍，系一条深色腰带，三千青丝几乎是散着，只在发尾处系一条与腰带同色的发带，笑起来的时候眉眼弯弯，上挑的桃花眼温柔了一双剑眉，好看得紧。

江宁突然想到，如果自己此番并没考上进士，那必定是不能再叨扰大舅了，须回洛阳，可是没有梁青的洛阳……会多么无聊啊！

江宁一下子很害怕，第一次在意考试，那么那么在意。

事实证明天资聪敏是非常重要的，事实证明临时抱佛脚是非常有用的。尽管举人到贡士是很难的一步，会有无数人被割下去，幸运的是，梁青和“江宣”都通过了举人会试，被封了贡士，而同乡的其他几人，均落了榜。

放榜的那天晚上，江宁的大舅请了梁青和他的老师文渊阁大学士在应天最好的酒楼吃饭。

“令徒小小年纪便中得贡士，当真是不容易。”大舅端了一汉白玉的酒杯，笑着对大学士说。

“令侄才是少年英才，他的诗可是在全应天出了名的，不仅高中贡士，样貌更是应天翘楚。”大学士眯了一双圆眼，声音中带着一种阿谀。

“哪里哪里……哎，说句心里话，倘若老夫也有个闺女，倒真真是想令她嫁给令徒啊！”听到这句话，江宁的心里跳了好几跳。

“尚书大人莫再埋汰老夫了……不瞒你说，先前宸侯府派人来学士府说媒，想将侯爷家的小姐，唤作苗辛的，嫁给青儿，我合计了合计，这宸侯爷如今颇受圣宠，其女又个顶个儿地貌美如花，琴棋书画不在话下，想来这门亲事既不会辱没了青儿，又对青儿今后的仕途百利而无一害，就答应了下来。青儿他爹捎信说也很满意，我便做了这个主，让青儿和这位小姐定了亲，只等这位小姐再长大点儿，便完婚。”大学士说这话时，满腔的荣耀。

江宁看了一眼梁青，梁青却什么反应也没有，一副我早就知道的样子。

那晚，“江宣”喝得酩酊大醉，回府后她趴在舅母身上，哭得稀里哗啦。

“他是第一个会问我痛不痛哄我哭的男生……小时候大家都不和我玩，他便和我玩……原来的时候他身边只有我一个，现在，我们之间硬要插进一个侯爷家的小姐来……就算他现下疏远了我，我也不介意……可我……我不能容忍……他身边多出一个别人……舅妈……怎么办……他不再是我一个人的了……”

江宁患得患失，闹到了很晚。

一个月后的殿试，他们见到了皇帝和备受恩宠的梁贵妃。他老态龙钟却自有威严；她端庄大方，眉眼间却有遮不住的媚态。他心知梁青是爱妃的亲侄子，又才思卓然，就给了梁青一甲状元，赐进士及第，封为翰林院学士；而对于江宣，士农工商，以商为末，他着实瞧不上江宣的出身，却又不能拂了刑部尚书的面子，便封了个二甲，赐了进士出身，给了个户部侍郎。

那一年，江宁二十岁，梁青二十一岁。

他们认识整整十年了。

【叁】男儿郎？女娇娥！

江宁对于每天都要上朝这件事相当地不爽，想她辛辛苦苦十余载，莫不是为的寻一个清闲又可以赚点小银子的闲职吗？这户部侍郎虽说赚得不少，但每天累得像狗一样，还要早起上朝。上个屁啊，听那老皇帝和老头子们唠唠叨叨！可如今皇帝是她的生活来源、衣食父母，又不得不听，真真是不情不愿又心甘情愿哪。

不知不觉，为官快一年了，除夕将至，应天下了一场大雪。

腊月二十八那天，江宁邀梁青出来喝酒。

“梁青，我们离开洛阳四年了。”

“嗯，怎的？”

“我成为江宣四年了。”

“……”

“我好想念爷爷、爹爹、娘亲……前些日子，爹爹来信说，奶奶病了，想见我。”

“别担心，会没事的。”

“我很想回去，可是，我是以户部侍郎江四公子——江宣江大人的身份回去呢，还是以江家未出阁的五小姐江宁的身份呢？”

“你还是你不是吗？”

“我……还是……我？我是江宣还是江宁？”

“江宁你醉了。”

“滚开！我没有，江宣千杯不醉……”

“你是江宁……”

“梁青，明儿陪宁儿逛街好不好？我有多久没作为江宁逛街，我自己都记不清了。”

“好。”

顷刻，江宁脸上便绽开了一个笑容，嘴角咧得很开，眼睛眯成一条缝，笑得傻气。

当天晚上江宁便遣人找出大舅家早已出嫁的表姐未出阁时的衣服，挑来挑去不知穿什么好，还特地选了长流苏的步摇和璎珞。

第二天，江宁少见地起了个大早，临近年关朝廷休假，不用再上朝了，她穿了一件粉蓝色的短袄，配了一条天蓝色的马面裙，系了一条长流苏的宫绦，墨发绾了个偏髻，斜斜地插了一支白玉簪子，光洁的额头上贴了一粉色花钿，就这么俏生生地立在那里，以至于梁青来尚书府寻她时，竟也有了一丝恍神。

他们逛了一整天的街，江宁买了许多胭脂、簪子、衣裳、璎珞。看得梁青讶异得很："哎，我说江宁，左右你现在也用不上这么多，买它干吗？"江宁乐了："左右我现今儿也不长个子了，买了囤起来以后当嫁妆。"梁青看到少女的明眸皓齿，微有些恍惚——不记得江宁有多久没这么笑过了。

那胭脂铺的老板见了他俩，笑得见牙不见眼，他俩临走前，老板扯住梁青："公子的心上人漂亮得紧呢，倒真真是难得一见哟，公子可得好生看好哟。"江宁听了，笑容一僵，却也没再说什么。

怪只怪他俩忒好看、忒扎眼，竟被礼部尚书洪冠日看到了。

这洪冠日是宸侯爷的门生，见自家老师的准女婿竟同另一女子在街上闲逛欢笑，不免多了个心眼，派人找了宫里的画师，悄没声儿地画了张江宁的画像，又遣人跟踪他们，直到画师将江宁的画像呈了上来，洪尚书才大惊失色——这……这不是前些日子的进士，被皇上封了户部侍郎的江宣吗？怎的……怎的是这种扮相？

洪冠日这么多年在天子的脚底板下做事也不是白滚了一身泥的，他立刻将画像送到了宸侯府。

"能确定吗？这女娇娥真是江宣？"

"回侯爷，刚才探子回来说亲眼见那姑娘进了尚书府，梁公子叫她江宁。"

"本侯知道了，退下吧。"

"喏。"

洪冠日恭敬地退了出去，屋内的宸侯勾了勾唇角——刑部尚书大人，你可盼着别得到盛宠吧，否则……

【肆】杰王爷与护国大将军

除夕夜，皇上宴请百官，在宫里大摆酒席，宴请了文武百官及其家眷。

当天晚上，皇宫里人来人往，热闹非凡，而最热闹的当属子时放烟火。

皇上在众臣的簇拥下走到了宫内的湖畔，明黄色的袖子一挥，礼花立刻就开了起来，在夜空中绽放。江宁的脸上映上了各色的光，她看着湖面上倒映着的绚烂火光，扭头看身边的梁青，却看到本应站在自己身边的青年已站到了宸侯爷的旁边，与一绰约女子立于一旁。梁青眉眼弯弯的温柔相险些晃花了江宁的眼，看不见那女子的表情，却依稀能看到，一只如玉小手正扯着梁青广袖官袍的袖口，而梁青竟毫不在意。

这场景，比那烟花，更吸引江宁。

这场景，该死地刺眼。

江宁猫了腰，从梁青身后绕了过去，拽住了梁青的另一只袖子。梁青感觉到了，偏了偏头，见到是江宁，一时间有些不自在，不着痕迹地将袖子抽了回去。江宁拧了拧眉。

“你这……”

“现在可并非在洛阳，再者，左右咱俩也……并没有这么好。”

没……这么好?

江宁被这一鞭子抽得有些蒙，一时间卡住了。

“不熟?那你和那位小姐可是熟得很了?也是啊，订婚一年了，哪个不熟啊?”

梁青一对凤眸紧盯江宁的杏眼。

“你莫要拿这话来气我，也气你自己。”

江宁不言语了，几步便踱到了大舅身边。

忽然看到水面爆起大水花，约莫二十多个蒙面黑衣人从水下跃起，直扑皇帝，嘴里还嚷着：“皇帝狗贼，纳命来！”

此时会武功的武将多半在后方，皇帝身旁多是宫中女眷以及文官，还有大舅。也是巧了，刚好今儿皇帝唤了大舅陪在身边，也就是说，保护皇帝的任务便落在了会武功的江宁和会点儿武功的大舅身上。

那些人不要命似的扑向皇帝，梁贵妃大惊失色，脸色惨白，大舅大叫着："护驾！有刺客！"而江宁暗自运气，与那些刺客对上了。

江宁年少的时候，并不爱念书，文武之间她选了武，于是便自小习武，一把短匕首可以舞得虎虎生风，她各项武功都不错，其中又以轻功为上，是以她逃跑的功夫远比打架的功夫好。至于梁青——丫打小便没碰过什么兵器，见血便晕，比起江宁，他实在是弱得一塌糊涂。后来两人皆进了学堂后，江宁仍每晚坚持习武，因而她小时候学业不佳也没人责怪——不是主场嘛。

而臣子入宫是不允许带兵器的，没了匕首的江宁几乎咬碎银牙，肉搏着实不是她的强项。剑光劈头盖脸袭来，她凭一身上乘轻功才并未受伤，身随心动，一念之间她抓住一刺客的手，以内力震碎刺客经脉，劈手将长剑夺来。有了武器，江宁舒服多了。待大舅与御前侍卫赶到时，便看到"江宣"大人以一己之力，对抗二十余位刺客，于是飞身上前帮助。身上压力变小，江宁却见一刺客竟袭向了梁青，一下子吓得魂飞魄散，目眦欲裂，飞身扑过去，一剑刺中了那刺客的后心，刺客当场毙命。而这一幕落在梁贵妃眼里，却是另一番样子——"江宣"要刺杀她的侄子。她咬紧了下唇，待看清楚后，才松了一口气，却看到了"江宣"眸子里一闪而过的莫名的情愫，她又是一惊——那江大人，莫不是个思慕自家侄儿的断袖？不成，这"江宣"，不能留。

后来刺客被尽数捉拿，却在送入大牢之前，齐齐服毒自尽了。大舅因救驾有功，且全程护在皇帝身前，此忠心苍天可表，而与皇帝拜了把子，封了异姓王爷——杰王爷，赐了府。众人皆以为老皇帝对于封王这件事过于草率了，但只有皇帝心里雪亮——现下宸侯爷的势力有些压不住了，以杰王爷牵制侯爷最好不过了。而江宁只身犯险救驾有功护得皇帝周全，文武双全，被封为护国大将军，掌十万兵马。江宁对此有些受宠若惊，终是受了。

受封当日晚上，大舅叫了江宁去书房。

"宁儿，告诉大舅，你莫不是瞧上那梁学士了？"

"梁学士？哪个……哦，大舅说的可是梁青？哪能啊？"

"那你怎的……？"

"宁儿与梁青自小一起长大，比起旁人自是要熟了些。平日耍得比较多，他人也很是稳妥……嗯，只是朋友而已。"

“宁儿，现下你被封了护国大将军，是个不小的官，担不得一丁点坏影响，所以……莫要与那梁学士走得太近。”

“是，宁儿谨记。”

“莫要喜欢上不喜欢你的人。”

“宁儿没有。”

“有则改之，无则加勉。”

“是。”

“不早了，休息吧。”

“是。”

…………

夜深人静，一份弹劾奏章被悄悄地从宸侯府送到了皇宫。

“尚书大人，不，杰王爷，莫怪本侯不留情面，你，当不得这名号，该死。”

第二天一大早。

江宁骑上自己的战马，直奔城外的军营。她要替皇上练兵，她那昨儿才被拨到名下的十万兵马还没见过她呢。她策马奔腾，扬起层层黄沙。

时至中午，一封加急诏书从皇宫送至江将军手中，她好看的眉毛扭到了一起，贝齿咬住下唇，当即飞身上马，同时给自己的左将交代了几句，便奔向皇宫。

宫内，一场风起云涌正等着她。

御书房。

江宁跪在地上，台案前，老皇帝气得胡须直抖，他身边立着浅笑着的梁贵妃和一脸正义的宸侯爷。

“臣江宣叩见皇上，叩见梁贵妃，叩见侯爷。”

“江宣？朕该叫你江宁吧，江爱卿。”皇帝咬着牙说。

江宁大骇，手握成拳，指节泛白。

“臣不知陛下所言为何。”她硬着头皮说。

“好一个不知为何。”宸侯爷眸子闪过了一丝光亮，面上却是一副义正辞严的样子，挥袖将几沓纸丢到了江宁面前。

那纸上，是江宣的全部资料和江宁的全部资料，以及那幅江宁女装图。江宁自知瞒不下去了，反而定下了心神，深深地拜了下去。

“臣自知欺君瞒上，罪孽深重，然臣自觉问心无愧，臣并未做过任何一件对大明不利之事，请陛下明察。”

“你一介女子，不在家修习女红，读背女戒女德，反而抛头露面，此为失了妇道；欺君瞒上，此为欺君大罪，罪可株连九族。”皇帝拍了一下桌子，怒道。

“谁道女子不如男？臣斗胆问一句，臣为官两载，可曾因为臣的女子身份而误了国事？可曾做出任何对大明朝不利之事？臣，不，罪臣江宁，请陛下明察。”

“男女有别，自古男尊女卑，区区女子怎可与男子共处一室商议国事？更莫说古来便有女子不得参政议政之说了。”宸侯爷说。

“来人，将护国大将军江宣押去大牢，没朕的旨意任何人不得探视，此事必须保密，若朕知道有除朕、梁贵妃、宸侯以外的人知道了这件事，朕决不轻饶。”皇帝广袖一挥，扭过身去，背对着江宁，“江宁，你太让朕失望了。”

江宁跟在那些侍从身后，听到皇帝的话，勾起唇角笑得苦涩，走向大牢。而身后远远传来了一声叹息和一道圣旨：“奉天承运，皇帝诏曰：杰王爷年迈体虚，不堪重职，特准其告老还乡，掌河南周省税务，即日启程，钦此。”

害得大舅被流放，自己押入大牢。唉，昨日风光不再现，今日风水轮流转哪。

【伍】冷暖自知，自求多福

于牢里待了约莫七八天了，江宁深知了什么叫“叫天天不应，叫地地不灵”，全天下人都以为护国大将军备受圣宠，与皇帝甚为投缘，日日与皇帝形影不离待在皇宫，哪知“备受圣宠”的“江宣”大将军此时在大牢里嚼草根养老鼠呢。

江宁非常不喜这种任人宰割、不知下一时会发生什么的不确定感，于是她唤来了狱卒：

“官爷。”

那狱卒听到堂堂护国大将军称自己为官爷，甚为受用，扭头便见到那个大将军笑得眉眼弯弯的样子。

“大将军，这样可折煞小的了。”

“欸，官爷，江宣想请你帮个忙。”

“您尽管说。”

“能否帮江宣往外送个信？”

“这……”

“左右皇上只是说不许探视嘛，并未讲不许送信啊。”

“那……行，明儿我换班，给你送。”

“谢谢官爷。”江宁笑得一脸狗腿，解下自己的玉牌递了过去，“改日若江宣出去了，定报答官爷，以此为证，君子一言，驷马难追。”

那狱卒接过玉牌，揣在怀里，递了纸笔给江宁，江宁提笔：“江宁有难，速来救援。”递给狱卒：“麻烦将它给翰林院学士梁青，他问什么你答什么，若你愿意，也可将这玉牌给他，他自会给你报酬。”

“小的知道了。”

又过了个把星期，当日的狱卒并未回来，却有另一狱卒送来了一封信，江宁略有疑惑，拆开来看：

“冷暖自知，自求多福。”

与自己一模一样的字迹，甚至连写横的时候末尾的一个狠狠的顿笔都一样——这，真的是他写的？

冷暖自知……

自求多福……

当年他俩皆师从王殊，字又是王先生手把手教的，自是一模一样。

残忍得一模一样。

梁青，当真是一丝情意都没有了？

你我之间？

江宁突然勾唇，嫣然一笑，上挑的丹凤眼，带得她整个人都妩媚起来。

昔日你我逃学放风筝，我记住了。

昔日你点醒玩得欢脱的我，我记住了。

昔日你我同举进士，我记住了。

昔日你说咱俩不熟，我让我忘记了。

今日你放开了我，我，忘不掉了。

江宁背过身去，将高束的发散了下来，三千青丝垂至腰间，用本来头上的玉簪绾了个偏髻，又将自己平日用来束胸的白色绸缎解了下来，束为腰带。本来身着浅蓝袍的她此时恢复了女身，竟是出奇地标致。她清了清嗓子："狱卒，本官要面见圣上。"言罢，她从袖内抽出了一块牌子——免死金牌，见此牌如同见圣上。狱卒自是不敢怠慢，将江宁带到了御书房，又禀告了圣上。

"朕以为你一辈子都舍不得用这块牌子呢。"

"人总是要亲眼见到，才得以死心塌地不是？"

"若不是宸侯爷，朕倒想用你一辈子。为官两载未被他人看出任何破绽，此为谨慎；为官稳妥，此为聪慧；真是个不可多得的左膀右臂。"

"陛下言重了。"

原来，救驾当日晚上，皇帝便秘密召见了江宁与大舅，赏了二人免死金牌。有了它，皇帝便可饶他们二人三次，无论什么，绝对不杀。而那时，大舅便用了一次，告诉了皇帝，江宣即是江宁。皇帝允诺若无事发，绝不责她，然第二天的诏书中，却夹了一张纸，宸侯爷存心想为难江宁，便在纸上写了："要么汝来，要么青死，女婿可以再找，机会仅此一次。"而皇帝的诏书，却明明白白地告诉了江宁事由，并给了她两个选择：要么别来，自己绝不追查；要么来但咬死不承认，宸侯也没辙，然而她还是来了，并且认了。

"皇上，臣的三次，想这么用：第一，请皇上放臣一条生路，臣将回洛阳经商，永不再踏回京城。"

"准。"

"第二，请皇上赦免大舅，将杰王爷调回京城，再度为官。大舅一生为大明付出，皇帝罚得委实重了。"

"朕不过是想将他带出宸侯势力范围，保其平安，这点也准了。"

"第三，臣，不，民女愿将金牌第三次的机会，留给翰林院学士梁青。"

"江宁，你这又是何苦来哉？"

“皇上，民女认识了他十二年，喜欢早已变成了一种习惯，只是……”她顿了顿，嘴角扬起了一抹苦涩的弧度，“这世界上可怕的不是暗恋一个人，而是你暗恋的那个人不爱你，而且，全天下的人都知道你对他的喜欢，只有你自己被蒙在鼓里。”

“唉……江宁，朕老了，为帝几十年，早已忘了什么是真，而你又让朕从尔虞我诈中醒悟过来，若你愿意，朕愿认你为义女，封为公主。朕，是真心欣赏你。”

“皇上……不，父皇，女儿愿今后留在您身边，但，请允许宁儿先回洛阳看望一下爹娘。至于这第三条……”

“准了。”

这一年，江宁二十二岁，梁青二十三岁。

他们认识了十二年。

【陆】这一场绵长的喜欢

这一年，护国大将军江宁为官两年，一朝被曝为女娇娥，皇上感其为官之时兢兢业业，且护驾有功，非但没有大发雷霆，反而对其颇为赏识，认其为义女，封其为洛宁公主，准其回洛阳尽孝，待三年后回宫。

一时间，百姓对这位公主议论纷纷，好奇不已。

而一辆来自洛阳的马车，悄然停在了皇宫侧门门口，从车上下来一位公子哥，弯弯的眉毛，模样竟与江宁有九分像。身着锦服的洛宁公主在自己的洛宁宫，迎来了真正的江宣——自己的同胞兄长。

见到哥哥，江宁一下子说不出话来了。

江宣叹了口气，伸手揉了揉江宁的发顶。

“想不想回家？”江宣问。

江宁点了点头。

“想见他最后一面？”江宣又问。

江宁想了想，又点了点头，鼻子酸溜溜的，闭眼包住滚热的泪。

江宁觉得这就像是那个坚强的自己在问那个软弱的自己，一下子难过得浑身战栗。

临走的前一天晚上，江宁、江宣兄妹俩去了学士府，号称“千杯不醉”的江宁又一次喝醉了。其实有的时候醉了不一定是醉了，只是借一个契机去说些什么，不然就没有机会了。

“梁青，我是个商人，对于商人，后路是根本。

“我不远万里，背井离乡，只因你赶考，我便来了……

“我们认识了十二年。

“梁青，无论如何，这场绵长的喜欢，该结束了。”

那晚，江宣对梁青说：“我妹妹，我们兄弟五个捧在手里怕掉了，含在嘴里怕化了，算是我们江家欠你们梁家的，我求你了，别再纠缠她了，十二年，挺长的了。”

梁青喉结动了动，垂眸闷饮。

然后江宁就走了，义无反顾。

该死地残忍。

第二日，皇帝直接把洛宁公主送出了应天城。

而梁青追出了城门。

“那不是我写的，是姑妈……若我看到了那传信，定会去救你的。”

“我做不到对你残忍，我只能对自己残忍。”马车里传来了江宁的声音。

“你这又何尝不是对我的残忍？”

“梁青，有时候，错过不是错了，是过了。”

“也许你不相信，我也喜欢了你十二年。”

“梁青，我们放过彼此吧……”叹了口气，江宁的声音远远传来。

总见那话本子上写，少年伤了少女的心后，少女千方百计让少年再喜欢上她，然后狠狠甩掉少年，此为践踏少年的心、伤少年的情，用以报复。而江宁已经失去了伤他心的先机，到头来拾掇拾掇补心的还是自己。

“十二年啊！”梁青说。

“放过我吧。”

“……珍重。”梁青憋了半天，抑制不住地哽咽。

马车上的江宁并未看到身后无声地哭得撕心裂肺的梁青。

战马上的梁青，也并未看到江宁的泪水。她头一次，也是仅有的一次，哭得失态而又伤心。

这是阳春三月，桃花遍地开。

身后黄沙滚滚，眼前泪水滂沱。

桃花只为三月绽，怎的春日知桃愿？

半香

文 / 郭鸿宇

猫跳上我的书桌，镜子里映出猫慵懒的以及我沉重的双眸。它嗅了嗅我的手稿，皱眉说，你最近简直越来越没才华了，写出来的东西连我们猫都看不上眼。我叹口气说，我实在是没有灵感了。猫喵呜了一声说，我讲个故事哄你睡吧，你不睡吵得我也睡不着。

公元一一六八年。

孟秀才千不该万不该，不该拿棍子捅了王地主家的马蜂窝。马蜂窝比夕阳先行一步坠下去了，瞅见那黑嗡嗡的一团倾巢而出，孟秀才撒丫子就跑。眼下他正飞驰在烧红的夕阳下一望无际的地平线上，冷风灌进长衫刺进骨头，他嘴巴上嘟囔着不该这么做，心里却在想：吾还要烧光他家房舍呢！谁叫他抢走了吾的半香。

其实他也只是虚张声势罢了。毕竟林半香是全村最美的姑娘啊，远远甩开排在第二的唐婉秋。被很多人惦记着那是再应当不过的事情。而他孟秀才，区区一介寒门书生，怎么看都没可能。

是的，林半香好看。全村的人都这么说。有人说，她出生那天村子降下了久旱之后的第一场甘霖；有人说，她是蝴蝶转世，因为她柔弱得如同一只粉黄相间的蝴蝶；有人说，只要是她走过的地方，一半的空气都飘浮着清香。

过年的时候，孟秀才被爹娘拖去挨家挨户走亲访友。敲开林家的门时，林半香就缩着身子躲在林母背后，水灵灵的大眼睛怯怯地望着这个陌生的少年。那是孟秀才第一次见到林半香，他感到一朵名为半香的花从那刻开始牢牢扎根在他的心底。后来孟秀才考完乡试回家时远远就闻到一缕幽香，便看见穿着黛青色长裙的林半香站在自家门口朝他挥手。

林半香说："你真厉害，你是我们村唯一考中秀才的人。"孟秀才说："哪里哪里，只是运气不错罢了。"林半香说："我娘说了，让我多学学你，你能教我认字吗？"孟秀才说："好啊，我以后每天都教你认字。"

林半香说："你真有才学，以后肯定能考个好功名，是全村的希望啊！"只有这时孟秀才才会觉得自己的确不是很糟糕，还是配得上林半香的。或许林半香就喜欢自己这个书生呢。

孟秀才家虽穷，可母亲就算去讨饭也要让孟秀才上学堂读书。孟秀才本身对读书这回事说不上喜欢，但也并不讨厌，因为他知道，只有读了书然后进京考取个功名，以后才能让母亲让自己过上好日子。自从孟秀才考上秀才后，孟家整个都风光了起来，孟秀才的衣食住行也都在村民的帮助下有了着落。但最令他高兴的是，林半香每天傍晚都会来他家门口找他。那时候，他白衣飘飘，她婷婷而立，那是天底下最美丽的场景。

情意总是在不知不觉中烘焙出来，孟秀才从最基本的名字开始教起。他说："你叫林半香。"说着用捡来的木棍在磨平的沙地上写出"林半香"三个字。林半香惊讶地说："原来我的名字这么好看呀。"孟秀才说："半香，你就像一朵花儿一样芳香。"林半香小脸微红低头问："真的吗？"孟秀才说："那当然，你是全村，哦不，是天底下最美的花儿。"林半香说："那你是什么？"孟秀才说："吾是采花人。半香姑娘，你愿意被吾采摘吗？"

孟秀才说："你不说话，那吾就当你是默认了啊。半香，你知道'执子之手'的下一句是什么吗？"林半香抬起头来，又用那无辜的大眼睛羞涩地望着他。她说："我不知道。"孟秀才深情款款，说："是'与子偕老'。半香，吾愿与你'执子之手，与子偕老'。"林半香的眸子里映出孟秀才神采奕奕的表情。

小地主就是在那时候出现的。小地主像往常一样和他的父亲王地主一高一矮背着手外八字阔步走在乡间的小路上。王地主指着沿路的谷地、麦田、房屋，说："儿子，你看这些土地都是我们家的，那些人种的麦子、玉米、水稻也是我们家的，那盖房子的钱也是向我们家借的，那些农民全是给我们家打工的。而我的将来就是你的，土地啊，粮食啊，房子啊，工人啊，最终通通都是你的。"小地主喜形于色，然后指着迎面走过来的林半香说："那她也是我的吗？"

第二天，两大箱珠宝就被送到了林半香家，小地主站在林家门口摸了摸刚在小河边顺好的头发做出一副潇洒万分的表情，说："我爹吩咐了，不够再送，等你十八岁，就立马八抬大轿迎娶你。"

林半香说："人家不喜欢你，人家已经有喜欢的人了。"这样说时眼睛望着刚从学堂放学回来经过她家门口的孟秀才。小地主也朝那个方向望去，说："你喜欢他吗？"林半香却忽地红了脸，沉默下来一言不发。

小地主不高兴了，他没想到自己村子里还有人敢抢他的女人，他想，再不表示点儿什么就真是个傻子了。想到这里，他愤怒地跺了跺脚，宝黄色帽子随着他身体的摇动而松晃起来，小地主忙不迭地扶稳帽子，脑中的主意明晃晃地酝酿出来。

这天，孟秀才像往常一样走在放学回家的路上，村里最黑的黑子跑过来问："林半香是不是你的女人？"孟秀才一个爆栗敲在黑子头上说："那当然咯，吾的半香你们这些人是惦记不来的。"黑子说："不是这样的，虽然我也喜欢她，但要抢她的人不是我。"孟秀才漫不经心地问："是谁啊？"黑子说："村东的小地主刚才去林半香家提亲了，你快去看看哟。"

孟秀才站在林半香家门前时，两大箱珠宝正被几个农民模样的人搬出来。孟秀才问站在门口泪眼蒙眬的林半香发生了什么事，林半香也不答便只是哭。那模样看得孟秀才恨不得把那眼泪都吞到自个儿肚子里去。小地主也出来了，孟秀才恶狠狠地瞪着眼前这个戴金色帽子、一身贵气的情敌，他想，就算自己没他家有钱，但至少比他有才学，但现在看来才学又有个屁用，根本比不上两箱珠宝能讨姑娘欢心。

他正这样想着，小地主开口了，他对林半香说："不管怎么样你都考虑考虑，考虑好了我会再来找你。"林半香听后抹了抹眼泪，点头说好。目送着小地主背着手外八字阔步的身影在远方逐渐消失成为一个点后，孟秀才再看林半香，四目相对时林半香眼泪又流下来了。

林半香："说我没有答应他，我真的不会答应他的。孟孟，你要相信我。"孟秀才急忙说："吾当然相信你。"林半香哭的时候也是美丽的，有种独特的韵味。孟秀才说："吾当然相信你，但是他家那么有钱，吾怕配不上你怎么办？"林半香呜咽着说："我不怕，你不是教过我'执子之手，与子偕老'吗？我只想执子之手，与子偕老啊。"

那天过后，小地主并没有再来找林半香说提亲的事，孟秀才也仍每天教她识字。

林半香说："我也想像你一样能去学堂听先生讲课。"孟秀才说："大不了你也去听课呗。"林半香说："这怎么行？我一个姑娘家家的先生怎么肯答应？"孟秀才说："村里的唐婉秋不也是女孩子吗？她都去听课了，你怎么不行？"林半香说："她家有钱，所以什么都能办到，而我不一样，我家的情况你也是知道的，所以我只能拜托你教我识字啊，那些念书啊上学啊什么的，毕竟只能想想而已。"孟秀才说："不行！我去求先生，让他收下你好不好？我现在就去。"

林半香背着母亲亲手缝制的灰色布包站在学堂门前时，依然不敢相信自己以后可以每天和村里的其他同龄人一起上学了。林半香说："孟孟，你是怎么做到的？"孟秀才揉了揉在先生门前跪了一夜而隐隐发痛的膝盖，笑着说："没什么，你能去上学了就好。"

放学后，林半香和孟秀才一前一后走在回家的路上，孟秀才说："你看这片油菜花海多漂亮呀，就像你一样。"林半香说："哪有，明明是花比较好看嘛。"孟秀才摇头说："不对，还是人更美。"林半香便低头不再说话了。

孟秀才说："春天的时候，吾要为你摘下所有的花编成花环戴在你头上；夏天的时候，吾要折下池塘所有的荷叶来为你遮阳；秋天的时候呢，为你扫净树下所有的落叶，教你识字；冬天的时候，吾要娶你为妻，为你实现那个'执子之手，与子偕老'的承诺。"

可是在第一场雪还未降临之日便有人违了约。

当林半香和孟秀才一前一后走在放学回家的路上时，走在前面的孟秀才说："我们来玩十步一回头的游戏吧。"林半香点点头说："好。"待孟秀才走到第四个十步又该回头时却只看见一片金黄色的麦田，独独不见林半香的身影，只有半路清香依稀可闻。

孟秀才是在三天之后得知林半香要成亲的消息的，还是唐婉秋在学堂里无意间说漏嘴的。她说："我和半香一个正室一个偏房，又是好朋友，以后一定会相处得很好的。王爹爹说了，过几天半香生日的时候，把我们俩的酒席一并办了，你们都记得一定要来呀。”

孟秀才把拳头抡到小地主同样也空了三天的课桌上时，先生皱着眉头走了进来，说：“想必大家也都知道了吧，两天后王家与林家和宋家的喜宴，王家邀请了全村的男女老少参加，学堂特此放假三天，现在你们可以回家了。”

孟秀才很不能理解，他现在就站在林家紧闭的大门前高声唤半香的名字，长久没有回应。已是初冬的天气，仍一身破蓝布衫的孟秀才觉得自己的骨头都被冷风割开了一道口子，可最痛的永远不是身体。他不甘心，他一定要见到林半香，向她讨要个说法才是。他要亲口问她到底喜不喜欢自己，那句“执子之手，与子偕老”的诺言还算不算数。

他最终在村东的小地主家门口找到了林半香。她一袭大红长裙，正和同样一身红衣的小地主有说有笑地谈论着什么，那样子竟像一对新婚夫妇，而他分明好似一个外人。

孟秀才强压住心中升起的怒火，走到两人跟前去，咳了好几声后两人才注意到他。

小地主轻蔑地笑了笑，嘴角弯起半个弧度，拉起林半香的手说，你也是来祝福我们的吗？

孟秀才阴沉着脸没有说话，扭头对半香说，吾要和你讲一些事情。突然一把扯开两人拉在一起的手，牵起林半香的右手疯了般往外跑去。孟秀才不知跑了多久，一直到村里最西边的小河旁才敢停下。

他松开手，复又把双手轻撑在林半香肩上，用平生最严肃、最认真的语气问她，你还喜欢吾吗？

林半香说我要和小地主成亲了。

孟秀才一个劲地问，你还喜欢吾吗？你还喜欢吾吗？

林半香一个劲地说，我要和小地主成亲了，我要和小地主成亲了。

林半香声音哽咽了，她双手捂住脸说：“我也没办法啊。我一个女儿家怎么敢违背娘的意思呢？我娘已经收了人家的彩礼，典当成了银子给爹请了郎中。再怎么样我不能不孝哇！父亲的病实在是不能再拖下去了……”

孟秀才酸着鼻子半晌才酝酿出一句话：“你就不能再等我一年吗？等我考上举人，我……”

“是啊，我真的等不了了。”林半香眼神突然坚定起来，边说边擦着眼泪，“这几年为治爹的病家里已经欠了好多债，现在这不又快要过年了，催债的人再上门，我和娘两个手无缚鸡之力的弱女子就真的过不下去了。”

“我懂了，半香。”这是孟秀才走之前说的最后一句话。

孟秀才千不该万不该，不该拿棍子捅了王地主家的马蜂窝。马蜂窝比夕阳先行一步坠下去了，瞅见那黑嗡嗡的一团倾巢而出，孟秀才撒丫子就跑。眼下他正飞驰在烧红的夕阳下一望无际的地平线上，冷风灌进长衫刺进骨头，他嘴里嘟囔着不该这么做，心里却在想：吾还要烧光他家房舍呢！谁叫他抢走了吾的半香。

也并不只是虚张声势那么简单，他还真这么干了。

火起的时候并没人知晓，这个时节的农民正忙着收割最后一季庄稼，哪有这个闲工夫去看这些?

零星的火苗引燃摞在房屋旁的草垛，噼里啪啦地燃烧起来，黑色的余烟意犹未尽地缠上房梁，大火接着攀爬上了整座屋子，随着冷风搔首弄姿起来。

小地主像往常一样和他的父亲王地主一高一矮背着手外八字阔步走在乡间的小路上。王地主指着沿路的谷地、麦田、房屋，说：“儿子，你看这些土地都是我们家的，那些人种的麦子、玉米、水稻也是我们家的，那盖房子的钱也是向我们家借的，那些农民全是给我们家打工的，而我的将来就是你的，土地啊，粮食啊，房子啊，工人啊，最终通通都是你的。”小地主喜形于色，然后牵起走在他右手边的林半香说：“半香也是我的。”

那场火后来成为村民们茶余饭后的谈资。有人说，大火是老天显灵惩罚了王家过去剥削我们的种种恶行；有人说，大火是哪个毛头小子贪玩放的；有人说，大火烧光了王地主家囤的几百石粮食；有人说，咱们解放啦，因为大火顺带也烧掉了所有的卖身契和房地契；还有人说，林半香和小地主结不成婚啦，大火把小地主的聘礼都烧没了；有人说，林半香那么漂亮的人也幸亏是离开了，否则跟着破败的小地主活受罪，那倒还不如离开。

不过这些孟秀才都不会知道了。放完那把火后，他就搭了小舟渡到了河对岸，颠簸奔走在进京赶考的遥远路途中。

孟秀才回来的时候是一个艳阳天。村民们都在为过年做准备，村里却寂静悄然，四处张灯结彩却不见人影。孟秀才穿梭在万籁俱寂的乡间小路上，好不容易看见小黑朝自己走来，他欣喜之余刚想打招呼，小黑却神色匆匆朝自己身后跑去。饶是孟秀才有再大的耐性也不免烦躁起来。他转身向小黑的方向奔去，跟在小黑身后停在一片烧焦的废墟旁。

王地主死了。

小地主死了。

他们被船夫从河中打捞上来时就已没了呼吸。有人说，他们一时想不开跳了河；有人说，他们没那么傻，只是在房子被烧之后来河边散心时意外掉下去的；更有人猜想是林半香后悔自己嫁给了一个破败家庭的破败地主，于是推他们下河的。不过人们对这件事的议论很快就像对那场大火的关注一样平息了下来。不管怎么样，他们的生活依然没有太多改变，年总归还是要过的嘛。

王地主和小地主躺在早就预订好的红木棺材里，安置在房舍的废墟之中。村民们围成一圈，闭上双眼求神拜佛一番后也都各自回家了，办年货的办年货，贴春联的贴春联，猪叫声此起彼伏。

最后只剩下孟秀才还愣在原地。

不知过了多久他终于艰难地挪动了脚步，缓缓离开了这个伤心之地。又不知过了多久，他突然奔跑起来。眼下他正飞驰在烧红的夕阳下一望无际的地平线上，冷风灌进长衫刺进骨头，他却丝毫不觉得冷。他忽然悲伤起来，他不知道自己要去什么地方，他想去找林半香，牵起她的手，对上她含情脉脉的双眸，然后告诉她他就要考上举人了，不过就算考上了又有什么意义呢？见不到自己心爱的人，一切都是枉然。

他忽地有些疑惑了，脚步停在村里最高的山坡上，云烟是在一瞬间笼罩在他的眼里的，周围的一切都依稀蒙上了一层水雾，氤氲在没有她的世界。

寒风吹来一片香气，一只蝴蝶划过天空。

“林半香到底去哪儿了？”我咬着笔杆问猫。

猫踩着优雅的舞步从书桌移上窗台，艰难地推开窗户后径直跳入它的温暖小窝。

突如其来的冷风让我为之一抖，我刚想关上窗户，一只粉黄相间的蝴蝶飞了进来，绕着房间飞来飞去。

在我仍没反应过来的时候，蝴蝶又飞走了，留下半屋清香。

“她真的变成蝴蝶了？”我自言自语，嗅着这不知名的仿佛属于过去的香气。

扭头看，猫已睡熟。

老叔

老叔

文 / 梁振杰

村里大家都知道，但谁也不摆在饭桌上谈——最近老叔下田回家时，在那条横亘的长长的马路上被车撞伤了腿，幸好医生说没什么大碍，休养一段时间就能痊愈。老叔在村里不算有头有脸的人物，只是他年纪大了，没有兄弟姐妹，孩子又还小，大家都甘愿关怀他，管他叫老叔。时日一久，大概是大家都忘了他的名字，他见了村人，总会眯着眼，露出满嘴黄牙的笑容。

初夏散去闷人的炎热，雨季突来。老叔凑近窗边，推开一扇窗，雨下得狼狈，他相当不习惯甚至抗拒这种百无聊赖的感觉，屋里空荡荡的，像午夜时分的墓地。这段时日以来，好心邻居照顾着他的一日三顿，收拾家务，硬是不问他媳妇去哪儿了。他觉得邻居是知晓的，这样一想，下意识地把被子捂过头，这头一拉，被子那头满是茧的脚就露出来了。他蜷缩一团，像一只有棱角的包子，微微抽搐，眼泪湿透床单。

三天后，老叔勉强能行走。他走出充斥着中药和酸臭味的房间，门外仍是一片黑压压的天，雨歇了一会儿又下了。老叔把蓑衣披在身上，又脱下，望着绽开的水花良久。过了正午，邻家没有送饭过来，老叔捂着干瘪的肚子，自言自语道："吃饭睡觉不能仗着别人，自己动手才是道理。”他蹒跚着，屋里屋外来回踱步。

“人啊，依赖久了，总觉得就是应得的，应得的……”

老叔走出檐下，吃力地驼背前去。唏嘘的雨水突然更狂野了，粗暴地落在水泥地上，模糊了耳朵，撞击他多层褶皱的眼皮，似乎要把他按到地上。他走了几步停住了，这是家门前的一片地，破败的竹棚塌下来，烂布条沾满沙子零落一地，碎了的红砖犹如凝固的血……似乎久经荒置。但此刻他想念着的依旧是横亘的长长的马路彼方，那片葱郁的稻田。“看似老天爷又要作难我喽……”

老叔瞧了瞧邻家的窗，里面没有人，于是只得蹒跚着回屋里去。

此时，几只母鸡高翘肥臀，借着树荫的厚密枝叶掩护，叼着菜叶儿到老叔家前的破棚下；菜叶儿落在地上，它回过身去，另一只母鸡也叼着菜叶儿来了，落地，继而好几只……老叔顶着铁丝网般的雨，佝偻着腰来到竹棚，捡起菜叶儿。雨水先是踏平了他蓬松而稀疏的头发，继而把宽厚的衣服挤瘪了，长衫腋下的破口耷拉出来，裤子松垮，像极了裹尸布。

“谢了啊。”

老叔捡了菜叶，双手扎成一捆，眼巴巴地看着那几只母鸡。母鸡昂首阔步，回去啄糠了。

他适应了淋雨后，迈着步往厨房去。厨房在屋的旁边，是一间瓦屋，里面有几只鸡笼，两座炕头，边上堆满柴和稻草。他移开厨房门前的挡板，摸黑进去，好一会儿才点上蜡烛，预备烧锅。

其实半年前，老叔的日子还不会如此败落，至少那时他是平常人家的模样。他有一位越南籍的跛脚老婆，有个读六年级的儿子。他与妻共枕，老来得子。

再远的变故应从十二年前说起。那年老叔攒够了些本钱，却随着时日去，还未处对象，村里人问及“还不抱个媳妇回家咧”，老叔都不好意思地挠头。大家都说他太守财。有一天他咬牙决定要建一栋房子，却不愿拆了以前的房屋，于是以前的住所便当作厨房，在一旁建了三层的水泥房。房子有了，四十岁的他又一跺脚，通过门路买回来个越南老婆。听说结婚那天可热闹了，两三个小伙子架着新娘子，老叔穿得红彤彤的，一群男人跟一女人过门。此后，老叔算是有了家室，夫妇俩白天双双下田，晚上炊烟缭绕。过些时日，那媳妇儿学会了不太流利的国语，就和邻居熟络了。越南老婆干活勤奋，做饭缝衣、下田喂鸡得心应手。村里人都说老叔娶了个贤淑媳妇。

翌年，越南老婆生了个孩子，叫安良。那些年月里，安良吃百家饭，穿百家衣长大，放学回来就帮妈忙家务，闲来就到河边抓鱼，一乐就是大半个夏天。一晃眼，安良读六年级了，有力气跟着爹下田，但更多的时候依在妈的怀抱里聊班上的事，或俩人默不作声。安良握着家里仅有的一部手机，是越南老婆买的。他打开音乐播放器，听过时的流行歌曲《老鼠爱大米》。等到妈起来要去做饭，顶着油烟炒菜，安良便蹲在炕边添柴旺火。

老叔从田野中出来，扛着锄头，顶着烈日，佝偻着腰，越过横亘在田与屋之间长长的马路，过后再走一段土路，未回到家，已嗅得浓郁的饭香。

十二年里，越南老婆没有什么怨言，她似乎安顿了，老叔也尊重她的想法，让她跟安良睡，自己独睡一床。夫妇俩很少争吵，抑或说是一如既往地隔阂着生活。

一个月前，正值春末夏初，雨成了庄稼的常客。安良干脆光着脚丫上学，越南老婆不再把衣服晾在外头竹棚上，老叔却成天惦记马路彼方的稻田。“护好苗子的话，今年收成好着呢。”他戴上宽大的竹编斗笠，下田去了。

不料那天雨大得凶狠，老叔过公路时，被往来的轿车撞了。车刹得及时，撞了人后立马倒车，打灯，从老叔旁边疾飞而去。老叔趴在路中央，淋了半天雨。路过的车辆以为老叔要讹钱，看清了倒地的人的面貌后都急踩油门逃开。到了傍晚时分，雨停了，民警巡逻时发现老叔，救护车闻风赶来，把老叔送去县城的医院。

老叔发高烧，腿骨折了，亟待家属签字和手术费做手术。两天后，老叔稍微清醒了，给医生写一串电话号码，医生拨打过去，是那个越南老婆。交涉一番，医生说：“你不是法定老婆，无法签字，但可以先垫着手术费。”

当天下午，越南老婆来医院探望老叔，她说村里人都不知道老叔的消息，吓坏了。他告诉她存折密码，让她交了医疗费用。老叔后来打了不下二十个电话，好不容易找到个远房亲戚签了字，才能做手术。这段时间里，越南老婆每天往返两地照顾老叔和孩子，恰好安良小学毕业了，夏季来临，下田用的锄头落在安良的小小肩膀上。

手术后，越南老婆跟老叔说：“你没什么大碍，我这几天就在家忙家务吧，你在医院休养。安良一小孩子，怕他担不来。”老叔准许了。他独自在医院休养一段时间。两天后，老叔按捺不住要回家，出院时，他没有给老婆孩子电话，想要给母子俩一份惊喜。

老叔回到家，在空地上捡了一根木棍当拐杖。大门紧闭着，他想母子俩应是忙农活了，于是掏出老旧的钥匙开锁，推开绿皮铁门，眼前的景象让老叔心里咯噔一下——屋里相当整洁干净，放鞋的地方空空的，走进卧室，柜子空空的，床单铺得整齐。老叔喘着粗气坐下，半个小时后终于忍不住走到电话机前，拨打了越南老婆的电话，关机了。

直至傍晚，邻家女孩送来第一顿晚饭。她说道：“阿姨说如果您回来了，让咱先煮饭给你吃，她带着安良到镇上打工去了，赚钱呢！”

只是一个月过后，母子俩依然杳无音信。

邻家女孩不再送饭来，老叔便真的是独个儿过日子了。

他不忘每天到厨房打开鸡笼，让三只孤零零的母鸡出来自由一番。腿伤大概痊愈了，又惦记着公路彼方的田，历年来它都丰收得舒人呢，今年恐怕被雨水浸坏了。想着，他又下田了。

“怎么还下田咧？”碰面的村人搭话道。

“让田看看我的本事呗！好让它尽量丰收丰收……”老叔咯咯笑，眯着眼，没有人看得出那是哭还是笑，正如没有人在他面前提越南老婆和安良。

这天，老叔安静地躺在床上，驼背的缘故，他只能侧着身子，看着空洞的墙壁发呆。侧右方睡很不习惯，但他不想反过来，因为左侧是空荡荡的衣柜。衣柜里塞满了疑问，那疑问十几年来每天都囤一点点，终于藏不住，这下挤开了。老叔睡睡醒醒，仍打发不走漫长的下午，于是撑起身子走到屋外，屋外的空地太久没人收拾，加之一场暴雨，泥沙混杂，像废墟。

老叔的视线落在瓦屋，想起屋里三只母鸡。他再次顶着铁丝网般的雨，雨水踏平他的灰发，这次他把雨撑起来了，钻入厨房，掀开鸡笼掩门，吃力地掏出一只鸡来，母鸡相当顺从，而且它没看剩余那两只母鸡一眼。

老叔手起刀落，割断它的喉咙。

今天没有什么特别事情，只想杀一只母鸡来吃。下了一场大雨，家里即将忙活不过来，自个儿住偌大的房子不习惯，秋天兴许收成不如意……没有什么特别。

老叔烧热水，一转身，见一人打着一把伞走进来，提着一个精致的盒子。老叔认真审视对方，方才认出是邻家女孩。

“老叔好。”邻居尽量不去看他那双湿润的眼睛，“安良刚找我，他给你送来的……”

“安良那兔崽子去哪儿啦？”

“他，好像被一辆轿车接走了。”

“孩子他妈呢？”

“好像在那儿，我没看清……”女孩哽咽道，“安良说祝您生日快乐，这是他买的蛋糕。”女孩转身离去，淹没在雨帘之中。

老叔蹲在那儿，笨拙地打开礼盒，猜疑着第一口吃下去，看是不是单纯奶油蛋糕的味道。两只母鸡乘机走出竹笼，踩过那只死去的母鸡的血溪，印得斑斑脚印。

此后每天，他经过几张打天九的桌子，经过几位丰乳肥臀站在各自家门口的女人，以及树荫下讨论着单双号的男人们，往返田野与瓦屋之中。他始终绕不过那条横亘的长长的公路，那是必须走的。那天以后，老叔锁了水泥房门，独自住在瓦房里，村里人甚至以为，那间三层的水泥房是别人的了。

红鸡蛋和黑眼睛

文 / 滕卢涛

说起来，我认识欢喜不过半年。但我始终觉得那是很久远的事，这很奇妙。或许是因为我活得尚且太短。

通常童话故事的开头都是，在很久很久以前，在森林里……但当故事转换到现实之中，就变成了：在很久很久以前，在一条大马路上，你能看到一个推着一辆无座的自行车的少年缓慢地走在路的一侧，那车把去哪儿了呢？车把在那人的手上。天知道在淘宝上买的自行车是一堆零件。受限于技术问题，我只得在九月仍旧燥热的正午里，推着我新买的“小毛驴”，在学校周边摸索着肯帮我安装自行车的店铺。

当我大约走进第四家修理电动车的店铺并询问时，老板再次不屑地看了看我：“现在我们都不修自行车了，太便宜。”没想到现在修车的也都高贵得不行。我暗叹倒霉。“对面好像有家新来的，没店，就一辆三轮，你去看看。”在我哀叹时老板用他满是油污的手指了指对面。我眯着眼朝着那个方向望去，偌大的“修车”二字我竟一直未看见。

刚过马路，还未见人，就闻见一股炭烤的香味扑面而来，夹着干枯的初秋落叶燃起带来的烟味。顺着味道，我走近看到了一股青烟飘起，在一辆破旧的挂满修车零件的三轮后面。

“喂，这里吃车，不，修车吗？”这股味道成功干扰了我的语序。

“啊……”一张灰乎乎的脸从车后面钻了出来，“修，修的。”那人拿来一张小板凳，让我先坐下，慢慢解决问题。

这是一张很具有代表性的城乡结合部年轻面孔，黄发，深棕色并且附着一层灰与细密汗珠的皮肤，一套牛仔衣裤，干瘦的手臂露在外面。要不是为了讨口饭吃，谁来这儿？这是这个名叫欢喜的男人后来告诉我的。但别说，他这人平时闷着，一张口可真是停不下来。

“师傅，我这车就是不会组装，你帮我看看，怎么把它安装起来。”我把问题告诉了欢喜。

“别叫我师傅，我才十八呢。”那小伙儿倒还较真，说，“叫我欢喜吧。”

“哦哦。”我点头如捣蒜，“欢喜就好。这不是首闽南歌吗？”

“这首歌整个乐清只有我一个人会唱。”欢喜接过了话，“来，和我一起摇。”说着他两只手举过头顶，有节奏地摇摆起来。这首歌前几年在我们这儿的一个酒吧很红，大街小巷的改装摩托车后面的低音炮都带着这歌，只是这几年逐渐绝迹，没想到他也知道。

“欢喜，你这是不是艺名，听了这首歌才改的？”我打趣地问道。

“小时候家里穷，我生的时候大家都苦着脸，怕养不活，我妈就说，那这娃叫欢喜好了。”欢喜已经拿起我的车座开始研究起来。

他关心着我的车，却没有发觉那边的火一直没灭，几块大石头下不知道在烤着些什么，但香味已经勾得我咽下了一口唾沫。不像是烤番薯，烤番薯的那股蜜糖焦味是我再熟悉不过的。莫非是传说中的叫花鸡？有可能，我翘起鼻子嗅了嗅，闻着还真有股肉香，只可惜这鸡不属于我。

就在我盯着那火堆的时候，欢喜忽然抬头也往火堆看了一眼，我连忙想转动眼睛，可惜为时已晚，两眼对视，我只得朝着他尴尬地笑笑。

“还没吃饭吧？要一起来点吗？”欢喜很大方地走了过来，让我更是想挖个坑钻进去。

“也好吧，那我去买点酒来。”我赶紧找了个借口，跑到了对面杂货店里，买了两瓶雁荡山，顺便懊恼自己怎么会这么没出息。不过想想吃的也好像不错。我揣着两瓶啤酒，又屁颠屁颠地跑回去了。

这时欢喜已经拿着火钳开始拨弄开火堆，赤红的炭块在与火钳的接触中迅速变黑并发出扑哧的声响。香味愈发强烈，却好像不是鸡肉的味道，我走上前去，看见欢喜夹出了四五个黑乎乎的蛋来。黑色的蛋壳间还露出鲜艳的玫瑰红色。

“欢喜，这是红鸡蛋？”我看着这红色，问欢喜。

欢喜点头：“红鸡蛋的味道好，吃了有力气，沾喜气。”他把它们夹出来放在一旁的地上放凉。

“红鸡蛋不就是染了层颜色嘛。”我笑道，“和味道有什么关系。”

“红鸡蛋更香，煮鸡蛋不一样。”我不再争执，少年的固执总是无法解释，或许真的是更香吧。

“来，先喝口。”我递过啤酒，同时假装轻松实则困难万分地用牙齿撬开了酒瓶。实际上我俩并不喜欢喝酒，那味道实在太冲，但这样一个好似江湖侠义的场合，不喝酒的确有些说不过去。想着，我眼一闭，头一仰，猛地灌了一口。啤酒花和麦芽混合发酵的味道依旧使我感到不适，同时伴有轻微的眩晕感。等回过神来，看到拿着酒瓶的欢喜，还是一脸茫然地看着我。

“我不会喝酒。”欢喜面带歉意地看着我，“要不我去买点别的？”

“也成，那我帮你看着这蛋。”说着我用手轻轻地碰地上的蛋，这下烫得我一下子缩回了手，使劲吹了吹。

欢喜无奈地看着我，摇了摇头，笑道：“你们城里人的皮就是薄，等我回来剥吧。”

“接着。”当我正低着头望着地上的蛋时，忽然传来了一句。我抬头，一个红色的物体已经抛了过来，我连忙捂头就躲，啪的一声我已吃痛。再看，一瓶旺仔滚落地上。

欢喜连忙跑过来，问我有没有事，我揉揉脑袋摇了摇头，所幸不是边角砸到，问题不大。见我无大碍，欢喜也就继续剥起了蛋。

“还是旺仔好喝。”我开了拉环灌了一口，这种甜蜜醇香的口感才是我所喜爱的。

再看欢喜，他嘴边已有了一圈白沫，沉浸在这乳白色液体的快乐中。欢喜说他从前只在喜宴中喝到，那是他们那儿最隆重的事情，到这儿后偶尔也才奢侈一回。

我们坐在滚烫的石头上，吃着鸡蛋，就着旺仔，随意扯着淡，欢喜跟我讲家乡带毛尖的野草，草丛里的蛔蛔在淡紫色的夜空下不时地叫着，那儿的天很黑，若是碰上有乌云的晚上，走在田间什么都见不着，得打着手电才能看到脚下的小道。

欢喜讲得入神，我咬下一大口蛋，看着他讲。他的眼睛就如他家乡的夜，黑得纯净，似乎能吸收所有的光源。

吃完后，欢喜才开始修车，这过程对懂行的人来说并不复杂，事实上欢喜只用了十分钟。

“哥，我能骑下你这车吗？”欢喜修好后，忽然问我。

“好，小心些，这车的刹车是往后面踩。”

欢喜很快蹬上了车，一开始不习惯车子没法往后踩，骑得跌跌撞撞，但一上路，就顺溜起来。他骑在路两旁的小道上，阳光从法国梧桐的叶的间隙落下，黄绿色的光里谁都像一首诗。欢喜一直骑到我目光不能及的地方，但想起他的眼睛，我觉得相信他没错，更何况，后面还有一车的家当。

他是在五分钟后回来的，一下车就说：“哥，这车骑起来真好，等我攒够钱了也去买一辆。”他咧嘴露出不算白的牙齿，年纪不大，眼睛笑起来却堆满了褶子，眼睛也就是其中的一条缝。

我常去欢喜那儿，下午上完课若是空闲，便去那儿陪欢喜聊聊。欢喜收入不多，我就自带些吃的，车站边上的眼镜排骨，桥头的鸭脖，又或者火烧和水煮花生，还有万年不变的旺仔，附近的小零食，我和欢喜都坐在那小板凳上吃过。欢喜则是一如既往地吃着红鸡蛋。我偶尔来几个，但吃得不多，什么东西都不能吃太多，否则都会腻。人和物也是如此，过犹不及，孔老夫子的话很有道理。

傍晚有着夹带凉意的风，欢喜坐在他的大车胎上，跟我讲今天的生意如何，早上有个青年问他借大钳子开锁，他很犹豫，一是怕他偷钳子，二是怕他剪开的不是自己的锁，但最后还是借他了，因为那小伙子和他一个口音，原来是老乡。

我说得少，三点一线的生活并未有太多波澜，大多数时候，欢喜就像一个停不下来的广播，讲着他的生活、见闻，我吃着红鸡蛋，看着他棱角分明的脸，听着故事和凉风的声音。

有时我抬头看看天空，会感慨："欢喜，你说这天多么安详，它看着我们一点点改变，无言一语，但它变化的色彩何尝不是我们？"欢喜愣神，鸡蛋嚼到一半停了下来，过了一会儿，他才咂巴咂巴嘴，品味道："哥，你这是在装逼吗？你们写文章的就是喜欢装逼。"说完继续吃起了鸡蛋，留下无言以对的我。

从欢喜的口中我得知他妈妈现在生病了，不过他说问题不大，他在家里排最小，上面还有两个姐姐，现在连他爸四个，都在外面打工。妈妈同爷爷、奶奶一起。他觉得，他们四个挣钱，就不信治不好妈妈。他说这些的时候，眼睛望着极远的地方，语气淡然，这时候他像个大人。末了，他说："哥，咱干杯。"

他举起旺仔，我伸过瓶子，瓶子碰在一起。从前有个叫北岛的诗人说，这叫梦碎的声音，不过我并不打算告诉欢喜这个。怕他再……继而我们一饮而尽，显得豪气冲天。

日子一天天短了起来，我们的衣服也逐渐厚起来。大约快放寒假的时候，有一天，保安忽然来班里通知有人来找我，来人说不出我的班级，穿得不三不四，因此保安没让他进来。我一猜准是欢喜，但他平时从没来过学校找我，我好像知道了什么。

外面下着雨，天色昏暗，白昼不大明显。我到校门口的时候，欢喜就在门口，他穿得不多，低着头，手里提了一袋东西。

"欢喜，什么事这么急？"我问他。

"哥，这个给你。"欢喜提起袋子，我接过来看了一眼，红色的尼龙袋中装着不少红鸡蛋，但没烤过。

"下次我来可以吃呀。"我说着想把红鸡蛋还给他。

"这是我自己的。"欢喜这话让我摸不着头脑，"哥，我要走了，回去结婚。"

"结婚？"我一脸惊讶，"年纪都还没到呀，你结什么婚？"

我把欢喜拉出保安室，走到学校竹林的亭子里，细密的雨丝凉飕飕的，冬季的雨冻得人打着战。欢喜坐在亭子里，低头搓着手，不言一语。

我看着他，这个瘦瘦的小伙子看起来完全不像个新郎。许久，他才开口：

"哥，我妈她说不治了，那钱留着给我结婚。马上结，先办酒席，女孩已经给我物色好了，家里人都说不错。"欢喜的眼眶红了起来。

"那你们怎么不劝劝阿姨呢？"我话一出口就发觉自己的幼稚，想来是劝尽了。

欢喜只是摇摇头，说没办法的，他妈妈倔，只怪自己没用，不能挣更多的钱。

“哥，这蛋你留着，红鸡蛋真的比煮的香，喜气。”欢喜咧着嘴，对着我说。

“这蛋这样也能吃，我给你剥个。”我拿出个蛋，开始剥了起来，红色沾染在我的手指上面，也渗进了蛋白，没法洗去。我递给欢喜，他接过，一口塞了进去。

“干什么吃得这么急？”我看着他，他大口咀嚼着，不能发出声音，只能憨憨地笑笑，千沟万壑的脸上，两道眼泪回旋绕转，终于还是落下了。他一把抹了眼泪，接着笑笑，咽下了最后一口。

“哥，我走了。”这是欢喜对我说的最后一句，他不知道自己以后会不会回来，写给我一个号码，让我记着。最后，他抱我的时候，我在他的兜里放了五百元，那原本是我买鞋的，刚好在身上。只当礼金。

后来，欢喜慢慢消失在了雨里。

“欢喜，一路平安。”

岛上

文 / 李尧

<一>

即妄生活在中国北部一个小岛，四面环海，没有特别落后，也没有科技发达；没有与世隔绝，也不是旅游胜地。普通得不能再普通的地方，绕小岛一圈也就半小时，这里的人世代都生活在这儿，质朴却世俗，一生愿在这儿过柴米油盐酱醋茶的平淡日子。

即妄在某一天逛地摊时，看到了卖各式地图指南的，地方地图，旅游指南，上海地图，北京地图，欧洲全景，美国地图。即妄最后挑了一张中国地图，一张世界地图。回到家后展开看，自己生活的地方是一个点，不仔细看都找不到。于是他立志要环游中国，最好还能去世界看看。

把地图贴在墙上，隔天父亲进来看了两眼墙，大发雷霆，说得太过激动，口水还喷溅了即妄一脸："小兔崽子，整天不好好念书都搞些啥，赶紧把墙上那些乱七八糟的给我撕下来。找打呢！"即妄从床上跳起给父亲解释好久他的宏图大业，父亲回击他两个爆栗子，摆摆手让他赶紧扯下来："别整天想那些有的没的，这儿哪点不好硬要往外跑。"即妄和父亲争辩许久，地图仍在。父亲兴许是累了，轻叹了一口气推木门，门推开时发出“吱——”的声响。他在门口停顿了几秒，大步离开了。午后的阳光透过窗口射进屋内，把父亲半边黝黑的脸照得透亮泛黄。即妄的那个角度清晰地望到父亲脸上复杂的神情，失落、无奈，刚才还来势汹汹与自己争论的人整个儿都蔫了下来，堆满了苍老之情。

即妄有几秒的错愕，父亲真的老了，自己也大了。

<二>

晚饭后即妄约兄弟梁栋出来闲逛，夜市的各样东西已经尽数摆放出来，吃的喝的玩的与各种杂物，即妄行走在熙熙攘攘的人群中。这条街每晚都这么热闹，这里没有禁令不让开夜市，管辖很松垮，毕竟也不是大地方，也就免了很多大城市的烦琐规矩。街道上有老人步伐蹒跚，情侣牵着手，中年夫妇挽着手臂，几个少年勾肩搭背，早恋的少年与少女羞涩地低头不说话地并肩行走，还有幼童的喊叫，空气中弥漫着烧烤的香气与炭的烟熏味。没有闪耀的霓虹灯光，只有昏暗的路灯和白炽灯泡一盏盏亮着，把每一个路过的人影子拉得很长。梁栋停留在街边的摊位。“张老板，来四罐啤酒。”“好嘞。”拿了啤酒和即妄边走边喝，聊着一些无关紧要的事情。晃了一段到了海边，阵阵海风吹打在脸上，也不觉得凉。即妄干脆坐在沙滩上，眼前是辽阔的大海，仰头是漫天繁星闪烁。

“你以后想不想离开这儿？”即妄推了一把梁栋。“干啥要离开这儿啊，我从小就长在这儿，没觉得这里哪儿差了。”梁栋语气平淡，“不过即妄，你小子从小就和我们的这些想法不一样，或许外头更适合你，你要是哪天混出头了可别忘了兄弟我。”即妄笑了笑，梁栋这家伙总能一语说出他的心思。

“走吧。我带你去一个地方。”梁栋起身，让即妄跟上。这岛上还有什么地方没去过呢，这十七年，他早就走遍了。

隐隐约约传来了打架子鼓的声响，吉他、贝斯、键盘，几种音高混合为一体，伴随着主唱的开嗓，只觉得空气都沸腾了，每一颗微粒子都在躁动。越走越近，越来越近，一首歌的前奏直到高潮，就如同唤醒了体内一个去世已久的人一般。即妄从出生到现在只在电视中看过乐队表演，从未想过有一天小岛上也会出现一个乐队。没有十分大的舞台，没有刺眼的灯光，只是在一个简陋的巷口，几个人弹弹唱唱，路人是听众，却零零落落终是没有驻足。即妄不知为何，看到这支摇滚乐队想起摆在角落早已落了几层灰的吉他。初中时一时兴起买了它，还想着学好了能装酷耍帅，指不定还有女生看上他。不过没练几天也就放弃了，为此还被父亲数落了一顿，母亲说他从小不学好。即妄和梁栋就伫立在那儿听，累了就坐在路边的台阶上，一直到凌晨两三点，乐声停止。即妄意识半游离半梦，尽管听的都是摇滚，还是耐不住生物钟带来的困意，眼皮打架，坐在台阶上昏昏欲睡。

乐队的主唱拍了一下即妄的肩，即妄一惊。“哥儿们，大晚上坐这儿睡不冷啊？我看你坐这儿也几个小时了，你们哥俩也算是我们乐团第一第二个听众。走，哥几个请你们喝酒去。”一杯杯啤酒下肚，逐渐模糊了意识。后来发生了什么谁也不记得。

彻夜响彻着“嗡嗡”的蝉鸣，风把树叶吹得“沙沙”，热风扑面吹得人燥热不安。即妄是被热醒的，其他人还醉得七荤八素仍在昏睡。揉了揉头，彻夜未归，回去又该不安宁了，顾不着别的就往家的方向跑。

幸运的是才三更天，父母还在睡。即妄回到自己房间关上门，把墙角盖吉他的布取下，指尖顺着琴弦往下，轻拨一根弦。他想重新拾起它。

即妄剩下的暑假都与这支乐队腻在一起，吉他操作渐渐娴熟，弹曲不成问题。他享受在阳光下和黑夜里站在树荫又或巷口弹奏吉他，和其他五个人一起配合演绎一支曲子。他和乐队的主唱交谈得格外欢，他叫成燎，和他交谈就如同与另一个自己交谈。

<三>

高三开学的第一天，即妄如往常一样在家门口的面馆吃了面，没有急促，不紧不慢地踩着上课铃进了教室。小岛上没有大学，大多数的人读完高中就开始工作了，去岛外上大学的少之又少，自然高三也没有什么可紧张的。老班介绍说，有一个外省来的新同学，叫周玫瑰。这地方竟然还有从外省转来的，即妄有些想笑。轻瞥一眼站在讲台前的周玫瑰，及腰的发用发圈扎起，单肩包，嘴角微微上扬，双眸黑得深邃且看不出任何的情绪，一米七的个子，短T恤外面套着长袖校服，袖子半挽起，气场分毫不输汉子。

周玫瑰径直走到即妄身后的座位，放下包抽出本书翻看。

“你叫周玫瑰？”即妄转过头问。

“也可以叫我周芷兰，周玫瑰是新改的还不习惯。”

“不，我就叫你周玫瑰。”名字也改了，所处省也换了，这要不是家里有人追债就该是富家女受了多大创伤来这偏远地方疗养。不过也不对，要有钱，谁不送国外啊，还来这儿？即安默默地在心里幻想千万种这个女孩的遭遇，脱口问出：“你为什么来这儿啊？”

“爷爷奶奶在这儿。”

“就这样？”

“爸妈离婚，我妈再婚，我爸不想要我，我就来这儿了。”周玫瑰的语气不起波澜，俨然理所应当。

<四>

“带我逛逛这儿吧。”放学后周玫瑰把几本教科书往即安桌上一拍。

“为什么找我？”

“我只认识你。”

即安想拒绝，但觉得她说的没有什么不对，她还只认识他。即安带周玫瑰来到海滩：“这儿最美的就是天和海，而在海边可以看全。”周玫瑰眺望着远方，双手张开，做出拥抱大海的姿势。湛蓝天空，云卷云舒，阳光和煦，暖风拂面。几只零落的海鸥在海面上空久久盘旋，周玫瑰往海里一点点走去。“即安！即安！”即安应声也向海中挪去，海浪一阵阵地拍打在身上，微凉，这才恍惚记起又到秋季了。即安走神时，周玫瑰往他身上泼海水，即安被冰凉的海水一打顿时清醒：“别玩了，上岸吧。”

“你说这海鸥是不是真的自由？”

即安被这个不搭调的问题问住，看着侧身的周玫瑰，她仰望着湛蓝的天空，和那久久盘旋未离开的海鸥。“应该是吧。”即安答。

“我也觉得，比人好，没有那么多束缚和责任。”周玫瑰视线没有偏移，还是望着海鸥，一直到它们飞离，朝着远处，背影越来越小，直到完全消失在海平线上。

即安第一次觉得缘分是个奇妙的东西，不然怎么会明明初识周玫瑰却好似多年不见的老友，这个女孩有着独有的魅力吸引即安，除了脸或许就是那永远那么平静和理所应当的对话语气。

<五>

周玫瑰在学校几乎无话，男生搭讪当作空气，女生八卦她以前的事也当空气，即妄自从那天之后就没有什么机会和她说话。下课只是挥汗篮球场，上课望着窗外发呆，思考诸如什么时候梧桐长到了窗口这个高度，刚来这个高中还差很大一截的这种问题。光阴似箭，时间就这么悄声无息地一点点溜走，逐渐把大家对周玫瑰的好奇度磨到最低，加上她跟班中的人没有什么交流，大多数人也就遗忘了这个新同学。即妄和周玫瑰每天唯一的接触就是传本子时总会触碰到她的指尖，凉的，一直都是。

三个月后的某天周末，即妄躺在床上迟迟不想起，梁栋跟即妄父母打了招呼之后就冲进即妄房中："赶紧起来，街边突然围了好多人，都是看成燎他们乐队的。据说新来了一个鼓手，长得可靓了，可惜一看就不是一般人能把的。正事是成燎叫我来找你赶紧拿着吉他去，快快快。"即妄一路沿街跑，隔一条街就听到了乐队演唱的声音。他背着吉他一路跌跌撞撞终于跑到，拨开人群，只见一个黑发齐腰，斜刘海，骷髅T恤配着铆钉外套和皮裤的女生坐在架子鼓前，鼓棒一击一击铿锵有力地敲打在鼓架上，有零碎的发遮挡住眼角。即妄盯着她望了很久，气质、气势，这个女生都赢了，直到曲终她用手拨开遮住眼睛的头发，即妄才认出她是周玫瑰。

即妄还没有缓过劲来，成燎已经让他下首歌和周玫瑰合作伴奏，他没有和周玫瑰一起练过，甚至不知道她加入这件事，默契度的确是个问题，可这关键时候不能掉链子，只能硬着头皮上。

即妄弹奏出前奏旋律，周玫瑰顺利跟进，莫名的默契一气呵成。

临近黄昏谢幕，鞠躬以表感谢。即妄一点也没有感到疲惫，围观人的每一句赞赏和评论，都化成他的力量。再怎么说，有人听总是比没有人要好的，这比起前几个月已经是个很大的跨度。

结束后几个人去街边吃晚饭庆祝，成燎搭着即妄的肩："你和玫瑰认识不认识？你俩好像一个学校的？"

"认识，她是我后桌。"即妄答。

"那你俩咋好像不认识一样的？"

周玫瑰自顾自地往前走，沉默。

“沉默是金。”即安半天也就憋出这一句话来。周玫瑰瞥了他一眼，示意他最好还是闭嘴。

即安当晚也不知道哪里来的侠义气息，主动提出要送周玫瑰回家，话一出口就认识到不对，周玫瑰应该会拒绝，谁知她竟然答应。即安后来问她为什么会答应，她说那时不熟悉这里的路。这话表面听着似乎没有问题，但明显不符常理，周玫瑰这么个聪明人，小岛这么小个地方，哪怕是路痴，三个月也该摸清路了。也就是说，这句话是搪塞，真正的含义也就不得而知了。

即安和周玫瑰把十五分钟的路程走了一个小时，即安走得很慢，中途还故意绕了两个大圈。周玫瑰就随着他走，有一句没一句接即安的话，哪怕对方问的是你家住几号、家里有谁、你什么时候认识戒燎的这些无聊问题。

黑夜降临。周玫瑰住在巷尾的一间宅中，即安推开宅门，前院种满了花草，十二月梅花半开，地上散落着梅花的花瓣，掺杂着泛黄的梧桐叶。一位古稀老人坐在院前一个木凳上，身上穿的只是泛蓝色的布衣，看起来老旧，恐怕是反复洗过很多次，都褪色了。老人眯着眼张望着门口。

“爷爷您怎么又出来了？我不是叫您不用等我早点睡的吗？这天这么冷您赶紧进屋。”周玫瑰向老人跑去，把老人从凳上扶起来，另一只手拎着凳子，往屋内走去。投来两个眼神示意即安快走。即安停驻了一会儿，面前的屋子还是未上漆的砖瓦房，房前挂着一只白炽灯泡照明，屋内恐怕也都是依靠白炽灯，刺得眼睛有些疼。即安明白，或许他们的生活水平比自己家还低了一大截，没有暖气，没有电器，只有一台八寸的老式电视机。周玫瑰正陪着两个老人谈笑，即安透过窗户看着周玫瑰，她的笑能给人带来温暖的感觉。

<六>

这几天岛上都人传人，即安弹吉他这件事自然传入父亲耳中。当他认为父亲会赞许他的时候，父亲只是说了一句：“小兔崽子整天不务正业。”再无言语。

即安形容不出那时的心情，没有失落，没有愤怒，更没有放弃什么，他只是望着窗外，有麻雀停留在窗前的香樟树上，叽叽喳喳地叫唤。即安放空了很久，什么也没有想，午后的阳光从刺眼慢慢远离，到另一边去了。

后来他上床睡了一觉，犯困。

<七>

日子顺其自然地过，冥冥之中注定是有根线牵着他们的，即安和周玫瑰谁也没有先开口，没有表白，没有脸红和腼腆，也从未摊开说，只是双方都默认在一起了，做着情侣做的事，谁也没有异议。

即安弹吉他，周玫瑰就坐在边上吟唱。他说："玫瑰，你说我们乐队会不会有一天走出小岛，让全国人都听到我们的音乐？""那到时候你们就去小岛外，我就留在这儿，等你们回来。"

她说，她不向往岛外的日子，这里就很好，夜晚的萤火虫和星空都比城市的霓虹灯光好太多，这儿给人温暖，让人感到是个家，城市只适合流浪和拼搏，不适合栖息。

每周五的下午，即安都会随着周玫瑰回去照顾她的爷爷奶奶，他们从不过问他和周玫瑰的关系，也不提托付终身。玫瑰的爷爷喜欢让即安陪他下一下午的棋，眉飞色舞地讲着一个个他们那一代的故事，讲着老两口的爱情，讲着玫瑰小时候做的傻事。儿子似乎是一个忌口，他们从未说过一句他的不好，一提到取代的只有叹息。

时光荏苒，岁月匆匆，时间带走青春与年少，高三这一年很快地过去，十二年的学生生涯就此结束，衔接的是生活与未知。

周玫瑰找了一家小工厂工作，即安跟成燎的乐队继续在街头卖唱。大多数黄昏，即安都会去接周玫瑰下班，然后他们一起去海滩漫步，眺望海、天、鸥、远航的轮船，辽阔的大海望不到那头的岸，那头是不是和这里一样砖瓦平房，又或是高楼大厦？

<八>

生活本就是由意外组成的，周玫瑰后来在葬礼之后哭得歇斯底里，她对即安说："我跟爷爷天天生活在一起，却看不出他有任何癌症带来的疼痛，是我的疏忽，我的。"

随着周玫瑰爷爷的离去，她奶奶也因伤心过度三天后离去。周玫瑰把自己关在屋中一个星期，不吃不喝，任何人劝也不闻不问，只是跪在爷爷奶奶的灵堂前。一个星期后，她托人告知即安，守孝三个月，勿扰。同时期，即安的母亲旧症复犯，两人谁也顾及不了谁，一个沉浸在悲伤中，一个日日往返于家与医院，焦头烂额。盛夏时节，温度燥热，却融不了两人心中的冰冷。

两个多月后，岛上来了一位富商，据说下了轮船就直奔周玫瑰家。有传闻说，他是周玫瑰的爸爸；也有传闻说，他是专程去找周玫瑰的。总之三个月的最后一天，周玫瑰和那个男人乘上了远渡的轮船就此离开。

三天后，成燎交到即妄手上一封信，说是周玫瑰所留，让他这时候交给他。即妄接过信，抽出了成燎的打火机，一把火把信烧了："人都走了，信有什么好看的。"人都走了，回忆还是美好的，不需要几行字毁了所有。只是他不知道，那信上写的是：遗命难违，就此远走，算我负你，此生不嫁。

<九>

医院的空气充满了清冷的感觉，父亲守在母亲的病床边，即妄递去家中刚刚炖好的鸡汤。母亲还在熟睡，父亲拍拍即妄的肩让他出来。

病房的走廊空荡荡的，偶有值班护士走过。父亲的手在口袋摸了半天，摸出一张船票，递到即妄跟前："去找那个姑娘吧，我问过了，她坐的去北京的轮船，你现在去说不定还来得及。"即妄手触碰到船票的时候一颤，父亲明明知道或许这一去他就不会回来，这样的例子在这岛上太多了。即妄把船票推到父亲的掌心中："把票退了吧，我不会去的。我就待这儿了，这里没有什么不好。"

成燎几天后来跟即妄道别，他买了去北京的票。这一走，乐队也自然散了。即妄和成燎最后一个拥抱，他送成燎到海口，成燎问他："你真的决定了吗，放弃周玫瑰了？"如果那时说不，成燎会把那十六个字告诉他，结局也许截然不同，而即妄回他："嗯，我就留这儿了，娶妻生子，平凡一生。"

成燎在船上跟即妄挥手，即妄就这么看着船越开越远，庆幸玫瑰走的那天他不在场，离别最伤神。

他找了一份普通的工作，下班就去医院替换父亲。而毕业仅仅一年的光景，兄弟梁栋已经经营了一个小饭店，办得风生水起。

即妄发现，其实一切都没那么重要，活着就好，就有希望去做任何事。人注定不是海鸥，责任和束缚压得他喘不过气。海鸥也有天空束缚，可是天空那么大。

爆炸的知乎

感官世界	文 / 张心怡
爆炸的知乎	文 / 童舒婷

感官世界

文 / 张心怡

眼睛，鼻子，耳朵，嘴巴，皮肤。每个人所感受到的，就是他的世界。

——题记

唐黎从立秋以后就开始期盼冬天来一场没膝暴雪，而立春以后就开始期待夏天来一场昏天黑地的暴雨。前者年年落空，于是她更大的希望都寄予后者。然而，她不知道自己是不是太幸运，总能遇上什么“百年高温”一类的天气，那从小给了她无数畅想空间的暴雨，却越来越吝啬给予她这独乐的机会，使唐黎终于在今年夏季失去了雨的音讯。

大大的月亮挂上窗，无声地昭示着炎夏的无雨晴夜。唐黎坐在窗前的书桌后，盯着被台灯打出一圈圈灯晕的复习题，眉头紧锁，细密的汗液悄悄蒙上前额。“扑簌簌——”她敏锐地捕捉到了纱窗被擦动的声音。一只绿色的小飞虫正卖力地钻向窗框与墙之间的缝隙，挣扎着发出细微的声响。玻璃窗外一角露出壁虎的两只小爪子和一条灵活的尾巴。唐黎吸吸鼻子，不理会窜入鼻间的自己身上蓝白相间的校服T恤上隐隐的汗酸味儿与屋内死水般的闷热，默默拉上了厚重的窗帘。这样就看不见慕光而来的飞虫了吧。她最厌恶飞蛾。对，不是怕，是厌恶，厌恶飞蛾身上诡异的令人浑身发毛的斑斓花纹，更厌恶飞蛾为了那丝光撞死烧死的傻气。唐黎抓起桌角的发夹，夹住了因潮湿变形而从中间留出一条缝隙的窗帘。“眼不见心不烦”一直是唐黎坚信能最大程度减少令生活不安的因素的人生信条。

“当——当——”楼上的挂钟零点的报时在隔音奇差的旧公寓的静夜里异常清晰。唐黎揉了揉眼睛，站起身打开房门，“啪”地按亮了紧邻的餐厅的灯，“咕嘟咕嘟”喝光了餐桌上白瓷碗中的牛奶，将碗轻轻放回餐桌。餐厅的灯光是橘黄色的，是灯管坏掉后牵出一根线接上的五块钱一个的梨形灯泡发出的，是唐黎最喜欢的光线。一切都在这昏黄的灯光下变得柔和而温润，连黑色的影子似乎也变得黏稠起来。她盯着白瓷碗上的光圈，目光有一瞬间放空，又立刻收回窜入那厚厚的镜片内。

她很讨厌餐厅就在卧室门外这种格局，使她自己的房间总有这样那样的油烟味儿，好像都沉淀在了墙壁上，点多少根卫生香也无济于事。唐黎摸索着走到卫生间，因为久坐而略显僵硬的姿态像被搁置生锈后又通上电的机器人，父母卧房的窃窃私语也随着卫生间变形的木门的“吱呀”声而消逝。唐黎拧开水龙头，水流声在她耳朵的掌控之内，没有发出白天因为水压不足而“嗡嗡”的声音。她接足一捧又一捧凉水扑湿了汗津津的脸和后颈，没有用毛巾，唐黎又挂着满脸水珠以及浸湿了衣领的校服T恤，轻轻关了卫生间的门，僵硬地走回餐厅，“啪”地按熄了橘色的灯泡，走进仅剩唯一亮光的屋子——她的卧室。

唐黎的卧室门因风而在被她甩手关上时发出“砰”的一声。唐黎走到书桌前，又“啪”地按灭了台灯发出的最后的光，摸索着爬上床。脸上的水珠早在干热的夏夜迫不及待地蒸发掉，唐黎又坐起身，摸黑将身上的校服换成睡衣，将被子踢到一边，躺平了身子。亚麻的床单，没有铺凉席，使这无雨的夏夜变得更难熬。唐黎时常回想起在外婆家被凉席硌得身上一条条竹印的情景——而那场景已经像被浸了水汽那般潮湿久远了。她伸手摸了摸枕边的手机，抓起来又放下，想了想按亮了屏幕——新设置的锁屏不显示任何短信QQ或是贴吧的未读信息，只有海蓝色的图片一角不易被人觉察的两个黑色的字符“复旦”，以及大大的“00:10”。唐黎很想看看她那个连续一个月每晚都发几句话的帖子，可想了想一旦点开后不知不觉就看到手机发热第二天睡死一个早读的后果，她又按黑了屏幕，取下眼镜，连同手机一起放回枕边。黑色的夜在高温里显得更加浓郁而涨大，唐黎闭上眼，迅速坠入深夜。

“嘀嘀，嘀嘀嘀，嘀嘀嘀嘀……”闹钟一阵急促过一阵。唐黎摸索着将它拍哑，在心中默念“三、二、一”，然后“砰”地坐起身。由于速度过猛，唐黎眼前一阵眩晕，大脑“哗”地充血，耳朵也有一瞬间的胀痛。定了定神，唐黎眯着眼睛从床脚钩过校服T恤套上后，急忙从枕边摸来眼镜戴上——动作立刻从容了不少。梦游似的跳下床，取下夹子，拉开窗帘，立刻有新的空气窜入唐黎的鼻腔——有离家不远处的修车厂清早喷漆溢出的油漆味儿、有楼下小院为了省钱而烧的蜂窝煤的煤烟味儿、有远处卖戗面馒头新出锅的面香味儿……这些味道所溶于的空气，更有一种浓郁得难以忽略的底色——这所旧公寓东北方的小钢铁厂，夜里偷偷排放的污染气体的刺鼻的化学剂的味儿。“阿嚏！”唐黎如常打了个喷嚏，熟练地拽过床头的卫生纸抹了把鼻涕。她是过敏体质，过敏性鼻炎，身上也容易长出各种小红疱，而这些刺激性的味道让她变得格外脆弱。推开卧室门，厨房里叮叮咚咚的锅铲碰撞声以及早点的香气立刻挑动了唐黎的感官。凉水触到双颊的那一刻立刻清醒，她一捧一捧地接水扑打着脸颊。“哗哗”的水流声能掩去这世界的大半声响，唐黎能嗅到略微有些铁锈腥甜的水的清润的气味儿。而每当这时，唐黎都紧闭双眼，假想着这是一场劈头盖脸的暴雨，雨水将她包裹又保护着，她再听不到这世界的喧嚣，嗅不到这世界的脏乱荒凉。

这当然只是一场为时不久的假想，高中苛刻的作息并不允许她用太多的时间做梦。唐黎囫囵吞下母亲精心准备的营养早点，一边在嘴里回味着一边抓起书包与中午的便当，在母亲“慢点”“多喝水”“上课认真听啊”的叮咛交织中一跳一跳地下楼。

车子已停在楼下，司机看着手忙脚乱的唐黎跳上副驾驶，微微笑笑，掐灭手中的香烟稳稳地发动了车。唐黎是与同学一起拼车上下学的。七月的天亮得很早，太阳是发白的，光是明亮而炽热的。唐黎放下车前的遮光板，而司机推下额上的墨镜，伸手拧开了音乐。重金属与低沉空旷的男声交织，硬是在颓圮中缠绕出绝处逢生的希冀。司机手指一搭一搭吹起富有节奏感的口哨。唐黎一直觉得，会在清早听大声的ROCK吹口哨的人，一定是热情地拥抱生活的人，是什么都打不倒的人。车子一路向东，迎着太阳，唐黎放下车窗。六点的清晨马路上已经开始热闹，在唐黎的耳膜旁汩汩涌动的晨风尚未涌起热浪，将她的一半脸颊吹得微微发凉。有慢吞吞的洒水车不紧不慢地交叉穿行，给躁动的一天洒出一个温润的开始。水花溅在车皮上发出“吱啦啦”的声音，像唐黎早晨刚吃过的煎蛋在锅里的挣扎声。空气中被迫凝结沉降的尘霾不甘心地散发出潮湿的泥土气味儿，像雨后的空气。唐黎喜欢这味道。

还未迈进教学楼门，唐黎便闻到了灭蚊剂的味儿，有种消毒水的苦味儿，有种洗衣粉的甜味儿，说不出的化学品味儿拧成细细的绳子直穿她的鼻腔、胸腔，使她连打了三个喷嚏后隐隐作呕。她用肥大的校服外套的袖子捂住半张脸，“噌噌”蹿上楼，眯着眼睛看着地上喷过药后留下的白渍。她厌恶透了这样的味道，总期待着来一场大大的雨将它们冲淡些，再冲淡些。灭蚊剂的味儿混合着教室夏季特有的汗液味儿，在抢答一样的晨读声中升温，使唐黎仿佛仙阵中的妖，“Health Point”一点点被削弱，而她只能干瞪着眼，看血条一点点往下掉。老师尖锐高亢而抑扬顿挫的声音像逐渐飘离天外，唐黎恍恍惚惚总以为那声音是异世界的召唤——实际上，每个老师都曾激情飞扬地将他们现在的生活试图加压再加压，让人觉得呼吸一口劣质试卷油墨以外的空气都是犯罪，并以充满诱惑力的声线将如今的苦与未来的甜这一反比在他们头脑中深深烙印。唐黎盯着墙上的红纸黑字“提高一分，干掉千人”。真是血腥又简单粗暴的标语啊！她有时会在心底觉得这一切像邪教一样，给人洗脑，让人为了看清或看不清的东西埋着头，在小小的方凳上佝偻扭曲成会写字的虾。

好容易熬到中午，唐黎打开便当，深吸一口饭香味儿，将头埋在摞得高高的书本后一声不吭扒着饭。另几个从家里带饭的凑成堆，边吃边咋咋呼呼地释放积压了一上午的怨气。叽叽喳喳的女声窜入耳蜗。从老师的家务事到男女生的八卦，再到明星的整容出轨和没能看成的新剧，最后永远落脚到高考——特别是今年的分数线和成绩出来以后。每个人乐此不疲地分享着身边七大姑八大姨家高考的悲催小孩儿，说到谁又被降分录取时，语气抑制不住地漾出羡慕嫉妒恨。唐黎每次看到身后黑板谁的理想大学直接填上“211”“985”时，心里就难以控制地感到悲哀。在这里，她们的信仰被神奇地统一掉，又神奇地有了共同的追求——也许她们并不知道未来究竟想要什么，幸而她们也没什么多余的可以选择。有时唐黎会想，三百多天以后，那些所谓的梦想实现或者不能实现的人，又该拿什么当作梦想？又该往哪儿去呢？

“吱——”下午大课间跑操集合的哨声响起，唐黎跟着大部队挤出教学楼，楼梯上弥漫着各种酸味儿。她逆着人流跑向学校的小书店。过敏体质帮她以病假逃过“胸贴背、脚跟贴脚尖”的所谓培养学生合作能力的密集式跑操。高一时她也曾听班主任无奈地向不解的教官抱怨学生最后都跑成X形腿。开在校内的新华书店从不打折，唐黎实在熬不住的时候会从那里抱走大摞大摞的旧杂志。店主是个看不出年纪的和蔼女人，总笑眯眯地看着唐黎在里面转了一圈又一圈，用手指小心翼翼抚摸着神圣的书脊。唐黎能从这里闻到每一本书的味道——除了地上大垛大垛的教辅。书店新装修过，甲醛味儿在浓浓墨香的调和下对过敏体质的唐黎来说倒不那么致命了。她嗅到的是另一个世界的自由——像小妖们用来吸引唐僧的迷魂阵。唐黎不喜欢唐僧过度善良的傻气，然而她心甘情愿被困于此，不去在乎门外此起彼伏的“一二一、一二一”，不在乎一天天明明灭灭、死亡倒计时一样的星光，不在乎书后面困倦的双眼下萦绕的咖啡的苦香。

晚自习一如既往地安静，是静得发寂的静，笔尖隔着几层薄薄的试卷敲打木质桌面的声音是唯一的动静。唐黎甚至不敢抬头，一抬头，就会产生“鹤立鸡群”的错觉——她能看到一颗颗埋在书后的脑袋。每当这时，唐黎就猜测，上帝是不是也用这个角度，俯瞰这些不知挣扎什么的小亚当、小夏娃，满怀怜悯地嗤笑一句“愚蠢又执着的人类”。教室莹白的灯管上总“扑棱棱”地绕着小飞虫，说不定哪一只就“啪”地掉在唐黎他们麻乱的草纸上。唐黎觉得哪天她要是坐在这里像这些飞虫一样“啪”地就结束了生命，周围这些脑袋也不会抬起而注意到窗外掉下去的一颗星星。唐黎有时会觉得这惨白的日光灯像太平间里的探照灯，周围都是在死气中苟延残喘跳动的心脏。余光瞥到走廊的声控灯亮起，唐黎听到故意放轻的脚跟敲打大理石地面的声音。她赶紧低下头，“五、四、三、二、一”——一个臃肿的身形蹭过唐黎的右肘踱向教室后方，一阵酒气掠过，唐黎皱了皱眉，屏住呼吸。她甚至能感到那探照灯扫射一样的来自班主任的目光。“五、四、三、二、一”——臃肿的身形又从唐黎右肘蹭过去，唐黎在心中默数十秒钟，果然听到教室门被轻轻合上时闷声发出的“咚”。而下课铃永远都是解脱，是救赎。

“人全了？那回家咯！”压抑一天的少年们终于释放出了本性，唐黎他们在车上“嗯”一声回答了似是永远活力充沛的司机以后，顾不得一天的疲倦叽叽喳喳吐槽着各自一天的心塞。橘黄的路灯、车灯映得车内光影交织，像八十年代的港片。唐黎闭上眼睛，夜风中的雾霾混合着汽车尾气的一氧化碳味儿，但她能敏锐地从中捕捉到路边植物的一丝清香。

“累了？”司机扭头看看一路沉默的唐黎。

“还好，只是这天气太热了，怎么还没下雨啊？”唐黎抱怨道。

“唔，天气预报说今天夜间有大到暴雨——不过我每次开机，电脑管家的天气总显示着下雨的图标，一个月了也没下过。”司机和唐黎对视，一起无奈地笑笑。

注定又是个与不变的高温一样不变的夜晚。白森森的日光灯、蚊香的气味儿与暑气、飞蛾扑打纱窗的声音。唐黎躺在夜里，呼吸渐渐平稳，年轻的肉体与心脏却决定了一定有什么在蠢蠢欲动——

“轰隆隆——”人们在闷热中积攒了整月的怨气终于凝聚成了一股透心凉的水汽，在七月的最后一天“哗”地散开在夜空。雨水清甜的气息裹挟着凉气窜入唐黎的鼻孔。在其中一道巨大闪电点亮夜空后，唐黎慢慢睁开眼睛。没有戴眼镜，近千度近视的她光着脚就着闪电的光走到窗边，接二连三的闪电将她脸上浮动的绒毛也照得清晰，映得她瞳仁异常明亮。唐黎闭上眼睛。此刻，她只听到雨滴砸在窗棂上的“噼里啪啦”，只嗅到了那些被劲风吹成水雾的雨水的沁凉。唐黎闭上眼睛，任这湿润的风肆意扬起她的长发。

亮了又暗的手机屏幕显示“八月一日”。距高考还有十个月。“十个月，十个月，十个月。”唐黎轻轻呢喃。十个月，甚至还足够孕育一个生命，诞生一个希望。那就没什么来不及了。

姗姗来迟的风雨裹挟了唐黎的感官，唐黎心安又兴奋地睡去。她还要调动感官去感受一个又一个相似又不同的明天。

爆炸的知乎

文 / 童舒婷

一个人的故事从根本上就属于那一个人，无法抄袭，也不可能雷同。所以，当我们借他人的悲欢离合来感叹自己的未来时，承载着一千人过往的知乎，就会在那些被寄予厚望的人心中，升起一朵蘑菇云。

——题记

（一）

“和最好的朋友绝交是一种什么样的感觉？”

总有人在知乎上问一些无关痛痒的事，也会因为一些知名答者足够煽情的故事而换来许多默默无名者倾诉自己波澜壮阔又无人在意的人生。

六三接到邀请的时候是深夜，面对邀请人关注1粉丝0的主页有些发愣。因为她正好在前段时间和原以为此生不换的好朋友以无以言状的方式割裂了彼此的情谊。

“前段时间，我和我的好朋友突然绝交了，原因嘛……”六三在回答栏上敲了一行字，思考该是以她和阿合的相识为开头，还是以结尾做倒叙。

（二）

明明期末的时候还互相拥抱约好假期出来见足够多的面，但她们一整个暑假都极富幽默感地没有联系过对方。开学的时候座位已经被班主任调换，说不上多远，但彼此突然没有什么联系可以维持了，自然而然就散了，就当随缘了。

如果一定要说一种感觉，大概是见到对方挽着别人手臂时油然而生的悲凉感吧。连指责都没有的绝交，突如其来得不可预料，身边的同学和老师也都没有发觉，一切安详得可怕，风平浪静后的尘埃落定远比暗流涌动更让人难过。

开学的第三节体育课，六三坐在仰卧起坐的垫子上揪着长到脚面的草，听背后伙伴们讲话。草尖有一茬没一茬地扎在手背上。

…………

“哎，说到这个，阿合好像蛮了解的。”

“之前听她提到过。六三，阿合跟你讲过吗？”

“啊，不太记得清了。”

“说起来，你最近都没有和阿合一起吃饭哦？”

六三把手里攥着的草放在地上，伙伴上扬的语调让她的心不自然地悬了起来。

“还好吧。”她小声地答非所问，回头瞄了一眼在远处讲话的阿合，阳光洒在她细软的头发上，闪着光的脸上每个表情都很熟悉。六三有点期望她此时在自己旁边，证明她们其实还好。

没有意料中的追问，她们转头招呼阿合过来。六三犹豫了一下，把手上的草屑拍干净，站起来把头微微偏向那个方向。

走过来的不只是阿合，还有和她一起的伙伴们。两个小团体迅速围成一圈，六三站在阿合旁边。她想起刚才别人问的那个问题，假如到时候有人又多嘴说了一句，两个人分开在两头，互看一眼多么尴尬。

聊天很热烈，但阿合的眼睛只直直地盯着和她讲话的人，眼角一点余光都没有分给六三。两人间像隔了层电网，通过的空气都带着火花。

没几分钟下课铃响了。

“呃，以前没听你说过啊。”两人不可避免地一同朝着集合地走去，体育老师瞪着她们一群人大声吹哨跺脚，六三边加快脚步边追问，试图缓解看似彼此心知肚明但其实雾里看花的不自在。

“啊，可能是没什么机会吧。”阿合笑得很淡。

什么机会？六三突然意识到她们之间的那点友谊，可能根本就荡然无存，自作多情的臆想把六三压得有点喘。她沉闷地“嗯”了一声，先跑开了。

阿合跟在她的身后，临了突然超过她。脚步带着地上的叶屑，顺势带着六三的目光，风风火火冲向另一个女生堆了。

说是默契，其实六三自己也没有想明白。她承认，生活远比戏剧荒诞可笑，任何匪夷所思的事情，套上“这就是现实的名号”，连一片惊呼都赚不到。

（三）

“大概就这样。”六三在键盘上敲敲打打，明明很想加注解，但是一想就停不下来。有时候文字完全无法体现记忆的温度。

到底为什么呢？六三开始想，心平气和接受这场断裂的友谊的自己，到底错失了什么？

“阿合，我和你讲啊！我昨天在知乎上看到一个女生超级惨的哟，我也打算尝试接触一下女权主义了。”

“没必要吧……”阿合有些无奈地盯着坐在桌子上侃侃而谈的六三。

六三心中想象自己是孔子或者是苏格拉底，手持革命的圣矛在世人混沌的云雾里拨开一点光明，想象自己昨天新学来的词给自己这群满脑传统思想的女性带来了如何石破天惊的震撼。

“没那么严重吧？这样说感觉我们显得很傻哟。”阿合在六三讲话的间隙打断了她。

“不是，我说真的。”六三有点委屈又有点愤慨，扬高了声调。

“跟我又没关系。”

现在想想两个人都是心高气傲的，把生命当成辩论场，把一切不符合自己世界观的东西都怀着“改正”的心态吧。所以，大多数人都活得不太痛快，是因为管得太宽了吧。

“每个人都有自己不同的看法，我也没说我一定是对的，我只是想说一下嘛。”

“又来了，每次都这样，说话的是你，和事佬一样的也是你，你自己对自己说去吧。”阿合受不了似的皱着眉头，从课桌里抽了两张纸就朝门外走去。

身边一些小伙伴有的去跟着阿合，有些尴尬地看着六三，然后转过头去忙自己的事情。这是两个人第一次不欢而散，毫无征兆却又不全是意外。阳光烘在六三的右半边脸，当时她想了想自己说的话，居然觉得自己丝毫没错，也不懂阿合到底在生气些什么。

她们的和好也很快，而随着电脑CPU的高速运转，知乎首页一刷一新世界。

六三乐于把自己在互联网上看到的挑战现有世界观的异见拿出来与别人分享。一边叫着讨厌心灵鸡汤，却把身边所有人的失败都归结于别人的不努力，她以为那些靠着努力飞上枝头的就是全世界。她没看到的，是树枝下的万千尸体。这样的言论自然使人厌烦，阿合作为六三的好朋友自然责无旁贷地承担起倾听者的角色。

而这种角色，如果自己心里有不同的想法又无法倾诉，因为往往只开了一个头，可能就会招致更多的“你不懂”。一个炸弹，往往闻到硝烟味的时候，就没有逃跑的余地了。

“阿合啊，你有没有看到那个新闻啊？我……”六三讲到一半就敏锐地发现阿合没有在听。

阿合抬头看了一眼，平静地询问：“怎么了？你继续说啊。”

算了吧。六三想。她不明白，为什么明明有那么多好玩的新观点，却没人能接受呢？相反，她更喜欢知乎上那些有着深刻见解的人，而现实里的同学除了泼冷水就是漠视。她把不理解当成了对抗，却不明白自己像堂吉诃德一样可笑。

异见者的悲哀。她想。

于是她终于发现阿合的心不在焉，并不再投以更大的热情。

异见者的孤独。她想。

（四）

显然是意识到了并且感到后悔，六三盯着屏幕上的黑字，脑子里顺藤摸瓜扯出了一大段记忆。

一谈到青春，冲突就不可避免。罗列成词句、学习、爱情、逆袭、家庭、老师、规矩、友谊……但无论哪部青春电影，悸动与爱情都成了高校生活的全部，连爱情都成了追逐对象的附属品。

阿合和六三有一个非著名论断，除了她们无人苟同：“学生还是不要谈恋爱了。”

而她们的争吵，向来无关爱情。

六三不知道第几次给了在自修课看小说的阿合一肘，示意她好好学习。

阿合一开始还是会收起小说，捏着笔对试卷发满一节课的呆，再在下课的时候心满意足地打开合上的小说。后来时间一长，阿合开始变得置若罔闻，甚至会在心情不好的时候给六三一个不屑的白眼。

而现在，阿合摆出了进攻的姿态，收回瞥出的白眼压低嗓子小声说：“我无所谓了，高三复习后再开始也行的吧。”

六三真的为好友感到担忧，有些迫不及待地开口：“那时候也不一定会更认真的吧。”

阿合埋怨似的冷哼一声，用闷在皮鼓里一样的声音“呵呵”了两声：“上届高三的学姐说，文科最后三个月拼一下就行了。”

话外音是：“关你什么事？”

六三仍然劝她：“那也不应该现在索性就不学了呀。如果最后几个月就有用的话，我们大家索性都不要学了，最后拼一下就行了？”

阿合“啪”地合上书，盯着六三冷笑。

六三本来就是好心去劝她，见她又是白眼又是不屑，自己一片热血喂了狗了，一阵火就迸了出来，忍不住地讽刺：

“再说你到时候能有多努力？等到最后一天凌晨吗？网上那些心灵鸡汤啊成功学啊就会忽悠人，你以为你有他们那么聪明吗？如果想考个好学校，现在追还来得及。就会看小说，你最后再努力都只能上个三类本科。”

“你一天到晚打击别人有意思吗！”阿合突然大声吼了出来，“说别人心灵鸡汤毒药，你就是看不起别人呗！我就是个傻瓜行不行？你思想先进你读书去啊！我愿意消极跟你有什么关系？”

“呵呵，好心当成驴肝肺。你以为我乐得管你啊？”

突然，教室里静得针落地可闻，她们看到了共同的敌人——班主任。

班主任踱着步子在诡谲的静谧中绕了一圈出来了。

学生时代，班主任总有一项技能，就是在你希望他出现或者不希望他出现的时候，恰到好处地出现。这种角色可能只是走个过场，但人生的舞台无法缺少。

看着班主任的背影，两人也没了再吵的兴致。不消几日，就言归于好。

现在想来，班主任的出现阻止了她即将出口的更恶毒的话语，也阻止了两个人的即将到来的分崩离析。

但是要失去的注定不会长久，可能那时候两人没有说出口的，都悄然在心里憋成内伤，日后成了友谊破碎的助力。

（五）

灵光一闪，六三几乎能认定邀请她回答的是阿合。

她仗着曾比金坚的友谊毫不尴尬地点开阿合的头像。聊天记录停在一年前，以自己的么么哒为结尾。

“阿合，邀请我回答的是你吗？”

“啊，是。”那边回复得很快。

六三几乎是气疯了，一想到自己的账号被暴露在阿合的目光下，羞怯涌成了怒气。她迅速点开自己的主页翻了翻动态，她的回答与问题原以为看起来锐利，但是现在看来由于无人问津倒显得很愚蠢。

自己倾诉是一回事，被人窥探是另一回事。

无论如何，她都输了。缺少点赞的尴尬主页和带着明显被煽动的回答。

“还有事吗？”阿合又发来一条消息。显得真的一点都不在乎一样。六三想。

六三在没事和问个究竟里徘徊不止。

“为什么啊？”她最后还是问了。

“我当时挺难过的，哈哈。因为我不知道你为什么突然讨厌我了，想找你，但是你好像不愿意搭理我，而且你也没找我嘛。但是后来发现我也没那么非你不可啦！”

六三突然平静了下来。如果不是那个问题，这么几件事根本不会在她心里占多少内存，自己当时的悲痛更像是一场戏。诚然如阿合说的，没有非彼此不可，恍惚间，六三觉得自己不在乎了。她也这么发出去了。

“who cares.”

“haha，who cares.”

她们结束了一场没有硝烟的战争，这大概就是彼此能够亲密无间的原因吧。她们太像了，真是太像了。

挺过一片青春的战场，最惨痛的不是你身后狼烟四起，自己满目疮痍，而是芳草萋萋，你所认为的热血澎湃，不过一场虫趣。

没来由地，六三想到一句话：

“一定要别人按照你们的世界观而活，你们怎么那么刻薄啊！”

微妙

诅咒

文 / 何晓宁

1

许萍被拐卖到乌头山的时候，还不到二十岁。

那年她刚上大二，交了新的男朋友周强。她跟周强是因为豆瓣上的一次同城活动认识的。周强比她大五岁，在本市的龙晟地产公司上班。龙晟地产与本市另一公司昇达地产世代交好。两个公司的老总在创业之初便是拜了把子的兄弟。而许萍就是昇达公司的老总许泰山唯一的女儿。

本来许泰山还有一个儿子的，也就是比许萍大三岁的哥哥许杰。可是早在许杰出生刚过满月的时候，这个小少爷便夭折了。所以，许萍根本就没见过她的哥哥。如果现在许杰还在世界的某一角落活着的话，光凭满月的婴儿照他们谁也认不出来这个亲人了。

张大鹏是龙晟地产的老总，年纪跟许泰山差不多，但是做事手段要比许泰山狠得多。他们两个是外地老乡。当初创业的时候，许泰山刚从大学毕业，一无所有。而张大鹏自从高中辍学后便加入了一个黑社会团伙。在许泰山上大学期间，张大鹏经历了四年讨债打手的生涯，终于在本市混出了一点点成绩。所以，许泰山一毕业便被张大鹏当作人才拉拢过去，随后便是拜把子收小弟，依靠各种途径结识官员和各大企业老总，伸手地产界。不到六年，他们的事业便迅速崛起。

2

乌头山位于该市与邻省的交界处，隐藏在六重山群环绕的深山老林里，与世隔绝。山里就百十来户人家，像一张神秘的布阵图一样，呈点状分布了足足三四十里地，绕成一个古怪的图形。

泥二是从乌头山走出去的第一个人，也是最后一个人。因为之后再也没有人走出去过。即便是许萍也不例外。

泥二的老婆朵瓜在儿子泥娃出生的那一天就死了。泥二的娘也早在泥二出生的那一天就死了。泥二的爹把泥二拉扯到十多岁的时候也被山里的狼群给吃掉了。泥二成了野孩子，整天在森林里乱窜，什么野东西他都敢吃。一个人在山里长到二十多岁的时候，泥二实在是耐不住寂寞了，于是便在夜黑风高的晚上窜进村子，溜到朵瓜家的屋子下。朵瓜睡得正死呢，就被悄悄溜进来的泥二给强奸了。

按照村子里的习俗，哪个夺了女人的第一次，女人就必须跟哪个过。

这个传统泥二心里当然清楚。第二天，朵瓜向族长告了泥二的状后，族长就在祭台上主持了一场谢罪婚。泥二拨浪着脑袋被村里的汉子绑到祭台的大石头上。他一脸得意，无聊地等待着这场复杂而枯燥的仪式结束后，赶快把自己的女人抱回家。祭台下的族人们低着脑袋呜呜啦啦着一些祭语。只有朵瓜的老爹揪着脑袋瞪着眼珠子，恶狠狠地瞅着泥二这个野崽子。泥二也瞅了朵瓜爹一眼，但是对老头的狰狞不屑一顾。随即他歪着脑袋，眼珠子一直停在被扒得光溜的朵瓜身上。泥二也被扒光了衣服。这是结婚祭祀的必需仪式。

朵瓜的身体洗得特别干净，白嫩的胸脯上耸立着两颗圆鼓鼓的奶子。白里透红，看得泥二浑身燥热，喘着粗气，下面那疙瘩东西像撂进火堆里的狼鞭，又热又胀，好不难受。朵瓜被绑在泥二的左边，眼珠子瞪得跟她老爹的一般大。本来还是凶狠地盯着泥二的，可是看见泥二的那堆乌黑的东西长得越来越大，眼看就要翘起来了，烧得她的脑袋赶紧转了过去，呆呆地瞅着石台的缝子里蹦出来的一棵含羞草，啪嗒啪嗒地掉泪梭子。

祭语呜哩呜啦地念完后，村民们挨个手执沾了泥水的软竹条子，一脸严肃地登上祭台。泥二赶紧收住色意，把眼珠子从朵瓜的身子上扯回来。他使劲一撑，迸出浑身的肌肉疙瘩，挑衅似的迎接着吧唧吧唧一下又一下的抽打。村民们没有一个手下留情的。连那条英姿飒爽、楚楚雄风的命根子都挨了不少鞭子，狼狈地瘫软成一堆。几百下泥鞭，每一鞭都实实在在，即便是包了一身钢铁般的肌肉，泥二也受不住这持续了一个多小时的刺刺的冰疼。从石头上解下来的时候，泥二已经被这疼痛解脱了一次，舒心地叫了一声，晕倒在台子上。晕倒之前，还不忘怪里怪气地对朵瓜挑逗一声："我抱你走了，到那狼窝子里给老子生一堆孩子。"

3

朵瓜死了后，被泥二埋在自己那间破院子的正中间。这可犯了乌头山的忌讳了。村子里死了人，不管是男女老少，都要送进林子里让野兽吃掉，谁也没有资格土葬。可泥二说，他老婆就是要跟别人不一样。族长劝说无效，只好带了几个年轻人趁着泥二不在家，挖了他老婆的坟。哪知泥二刚好挂着竹篓子背着泥娃从山上下来。他一脚踹一个，直逼族长鼻子尖，怒气冲冲地瞪着族长破口大骂："你们敢挖老子家的坟！看老子不吃了你的女人！"

那几个年轻人从地上骨碌爬起来，站着不敢动。泥二的话吓到他们了。泥二这种人谁敢轻易地去招惹呢？他说吃了谁家的女人，那谁家的女人就真的要倒大霉了。泥二伸手一把揪住族长的白胡子，愤怒的脸上拧巴着恶意的玩笑。在乌头村，胡子是资格和身份的象征，没了胡子岂不可笑？吓得老族长连连讨好，才救下来那一把跟了自己几十年的、也是在整个乌头山资格最老的胡子。

泥二说，谁要是再敢动他女人，他就把谁家的女人扔进狼窝子。吓得族长带着那几个年轻人像耗子一样滚了回去。之后，泥二又消失在山林中。泥二很少回他爹留下的那间破屋子，整天带着泥娃在山林子里乱窜。泥娃被他弄来的蛇肉、狼奶喂得精神肥硕。村民们甚至整月整月地见不到他的人影。但是自从那次泥二吓走族长后，村民们就再也没有看到泥二的影子。一年过去后，族长断定，泥二不会再回来了。他们推测泥二肯定是在山上被野兽吃掉了，或者是掉进了乌云谷摔死了。反正泥二是死了。只是可怜了泥娃也跟着丧命了。

最后族长还是带人去了泥二的院子挖了朵瓜的坟，而且平了坟头。朵瓜的尸体已经腐烂得只剩了骨架。他们把这副骨架用席子包起来放上祭台，为朵瓜和泥二一起办了场丧仪，而后才送上山林。这下他们大可不必揪心了：坟头平了，人也送了，山神不会降罪乌头村了。

包围着乌头村的山林一重接一重，而且途中根本就再没有像乌头村一样的村落和人家了。泥二边迷路边探险，走了两年，才出了这座绵延的山群，到达一个小镇。

从山里出来，泥二成了一个野人。浓密的胡须和毛发又黑又长，爬满了脑袋和身体。身上的衣服从来没有换过，已经破烂到只能遮挡重要部位了。泥娃已经三岁了，早就不是装在竹篓里的婴儿了。他牵着泥娃的手，走在小镇的街道上，像两个从远古时代穿越过来的原始人。泥二对这个新世界的认知跟三岁的泥娃没有多大的差别。

离开山林，就没有美味的猎物可以享用了。路上轰隆而过的三轮车和汽车对他们而言都是巨大的刺激，连自行车都把这对父子吓得不敢靠近。还好路边有几个流浪汉，跟他们的打扮差不多。泥二以为找到了同类，便拉着泥娃迅速靠过去。

谁也不知道乌头山的祖先系哪朝哪代逃难到此，但是毫无疑问，他们的那点地方也跟这个大世界一样在发展着，只不过人少地偏，物质与观念的发展极其滞慢。泥二的认知此时应该发展到反清复明的时代了。他跟街边的流浪汉搭伙后，才发现他们是乞丐。于是满怀志气地拉着泥娃离开。

4

许萍一生都不知道自己是怎么来到乌头山这个鬼地方的。她只记得和周强一起参加完一场聚会后，两个人便喝得醉醺醺的，互相搀扶着去了附近的一家宾馆。这家宾馆是张大鹏手下的产业。

开了房后，周强便叫服务员泡了一杯蜂蜜茶，端给许萍解酒。许萍喝了茶后，丝毫没有清醒的意思，晕晕乎乎地就和周强云雨了一番，然后不知不觉地睡着了。直到第二天醒来后，发现自己竟然被绑在乌头村的祭台上。

她背后的大石块就是朵瓜曾经受洗成婚的地方。石头上沾满了女人的经血。她面前站着一个手执圣钵的老头，还是那个被泥二揪了胡子的族长。不过现在族长的胡子更长更白了，满脸炭黑的褶皱乌黑发亮，像是一条条竹鞭子抽打过的泥痕。他身上蓝白相间的布衣像袈裟一样披挂着。

面对着祭台的是乌头村的全体族人。他们穿戴庄严整齐，手执蘸了泥水的竹条恭敬地捧在头顶，威武呼喝。这神圣的场面对于外界来的人而言只会发生在电影里。许萍以为自己还在梦里，使劲地抖了抖脑袋，狠狠地咬了一下自己的舌头。

祭台建在乌头山的山顶上。远方层层叠叠的山脉在并不晴朗的天空下显得沉重而孤独，像一具沉睡了千年的干尸，阴森森地罩在许萍的头顶，让她充满了好奇和恐惧。以许萍张扬跋扈的性格，遇见这种莫名其妙的场面大概该笑得死去活来了。但是现在她一点儿也笑不出来。她呆呆地盯着眼前这群神秘的人，他们的庄严，他们的冰冷，以及他们骨子里散发出来的那种野性都让许萍浑身战栗。她转着脑袋，把周围的环境仔细地打量了一番，全是山石草木，找不到一点儿证据能证明这个地方到底位于宇宙中的哪个时空。终于，思考了良久，她确定，她很不幸，不小心穿越到了原始部落。

以她从书本、影视上对原始部落的了解，这样神圣的仪式要么是祭天，要么是拜地，反正是要死人的。她扭了扭被绑在石柱上的胳膊，很粗的麻绳，勒得她皮肤阵阵刺痛，根本没办法挣脱掉。她试图尖叫几声，想试探一下这些原始人能不能听懂自己的话。可是任凭她怎样喊叫，做出怎样惊恐与愤怒的表情，都不能打断他们正在进行的仪式。没有人理她，也没有人看她。直到仪式完毕，所有的族人都跪拜起身，白胡子族长才托着那只圣钵朝她走了过来。

许萍惊悚着脸，大声喊叫，一点都不好玩。她已经被吓哭了，泪珠子打花了一脸精致的妆容，弄得脸色苍白憔悴，楚楚动人。她的声音尖锐刺耳，把面色严肃的族长都给吓了一个撇嘴。族长把圣钵托在自己的胸前，另一只手捏着一根洁身草蘸着钵里的圣水，滴滴答答地洒到许萍的头发上、脸上、身体上和鞋子上。

许萍在不断地叫骂，不断地求饶，可是没有人理她。祭台下托着竹条的族人陆陆续续地走上祭台，轻轻地把手中的竹条抽打在许萍的身上。虽然很轻，但是这么多鞭子下来许萍哪里能受得住？等到她被解开的时候，已经哭得昏死过去。最后走上祭台的是一个年轻的男子，模样俊俏，但看起来有些疯癫，差不多二十三岁的样子。是他手舞足蹈地把许萍从柱子上解下来，然后兴奋地扛回家的。

这其实只是乌头村对于外来人口所流传下来的圣洗传统，洗去他们的罪孽和外面沾染的不干不净的风尘。连族长都不记得从什么时候开始，乌头村就再也没有来过外人了。这个圣洗的主持仪式，他都觉得生疏了。

5

扛走许萍的是朵塔提娜家的儿子，也就是朵瓜的弟弟朵克娃。不过他们姐弟二人并没有见过面。因为朵克娃来到朵家的时候，朵瓜早就死了。而朵塔提娜跟她的男人朵梅提那时候也已经五十多岁了。

村子里谁家没有三四个孩子？唯独朵塔提娜就生了朵瓜一个，而且还是个女儿。于是他们夫妇又是祈祷，又是天天跑去祭台做圣仪，可终究再没能盼来一个孩子。最后也就放弃了。后来好不容易把朵瓜养大了，可是一不小心落到了泥二这个兔崽子的手里，气得他们夫妇没招，又不敢惹泥二。不过泥二还算孝顺，掳走了朵瓜当女人后，时不时地从山上猎一些难得一见的珍奇活物送到自己岳丈家。

朵瓜的死对朵家夫妇来说是个致命的打击，夫妇二人整天因为这断子绝孙的羞耻抱头痛哭。泥二也觉得对不起他们。所以从乌头山出来后，泥二总是在想，如果没出来，自己宁愿做朵家的男人，直到把朵瓜爹娘风风光光地送走。当然这都是泥二的屁话。他自己心里清楚，他根本就不可能老老实实地在村里待一辈子的。不过几年后令泥二没有想到的是，远在千里之外的自己竟然还能有机会补偿到乌头村里的那两个可怜的老人，并且自己还可以轻而易举地获得张大鹏给出的丰厚报酬。真是两全其美的事情。

朵克娃的到来让年迈的朵梅提夫妇重获新生，他们请族长在祭场办了一场盛大的祭天宴，并给朵克娃做了圣洗。此后，朵克娃便真正地获得了全族人的接纳。朵克娃也真正地成为乌头村的一员。

族人们都长得又黑又壮，身材魁梧，脸盘宽大。包括朵梅提夫妇也是如此。而唯独朵克娃一人，皮肤白皙，身材瘦弱，跟自己的爹娘长得一点都不像。小的时候，族里的孩子总是欺负朵克娃是山上捡来的野种，然后朵克娃哭着跑回去告诉爹娘。娘就会拽着他找那伙兔崽子算账。渐渐地，朵克娃身子长了，眼瞅着娃子跟族里的人长得越差越远。朵梅提夫妇忧心忡忡，因为朵克娃总是问为什么他长得跟族人不一样。这样下去总不是个办法。于是朵梅提天天拉着朵克娃窜林子，泡泥水，晒日头，希望朵克娃能够受到山神的护佑，跟族人其他的孩子一样健康正常。

乌头山的泥水是天赐的，是圣物。泥水里饱含了大量有益人体的矿物质，所以泡泥水不仅可以强身健体，而且还能改变身体肤色。乌头山一直流传着一个传说，说是山上源源不断冒出来的泥水曾经救过整个族人的命。那时候村子里莫名其妙地发生了一场瘟疫，族里的大人小孩接二连三地死去。直到有一天，山神给族里的大祭师托了一个梦。然后大祭师就上山做了一场法事，带人把山上的泥潭引流进村，让那些染上瘟疫即将垂死的人喝泥水、泡泥水。没想到过了几天，那些奄奄一息的病人竟然全都精神过来，一个个活蹦乱跳的。于是世世代代，族人们就将这泥潭拜为神赐的圣物。

朵克娃长到十五岁的时候，跟族里那些同龄年轻人基本上没什么大的区别了，他已经被朵梅提老爹训练成五大三粗的男人了。黝黑的皮肤，强健的肌肉，壮硕的身材，小时候娇嫩的样子一点都没有了，不过模样依然俊朗。因此，他在村里的女孩子间很吃得开，族人也都很喜欢他。

可是突然有一天，朵家像是中了魔鬼的诅咒一样，一切都变了样子。朵克娃变成了一个傻子，连他娘朵塔提娜也成了一个疯婆子。这都得从朵梅提的死说起了。

6

朵梅提死的那天跟十八年前朵瓜的死是一个日子。

那段时间朵塔提娜正在生病。朵克娃天天跟爹一起去深山里挖山药。可是日日煎药，朵塔提娜的病情却不见好转。族里的医婆眼看这恶病要夺去朵老太婆的命，可怜朵克娃这孩子以后就要缺爹少娘了，于是破例把乌云谷的千年金莲的秘密告诉了朵梅提。

医婆的祖上一直受神使命，承担着关于乌头山族人存亡的责任。所以自祖上就传下来一条规矩：乌云谷千年金莲的秘密绝不外传，除非整个族人到了生死存亡的时刻，才可以不计得失地让族人去乌云谷寻找千年金莲。

所有的族人都知道，乌云谷说白了就是个死亡谷。谷中常年飘荡着层层叠叠的乌云，从山上望下去，不见谷底，唯能听见谷底奔淌不息的流水声，轰轰隆隆，非常吓人。而且据传乌云谷还有食人花，是死神住的地方，只要有人或者动物靠近，必死无疑。历代生活在乌头山的族人，不少人因为迷失山林而误入乌云谷，最后要么是被食人花吃掉，要么是掉进谷底，没有一个留下尸体的。

千年金莲生长在乌云谷万丈崖壁之腰的石洞里，像灵芝一样，独枝生长。每株金莲花的四周都有食人花做保护。所以要想取得金莲，必须祈祷山神的保护，否则必死无疑。这是医婆告诉朵梅提父子的。

朵梅提父子临走那天，医婆私自为他们做法事求得护身灵符，然后把他们送出村子。乌云谷在乌头山最深处的地方，但是它的具体位置没有一个族人知道，包括医婆。他们翻了七八座山头，日夜不息地走了整整三天三夜，才听见了乌云谷特有的轰隆隆的闷响。

这是一个像巨斧劈过的山谷，两侧悬壁的间隔并没有多远。一团团乌云好像是被摞进谷中的大蘑菇，积成了堆。朵梅提在寻找一条靠近谷边的路——是医婆指给他的。虽然医婆并没有来过乌云谷，但是她对乌云谷的情况了如指掌。他们沿着石路攀到一个入谷的裂缝里，然后系上攀岩绳，一点点地蹬上绝壁。朵梅提已经是个花甲老头了，但依然身板硬朗，丝毫不比年轻人逊色。他们面对着崖壁一点点地下滑，自始至终没敢偏个脑袋瞅一眼背后的深渊。

崖壁的半腰上有很多山洞。但据医婆所说，只有里面透光的山洞，也就是有露天顶的山洞里才有可能生长一株千年金莲。但是这样的山洞也很多。他们跳了好几个，都没发现有金莲的影子。直到他们下滑的位置越来越低，谷底的水声越来越响。朵克娃发现一个洞口闪着金光，他兴奋地喊了一声，一头跃进山洞。朵梅提紧跟着儿子的身影跳进去。

这个山洞出奇地大。头顶上有很多形状奇特的石窟窿，有些窟窿直直地穿过万丈石壁，直通天光。他们越往深处空气越寒冷，金色的光也愈加强烈。直到一个石缝子里突然窜出来一只莲鼠，阻止了他们的脚步。莲鼠只存在于乌头山的传说之中，是极其珍贵的一种动物，只要它伪装在原地一动不动，看起来完完全全就是一棵植物的样子，谁也想象不到它究竟有多少奇特和惊人的天赋。还有说是能够吃上一口莲鼠肉，可以多活十几年。朵梅提真没想到活了大半辈子了，竟然有幸见到了真的莲鼠。果然跟传说中的样子一模一样，老鼠的身子，莲花状的脑袋。

莲鼠的叫声跟老鼠差不多，月牙形的嘴里有两个锥子一般的獠牙，龇起来颇为吓人。朵克娃哪里见过这种怪异的东西，见莲鼠龇着獠牙朝着老爹的脚丫子撞过去，警惕之下，一镰刀就挥了下去。刀片子利索地扎进了莲鼠的肚子，吓得老爹一个趔趄，狠狠地给了朵克娃的屁股一脚。朵克娃歪着脑袋一脸不服气。老爹气得对他吹胡子瞪眼，骂了一句：这个憨儿哟！

莲鼠被扎在刀尖上，脑袋上莲花瓣似的肉疙瘩一开一合，突然蹿出了一柱金黄色的气体，随即整个山洞里浮荡起阵阵摄魂的香气。朵梅提惊喜地从儿子手中夺过镰刀，捏住莲鼠的脖子，轻轻地把刀片从它的肚子里拔出来。莲鼠狰狞的脑袋发出凄惨的哀叫，肚子上的刀口里流出金色的血液，像刚刚经过熔烧的黄金，冒着一股股温度极高的热气，金光闪闪。没过几分钟，金液流完了，莲鼠就像一只泄了气的皮球，整个身子扁成了一张纸，干巴巴地悬在朵梅提的手里。朵梅提一边心疼得直骂朵克娃，一边卷了一片草叶子把莲鼠的尸体包起来扔进了背后的竹篓。

朵克娃好奇地问老爹，这是什么东西。老爹骂道："你这屁孩子手贱，这是莲鼠呀！唉，血流干了，肉都没得吃咯。"朵克娃当然也听过莲鼠的传说，只是没想到真的有这个神奇的东西，顿时骂自己太过警惕，大惊小怪，恨不得把自己的手给剁下来。朵克娃宽慰阿爹说，有第一个就会有第二个，没准还能碰到一窝呢。老爹又骂："嘿，就你这狗屎运气，净给老子添麻烦，早知道不带你这浑娃子来了。"

他们正准备往里走呢，突然听见深处传来一阵簌簌声，一波盖过一波，像是什么庞然大物的呼吸声。朵克娃扬起手里的镰刀，走在阿爹的前面。经过一个转折的洞口处，眼前的景象把他们吓呆了。

一个鸟巢状的洞穴里，里面开满了五彩缤纷的莲花。这些不是金莲花，而是守护着唯一的金莲花的食人花。惊异的是，这些食人花正在以风一般的速度一棵接一棵地枯萎，而且枯萎后的样子与死掉的莲鼠惊人地相似。朵梅提立刻就明白了怎么回事。刚刚被他们失手杀死的莲鼠是这些食人花的根，也就是守护神。莲鼠一死，花即枯萎。而被这些花团团围住的正中心，便是那株罕见的千年金莲。它长在一块半阳半阴的蓝色石头上，通体黄金的颜色，把整个洞穴都映成了金色。

朵梅提都没来得及拉住儿子，朵克娃便激动地踩过食人花已经枯萎的藤蔓，向金莲冲过去。还没走到一半，脚底下的藤蔓就像流水一样开始绕着他的周围形成一个恐怖的旋涡。朵克娃迅速把背上的篓子拉下来，从里面扒出一个褐色的罐子。那罐子是医婆交给他们的，为的就是对付食人花。罐子里装的是泡了辟邪草的乌头山泥水。他打开罐子，举到自己的头顶，倾倒出来的泥水哗啦啦浇遍全身。树根一般的花藤在旋涡的各个方向向他伸展着触角准备发起攻击。可是它们只要一挨上朵克娃身上的泥水，便立刻被烧成干柴。这些花藤都是有灵性的，它们受到伤害后立刻换了一种攻击方式。所有的藤蔓都在瞬间飞起，像一条条在空中舞动的长蛇，交叉盘绕编织，一圈又一圈。最后它们编成一个封闭的人形的大篮子，把朵克娃死死地困在那一块只隔了一层空气的黑暗中。

这一切来得太快，快得朵梅提这个老头都没看清楚是怎么回事。只听见朵克娃挥舞着手中的镰刀疯狂地砍砸那座已经交缠得密不透风的木墙。伴随着钢铁般的砍砸声，还有朵克娃慌张的叫爹声。朵梅提被儿子的危险刺激到了脑袋，蒙在原地愣了几圈，然后才想起来医婆讲过的话。他顾不上安慰儿子一句，蹬起年迈的双腿就朝着洞口冲出去。沿着来时的路，幸好，那莲鼠流下来的一摊金血还没有被风干。

朵梅提迅速从背后的篓子里抽出十支箭，把箭头挨个到金血里蘸了一遍，又以夕阳西下的光速返回洞中。朵克娃还在与那个大篮子互相纠缠，骂骂咧咧地叫着临阵逃脱的阿爹。阿爹来了。朵梅提颇具老英雄的风范，一手执弓，一手搭箭，大吼一声。嗖嗖嗖，十支离弦利箭飞向大木篮子。那些纠结在一起的藤蔓一遇箭头上的金血，立刻软了下来，像是被抽取了筋骨一般，滑溜溜地松散开来，瘫软在地上。

洞穴里一片颓败，比秋后的瓜地还要狼藉。朵克娃看了阿爹一眼，转着脑袋警惕地观察着周围残存的危险。阿爹走过来拍拍他的肩膀，调侃道："你看把娃儿吓的。"

下一刻，他们就冲到金莲跟前了。朵克娃正准备伸手去抓的时候，手臂被阿爹一巴掌给打下去了。阿爹吼道："你这浑球儿，激动个啥哩！"朵克娃兴奋地问阿爹："这个金莲真的可以治好阿娘的病吗？"阿爹说："当然可以，这是千年金莲。医婆说，只有有缘人才能得见一回哩。今天我们能找到金莲，是有山神护佑着你娘哩！"

朵梅提和朵克娃跪在金莲前叩拜过后，便拿出锤子敲破了蓝石。蓝石并不坚固，像蛋壳一样从金莲花的根部裂成两半。原来金莲花并没有根，像是树上折下来的一根树枝，随便插进了石缝。朵梅提轻轻地捧起那株金莲花，和儿子挨着脑袋把每一个细节都欣赏了一遍。失去了石体的金莲花稍稍有些暗淡，但金光依然把他们的眼睛晃得睁不开。

7

朵梅提和朵克娃安全地回了到村子，而且还带回了千年金莲。这让医婆不敢相信。直到朵梅提把莲鼠的事情告诉医婆后，医婆才像疯子一般惊慌失措地跑去祖先的灵位前赎罪。

医婆说，这是她的罪孽，她不应该把千年金莲的秘密告诉朵梅提。莲鼠是千年金莲的守护神。这只是祖先口中流传下来的，连祖先们都没见过莲鼠。即便是经过千难万险，突破食人花拿到金莲的人，也没有见过莲鼠的影子。那些食人花是由莲鼠控制的，如果有本事渡了过去，莲鼠便也就无法阻止来人去拿金莲。但是只要莲鼠还活着，新的金莲就会重新生长出来。而现在，朵梅提父子不仅看见了莲鼠，而且把它杀死了。这不是山神惩罚的开始吗？医婆已经预感到，族人即将遭受一场大厄难，而这一切全都是因为自己。她愧对族人，愧对祖先。

这一切族人全都被蒙在鼓里。那朵千年金莲也被朵塔提娜悄悄地服用了。朵塔提娜的病好了，而医婆却疯掉了。医婆每天都神神道道地碎念一些莫名其妙的咒语。她见人就跪下来磕头，包括三四岁的小孩。胆小的孩子被她吓哭，胆大的孩子还在她的头上尿尿。

族长对医婆的怪异行为也感到了一丝隐隐的不安。没过几天，朵梅提突然暴死，而且浑身呈现一种黝金色。他躺在床板上，七窍里不断地涌出金液，早就没有了呼吸。医婆似乎早就料到了这一天的到来。因为那天一大早，医婆就跪在朵家的院子里疯疯癫癫地磕头，口中呢喃着一些谁也听不懂的怪语。朵塔提娜打开门的时候，医婆从地上爬起来朝门内冲了进去，把朵塔提娜吓了一哆嗦，大声骂道，疯婆子，一大早的想吓死人哪！可是当她看见医婆把正死睡在床上的朵梅提翻过身的时候，才真正把她吓个半死。朵塔提娜愣了几秒，便惊天动地地哭喊起来。朵克娃天不亮的时候就上山打猎去了，直到中午都没有回来。

一大半族人都去了朵梅提家。朵梅提惨死的怪状搞得村子里人心惶惶。这时候，医婆突然口出怪语：“朵老汉要变成莲鼠了，莲鼠就要去乌云谷守护金莲……一千年……两千年……世世代代……”

族长好像听懂了医婆的疯话，命人把朵梅提的尸体送上祭台，然后立即召集全族人向山神请罪。朵梅提的尸体还在源源不断地往外冒金液，眼看就要像那只死莲鼠一样扁成一张纸了。仪式正进行到一半，朵塔提娜突然从人群中冲上祭台，打翻了台上的泥火盆，然后揪着自己的头发惊悚地叫着：“山神生气了，山神生气了。山神要了我老头子的命，还不放过我娃儿，我娃儿在山上，快去找我娃儿回来。”

族长这才发现，已经大半天了，还不见朵克娃的影子，就派人上山去找。直到晚上，朵克娃才被人从山上带下来。可是这时的朵克娃已经跟他娘一样，变得疯疯癫癫了。于是族里的人都说，朵家得罪了山神，遭了诅咒。

8

许萍做了圣洗后，被朵克娃扛回家。家里已经做了一番娶亲的布置。族长也过来主持司仪。朵克娃这个傻子竟然有福气把许萍这么漂亮的女子抱到自己的床上，这可把村子里其他的年轻人急红了眼。他们喝得酩酊大醉，赖在朵克娃的洞房里就是不走。他们想要看看，朵克娃这个傻子到底懂不懂得男女之事。

许萍醒过来的时候是在朵克娃的房子里。她身边围了一圈族里的老婆子，动手动脚地摸摸她的脸蛋，摸摸她的身子，对这个貌若天仙的外来女子产生了极大的好奇。她们叽叽喳喳地对许萍指指点点，问许萍是从哪个地方来的。许萍惊魂未定，瞅了瞅屋子的环境，问老婆子这是哪里。老婆子说，是乌头山啊。许萍问，乌头山在哪里。这个问题可把老婆子给逗乐了，这里就是乌头山，乌头山就在这里啊。

看来自己真的是在原始部落，有时空代沟，没法交流。可是周强呢？来这里之前自己是跟周强在一起的。莫非周强也来到了这里？许萍的脑袋里哗啦啦灌进各种疑问。她问老婆子：“我是怎么来到这里的？还有没有人跟我一起来？”

老婆子们立刻收住了脸上的笑意。这个问题她们本可以很清楚地回答许萍的。整个族人都知道许萍是怎么来到乌头山的，可是之前专门有人交代过，谁也不能说。

老婆子转了话题，开始忙活着架起许萍给她梳洗打扮。许萍拗不过，只好先乖乖地顺了她们。她被穿上了一件大红色的衣服，头发也被钗子盘了起来。我的妈呀！许萍惊叹一声。这分明就是古代女子的嫁衣啊。虽然有些简陋，但是也颇有凤冠霞帔的味道。这让许萍稍稍地安心一些，逼婚也罢，起码与死亡无关了。许萍以前总是对周强说，她最怕死了。

院子里拉杂摧烧的声音听起来很热闹。老婆子们把许萍打扮好后，特意做凶吓了她一句："老实点，别想着逃跑，乌头山你一个小妮子是跑不出去的！"然后关了房门走出去。许萍对老婆子的话再三分析，也想不明白怎么回事，直到屋子的后墙外突然传来两个人说话的声音：

"朵克娃这傻子真是走了狗屎运！"

"就是！也不知道卖女儿的那个人为什么点名要把女儿卖给朵克娃做媳妇！我们给出的条件都比朵克娃多两倍呢，何况他还知道朵克娃一家子都是傻子，也不怕女儿遭罪，真是脑子有毛病。"

他们的对话听得许萍云里雾里：难道说的那个被卖给傻子的女儿就是自己？自己现在不是就要做别人的媳妇了吗？自己的丈夫是个傻子？自己是被拐卖到这个破地方的？现在的世界竟然还有这么落后的地方？

许萍越想越糊涂，顿时紧张起来。她轻轻地趴在窗户边瞅了瞅窗外。一个扎了篱笆的破院子里几十号人兜兜转转，篱笆外长满了阴森森的大树，背景是叠嶂的山丛，远山的尽头就是灰色的天空，没有一处可以判断时空的标志。老婆子说得对，这种鬼地方，根本不可能逃得出去。唯一的办法就是静观其变，再做打算。所有的慌张和无奈，悲伤和绝望，都在这几个小时的无聊等待中消耗殆尽。

许萍趴在床上打了个盹，被窗外传来的年轻女子的嬉闹声给吵醒。她的意识突然恍惚了几秒，在那几秒之内，身体和精神无比轻松，就像在自己的家里一样。她拍了拍脑袋，迅速被拉回现实里。屋子的门被打开了，涌进来十几个年轻的女子，皮肤黝黑，身材敦实矮小，每个人的手中都握着一根含羞草编制的软绳子向许萍冲过来。许萍还没来得及反应就挨了一顿抽。她的大小姐脾气立刻爆发出来，火冒三丈，操起窗边系了红布条的榔头就对着这群长相丑恶的女子抡起来，嘴里还不断地喷出来难听的咒骂。她狂野的动作实在是与自身完美的条件不和谐，着实把这些还未出嫁的单纯女孩子吓了一跳。

天色渐渐地黑了下来，窗外的噪音越来越小，屋子里点起了泥油灯。许萍终于受不住咕噜乱叫的肚子，不情愿地咽下桌上那堆半生不熟的食物。

朵克娃一脚踢开了房门。吃得正香的许萍打了个哆嗦，转过脑袋瞅了他一眼，立刻呆住。朵克娃穿的是新郎官的服装，虽然皮肤黝黑，但是相貌相当养眼。最令许萍吃惊的是，这个男子看起来竟是这么亲切而熟悉，更何况长得又这么帅，很对许萍这个花痴的胃口。难道这就是刚才墙外说的傻子朵克娃吗？他就是自己的老公？

许萍认真地观察着朵克娃的行为。他被灌醉了酒，摇摇晃晃地倒在地上。许萍过去拉了拉他的衣服，没有反应，然后把手指轻轻地放在他的脸上，暗自赞叹道："嗯，你比周强长得帅。"

9

朵克娃就那样睡在地上。许萍轻轻地打开房门，走到院子里。黑漆漆的山头被月光照出了一个个黑影儿，像是无数个受到山神诅咒的幽灵，永世为山，永不超生。朵家的屋子在半山腰上，夜风呼啦啦地钻进许萍的耳朵。风里安静得可怕。许萍瞅着漫天的繁星想要看看自己到底在什么方位，只是这里的夜空没有一颗她熟悉的星星。可是月亮只有一个。月光在照着她的同时也在照着周强，照着她的家，照着属于她的那个大世界。那个大世界里，有没有人在找她呢？那个大世界里的人知道这个小世界吗？

在大世界的时候，许萍以为自己有多勇敢多坚强。她每天逛夜店，泡酒吧，她的生活黑白颠倒，她以为自己有多喜欢黑夜，多迷恋黑夜。殊不知，那里的黑夜根本不是黑夜。那个大世界里根本就没有黑夜。这里的黑夜才是黑夜，真正的黑，没有光明的黑，令人害怕、令人恐惧的黑。她终于明白，原来她是害怕黑夜的，原来大世界里的人都是害怕黑夜的。所以他们才会借用灯红酒绿把自己的世界打扮得花枝招展、妖娆魅惑，然后自欺欺人地沉浸其中。

许萍的思绪越飘越远，越想越多，不知不觉地掉下了眼泪。她该想想自己的今后，该想想怎么来面对这个小世界，或者该想想怎样逃离这里。

此时，在她头顶的大树杈子上，坐着三个男子。他们可以轻易地凭借自己的天赋隐藏于黑夜之中。或许他们才是真正地喜欢黑夜吧。他们原本是躲在树上偷看朵克娃行房的，没想到朵塔提娜这个疯婆子不知道从哪个旮旯里突然闯出来，疯疯癫癫地把许萍抱起来，而且还张着大嘴巴准备咬许萍的脸哩。许萍哪里知道这是她的婆婆，还以为是一只恶鬼呢，吓得紧闭眼睛，惊叫了一声，那声音足以传遍整个乌头山了。许萍任凭鬼撕扯着自己的身体，定在原地不敢动弹。朵塔提娜把儿媳妇当成了稀奇的玩物，兴奋地嚷叫着。

树上的三个男人实在是看不下去这个疯婆子的行径，又同情这么美丽的女子怎么能遭这种罪，于是便唰唰唰从枝丫子间跳下来，蹿到许萍身边，把朵塔提娜生拉硬扯地撵出院子。屋子里的朵克娃好像听见了院子里的动静，听见了阿娘的喊叫声，于是撑着身子颠簸到院里。

朵克娃虽然成了傻子，谁也不认识了，但是唯他阿娘记得最清楚，口口声声不离阿娘。只要让他听见或者看见谁欺负他阿娘，便像狼狗一般扑过去撕咬。以前的朵克娃很受村里的小孩子喜欢。而现在，村里的小孩子一见他就跑，因为他总是喜欢摸一把粪便追着小孩子乱窜。有时候来了兴致，见人就抹，连族长都不放过。朵克娃还喜欢族长的白胡子，好几次他看见族长后，就激动地张着满手的粪便向族长撵过去。族长一大把年纪了，老胳膊老腿的哪里能经得住折腾，只好乖乖就范，让朵克娃先拽着自己的胡子抹屎，然后再慢慢哄他。等朵克娃情绪稳定下来愿意松开胡子后，族长就咧着大嘴巴，托着自己那一大把受了污染的白胡子蹲在河边哭笑不得地搓洗。族长无奈啊。族长叹气：唉，可怜的娃儿，怎么就傻成这个样子了呢？到底犯了什么罪过，把这一家子整得这么可怜？

阿娘已经被其中一个男的推倒在地上，蓬乱的头发下满脸土灰。早上的时候婆子们刚刚按着给她梳洗整理过的，这一天下来都不见她的影子，不知道疯去了哪里，晚上出来竟成了这个样子。也难怪许萍会把她误以为鬼。

许萍呆呆地站在原地，看着眼前发生的一幕。朵克娃从屋子里冲出来后疯狂地扑到了推他阿娘的那个男人身上，直接朝男人的脖子咬了一口。他的牙齿像野兽一般锋利，一口下去男人的脖子上多了一个少了一口肉的血印子。另外两个男人急忙帮上去，一个按住朵克娃的脑袋，一个抓住朵克娃的双手，剩下被咬的男人捂着脖子上的伤口痛得面目狰狞，狠狠地向朵克娃的肚子踹了一脚，然后三个人不再纠缠，迅速离开。

站在一边的许萍已经看傻了眼，但是也看明白了怎么回事。她有些诧异，刚才看起来还那么帅的新郎官，此刻却真的如疯子一般，完全没了那令她感到亲切而略带好感的气质。看来墙外的人说的是真的：自己就是那个被假父亲拐卖到这个鬼地方的女儿，眼前的这个男人就是自己的傻子丈夫朵克娃，而跟朵克娃抱在一起的就是自己今后的婆婆。她怎么也不会想到，这一家子都是疯子。

看着朵克娃扶起阿娘，还给阿娘擦掉脸上的土灰，许萍并没有同情这对母子。她现在满脑子想着怎么从这个鬼地方逃出去。现在就逃，立刻就逃。要不然她就变成了傻子的囊中之物，想走都走不了了。

黑夜波涛汹涌地席卷着整个乌头山，但是对疯子的恐惧永远要胜过自然带给她的威胁。哪怕他们还是同类，哪怕此刻眼前的这两个同类急需她的安慰和帮助。

许萍已经感觉出来了，在这个只有山和人的世界里，没有一个跟她一样的正常人。她突然想起了周强。她还是想不明白自己是怎么落到人贩子手里的。她更想不明白，周强为什么没有保护她。

篱笆外有两条分岔的小路：一条通向山林，一条通向山下。路的尽头都是灰茫茫的一片，月光微弱，什么也看不清楚。好像这里除了朵克娃的房子，再无人家。朵塔提娜怪异的声音从来不肯停下。许萍越来越害怕，她感觉此时身后的那对母子就是两个魔鬼。于是想都不想，跳过院子的篱笆，向山下的小路奔去。

山路坑坑洼洼，遍布石块，但是她感觉自己的脚步好顺畅、好踏实。跑一步便离身后的魔鬼远一点。她一边跑一边警觉地听着身后有没有人追来的动静。突然一下就被从路边的石堆里蹿出来的朵克娃给抱住了。她惊叫了一声，就被朵克娃扛起身子抱了回去。

朵克娃虽然又痴又傻，但偏偏就懂得男女之事，也偏偏就记得自己还要娶媳妇，娶了媳妇还要生个小朵克娃。山神的诅咒不是让朵家断后，这不是他的目的。他的目的是要看一场好戏，一场只有借助人类阴谋才能演绎得更加精彩的好戏。

朵克娃扒光了自己身上的衣服。许萍被他粗壮的身子压得死死的。窗外泻下来一束苍白的月光。许萍想，或许此刻自己应该拿着一把剪刀刺穿朵克娃的喉咙，或者刺死自己。但是她只是静静地想着，没有勇气动手。而趴在她身上的朵克娃，此刻的傻劲却一点儿也没有了。

10

从那天晚上起，许萍就再也没有逃跑的机会了，因为朵克娃把她像狗一样关进了笼子。有时朵克娃一个人去山上打猎，疯婆子朵塔提娜就会坐在笼子边看着许萍。她捡了一根树枝，伸进笼子里不断地戳许萍的身子，还拨弄着她的头发，嘴里喃喃地讲着乱七八糟的火星语。许萍以为疯婆子好骗，于是费尽心机地对她用计谋、说好话，骗她打开笼子。可是朵塔提娜好像根本听不懂她的话，只是自顾自地说话耍玩。

一天中午，院子里来了一个男人。已经半个多月没有族人来过朵克娃家里了，连从他家门口经过的人都没有一个。许萍激动地叫喊起来，试图引起男人的注意。可是男人都没有看她一眼，直接拉起坐在石头上自言自语的朵塔提娜往外走，嘴里还说着一些似乎只有朵塔提娜才能听懂的语言。接着，朵塔提娜就乖乖地跟着男人离开了院子。

不到几分钟，刚才的男人突然又回到了院子里，而他的身后不再是朵塔提娜，而是跟着另外两个男人。许萍突然想起了第一天晚上那三个从树上跳下来的男子。她想，他们是来救她的吗？不管怎样，先从这个可恶的笼子里出来再说。只要能离开朵克娃母子这对疯子，一切就都会有办法的。朵克娃已经囚禁了她大半个月。这半个月里，他跟他的疯阿娘一样，除了自言自语和对许萍的骚扰、折磨外，从来没有真正地跟许萍讲过一句话。

疯子怎么能认真地对别人讲话呢？既然上天选择了他们来做疯子，那当然不可以轻易地让他们把这个世界的秘密透露出来。

男人抡起手中的斧子，咣当一下砸开了笼子上的铁锁。“跟我走，我带你离开这里。”这便是男人们简洁有力的对白，即便是个谎言，也让人顿时充满安全感。许萍欣喜地钻出笼子。

乌头山终于晒进来难得一见的阳光，照在三个男人的身上，也照在许萍的脸上。有那么一刻，她感觉自己不是自己，而是另外一个人，另外一个内心充满纠结与挣扎的人，另外一个一辈子都在不断逃亡的人，另外一个让自己陌生的自己。

她竟然不自觉地把手送到男人的手里——砸开自己的囚笼，放自己出来的那个男人的手，黝黑结实，充满力量。在三个男人中，他好像是老大，另外两个男人只是他的随从。她可以幻想自己是被魔鬼抓去的公主，而现在解救她出来的就是她的王子。为了他们的爱情，她的王子放弃了尊贵的王位，即将带着她浪迹天涯。他的王子是一位英雄，是一个行侠仗义的剑客。她现在就紧紧地握着剑客的手。虽然他的手中此时并没有剑，但是她想，总有一天他会有的。

朵塔提娜不知道被男人骗去了哪个地方。许萍跟着他们，顺着小路，拐进山腰上的丛林里。林子越走越密，越来越深，连阳光都滑不进来。这下安全了，没人会找来这个地方。

三个男人停下了脚步。“跟着那个傻子真是可惜了你，还不如跟我们一起快活快活哩。”这就是他沉默寡言的王子的第二句开场白。她该怎样惊讶和恐慌呢——除了尖叫。那是上天特意为她制造的环境，他们只是沾沾光而已。在这场三男一女的肉搏中，她是主角，他们只是配角。她时而跳动，时而狰狞。他们时而紧张，时而高昂。

许萍突然想起了周强的一句话。那时的一张床就是现在的整个山林。周强躺在床上色眯眯地对她说，许萍，真是个荡妇，是不是跟别的男人在一起也这么骚！她知道，那是她满足了周强的饥渴。可是她没有回答周强的话。而现在，她似乎想到了更好的答案来回答他。

是的。只要跟男人在一起，我就是个荡妇。

周强算什么呢？他只是许萍芸芸众生的男友之中最不起眼的一个，长得不帅，又没有钱，还是个花心的混混。对，这就是为什么她答应和周强交往。因为周强新鲜，因为周强特别，因为周强跟那些出现在她生活里的平庸无奇的人不一样。而现在，她终于明白了周强带给她的那种不一样的、很特别的感觉是什么。那就是现在这种感觉，就和这小世界里的男人带给她的感觉一模一样。

其实，她不知道，周强本就是这个小世界里的人。这个小世界，才是周强真正的家乡。所以，对这个小世界，她应该是充满好奇和兴趣的。相对于大世界里的庸俗，小世界应该会给她带来更多新奇的人生体验。不管这体验有没有终点。

既然本就是个婊子，那为什么还要难过、还要悲伤呢？既然在大世界里无人关心，无人疼爱，所有的亲情都被许泰山哗啦啦的票子给代替，所有的爱情也都因为那哗啦啦的票子而俘虏一空，那放弃逃离、继续待在这个小世界里又有什么意义呢？

许萍最终还是被三个男人送回了笼子。

还是不要再做无谓的挣扎了。一个世界到另一个世界的距离啊，就像一颗心到另一颗心的距离。

11

一颗心到另一颗心的距离啊，就像一米时光到一丈时空的距离。许萍在一米时光里忘记了自己。泥二在一丈时空里找寻原来的自己。而乌头山，在这时光与时空的交叉点，在这上天刻意测量出来的距离中，化为一方永恒的墓碑。

因为泥二要回来了。泥二本以为自己暮年的夕阳会很快落下去，可是一身罪孽的他偏偏死在了世界的最后。

许泰山六十多岁的时候，便因为肾癌晚期挂掉了。他至死都没有见到许萍一眼，死不瞑目地离开了这个对他不公的大世界。昇达公司也早就被霸占，所有的许家人都被踢了出去。而霸占许家产业的人，就是跟着张大鹏混了五十多年的大黑哥。张大鹏死的时候七十岁，而大黑哥也已经六十岁了。他把自己所有的产业都交给了大黑哥。大黑哥说：我想回家看看。张大鹏说：回去也好。大黑哥说：你就不想知道许家后代现在是什么样子么？张大鹏说：知道了又能怎样，我已经无法弥补我的罪过了，只能等我到了那边再给许泰山磕头谢罪了。大黑哥说：你放心地走吧。然后，张大鹏就走了。去了大世界和小世界之外的另一个世界。

又过了二十多年，大黑哥已经八十多岁了。可是他没想到自己的身子骨竟然还是那么硬朗。大黑哥终于决定要回家乡看看了。他很早就把龙晟的产业都交给了自己的儿子周强。而周强现在也已经六十多岁了，他经常会想起许萍。他也想跟着父亲回家乡看看。龙晟的产业又交到了周强儿子的手里。周强的儿子正是如日中天的年龄。周强的孙子也刚刚大学毕业。他们一代又一代，越来越跟这个世界的人相似了。他们黝黑的皮肤渐渐地变得白嫩，他们宽大的脸盘渐渐地收敛。谁也找不到他们与这个大世界里的人的不同之处了。他们并不知道在他们生活的这个大世界之外，还有一个小世界。那里有他们家族的根。

龙晟地产，在这个小世界走出来的家族的手中，雄风更盛。而此刻的大黑哥，也就是大世界里周氏家族的祖先泥二，决定要落叶归根。他真的好怀念乌头山。这个大世界消耗掉了他大半辈子的生命，此刻竟觉一切成空。

通往乌头山的只有一条路，就是几十年前他为了张大鹏开出的条件而答应帮他完成阴谋的那条路，就是他派人把许杰和许萍送进这个小世界里的那条路。就像一个世外桃源一样，只有他一个人可以找到那条路的入口。因为他当年就是在无意之间跳出了那个入口。

六十年后，那个隐藏在一片淤泥之下的山洞终于迎来了游人的归来。只是时光把游人出卖，并为游人打造了一副世纪不腐的拐杖，好像专门为了让他们回到原点。钻进洞口，泥二突然感觉这一切恍若一梦，好像他从未曾出去过，好像这一生只是一个漫长而荒诞的梦境。

越往里走，泥二越觉得自己走错了地方。这里早已不是当年的乌头山。一草一木，一石一鸟，就连阳光，就连风，就连蓝天白云，都陌生得像是大世界里的人心。他终于明白，这分明就是大世界里的风景啊！这乌头山竟然成了大世界里的一处风景。

泥二努力地回忆着过去。曾经是他家的地方一片荒冢；曾经族长站过的祭台，已经化成一条蓝河；曾经的村落已是乱石堆。他突然好想念朵瓜。他几乎要忘记朵瓜的样子了。他站在山头上，远远地瞅着天边一处毫无特色的云朵。他竟然看见了一架飞机从云朵中穿过。

泥娃拖着疲惫的身子，在蓝河边的一块大石头上坐下。他感觉屁股底下冰冰凉凉的，像坐在水面上一般，于是用手摸去。那是一块巨大的石碑，像一堵墙倒在河岸上。泥二好像在这一切的迷惑之中看到了希望一般，向石碑扑过去。他颤抖着嘴唇上的白须，一字一句地读完了石碑上的文字。

石碑上记载着关于大世界的阴谋和小世界的诅咒。他也是石碑上的一个主人公。真像是一个传说啊！那上面有他想知道的结果。

12

许萍一直都被朵克娃关在笼子里，直到她怀孕。自从许萍怀孕后，乌头山整日整日地打雷闪电、连绵阴雨，族里的人没有一个敢再往山里跑。这对乌头山上的人来说是弹尽粮绝。族长领着族人几乎每天都要上祭台祈求晴天。

突然，族长想起了医婆曾经说过的话。可是医婆早就在两年前许萍与朵克娃成婚的那一晚跳下了乌云谷。医婆死前见人就念，乌头山要完了，乌头山要完了。这莫非就是她给族人的预言?

族长带着几个长老冒着风雨雷电连夜赶到了朵克娃的家里。也就是在这个时候，许萍的肚子突然胀痛，马上就要生了。窗外的闪电一个霹雳砸进了院子，然后听见几声悲惨的哀号。朵克娃被雷电吓得躲在墙角里不敢动弹，而朵塔提娜则跑到院子里疯疯癫癫地叫喊。院子的泥水中染了一大片血红。三颗脑袋像是从天上掉下来的日头一样，骨碌碌地滚到了朵塔提娜的脚下——是族长和两个长老的脑袋。他们的身体已经被雷电炸成了一堆肉末扬散在风雨中。

几百道闪电齐声并列在天空中，照亮整个乌头山的那一刻，许萍的肚子终于被撑破。她的肚子里爬出来一个怪物——婴儿的身体，莲鼠的脑袋，背上还长了一对蝙蝠的翅膀。他扑扇了几下稚嫩的翅膀，从床板上飞到半空中。他嘴里长着两根和莲鼠一样的獠牙，又长又尖，像黑夜里的一根电棒，反射出凛凛青光。

许萍已经被破体的疼痛折磨得昏死过去。朵克娃浑身颤抖，身子紧缩在墙角。飘浮在半空中的是他的儿子。他很早就为儿子想好了名字，叫朵山。而现在，他却一点儿都不想叫出来。他的儿子是个怪物，他的儿子正在冷冰冰地盯着他。那眼神中凄厉的寒光射得他浑身哆嗦。他突然觉得现在这个画面好熟悉，好像自己亲身经历过的。对，他明白了。这个画面是他已经重复做过无数次的梦。那现在，自己是不是还在梦里？这一切都只是虚幻，梦醒了，他就可以看见他那个可爱的儿子了。

这一刻，他就像是获得了重生。无数的生活画面在他的脑海里铺展开来。他甚至记起了自己是什么时候疯掉的，疯掉之前的所有的一切，他都清晰地想起来了。他疯掉的阿娘，他死去的阿爹，还有他的妻子许萍。

朵山在半空中扑扇着翅膀瞅着朵克娃。朵克娃的身体突然动弹了一下，从墙角跳了起来。朵山似乎受到了惊吓，迅速地拍打着翅膀飞出了窗外。朵克娃紧紧地跟了出去。如果现在这依然是梦的话，那他终于摆脱了疯子的纠缠。

他跑出了屋外。风雨雷电把他的梦打得越来越清晰。他趁着电光，瞅见朵山像一只远古的鸟人一样在风雨中盘旋飞翔，旋即又飞向山下的村子里。他即将完成他出生的第一个使命，也是最后一个使命。那就是对乌头族的终结，对整个乌头山的终结。

这一夜，整个族人似乎都得到了山神的启示。他们都是在清醒中迎接死亡的。朵山龇着獠牙，像魍魉一样的身影闪现在挨家挨户的屋子里。他片刻间便倾覆了一个民族，一个有着上千年历史的民族，一个独占一方世界的民族。

而朵克娃，此刻正搭弓上箭，隔着风雨，瞄准了缩成一个小黑点的朵山。他疯掉的这几年什么都没长进，唯独箭法超群。嗖嗖嗖，十支利箭，穿破风雨，飞向朵山。箭无虚发，朵山像一片掉落的枯叶，在风雨中打着旋儿落到祭台上。就在朵克娃收弓的那一刻，突然一道闪电从天而降，砸到他的脑袋上。于是他的头像一颗核桃般裂成两半，一半面对着风雨，一半面对着即将放晴的天边。

13

石碑的最后，署名医婆。这一切早都在医婆的预言之中，她死之前便为整个乌头族刻下了这块墓碑。这就是泥二想知道的结果。他抱着脑袋痛苦地面对着眼前的这条蓝河。蓝河里流着的是乌头族的血脉。周强一直在乌头山的故事里寻找许萍的下落，可是，朵山撕开许萍的肚皮后，就再也没有她的消息。

泥二望着蓝河中倒映出来的云影，自言自语："当年，我找了一个被开水烫烂了的死婴和许泰山刚满月的儿子许杰调了包，然后偷偷把许杰送进乌头山，给朵家做了儿子。朵梅提给婴儿起名叫朵克娃，意思就是健康长命。然后我一直在等待，等了二十年。等到许泰山的女儿许萍长大成人后，又把她送进乌头山做了朵克娃的妻子。我只是帮助张大鹏完成一次只有时间才能促成的阴谋……"

泥二好像准备把这个故事重新复述一遍，然而被泥娃的问话打断了。对于这场阴谋，泥娃也断断续续知道一些，他跟许萍的恋爱，就是这阴谋中的一部分。

泥娃问：张大鹏到底和许泰山有什么仇恨？这是他这十几年来一直想知道的秘密。

泥娃的问题把泥二难住了。对啊，张大鹏到底为什么要对许泰山设计这场残忍的阴谋？他们之间到底有什么天大的仇恨呢？泥二惊诧。这么多年来他竟然从来没有想过这个问题。他只是一味地实施张大鹏的阴谋，他从来都没有问过张大鹏原因。

那这一切，是不是注定的呢？泥二抬起脑袋向山脚看了一眼。他隐隐约约地看到山脚下有几十个戴着红色鸭舌帽的人，他们背着小包，手中拿着一面色彩鲜艳的小旗子，好像时间表盘上定格的数字。从1到12，再从12到1。构成一个永恒不变的圆。那是一个时光旅行团。

强烈的阳光照在泥二的脸上。泥二一晃神，感觉自己像是活过了几个世纪，又像是从来没有活过。石碑下的泥土一点点地漏进河水，越漏越多。突然，他们脚下的河岸沉默而迅速地塌进河水。泥二和泥娃如梦醒般地惊叫了一声，连同石碑，一起沉没在河水中。

关于乌头山的一切，也都随着石碑、随着他们在时间的表盘上安静地消失，像是从未存在过一样。

河岸上，还残留着一段泥二在不知不觉中用树枝写下的文字：

“其实，这个世界不是唯一。每个人都生活在两个世界里——大世界和小世界。小世界在我们的心中，大世界在我们的身外。大世界里流窜着阴谋，小世界里演绎着诅咒。大世界的阴谋催生了小世界的诅咒，小世界的诅咒成全了大世界的阴谋。”

忽然，山头上下起了淅淅沥沥的小雨，打湿了泥土中的文字。文字随着雨水搅拌在泥土之中，顺着河岸，渐渐地流进了河水。河水中泛起一道土色的波纹，像一个被轻纱拂过的世界，定格在一对游客的相机之中。

萦绕

文 / 赵依然

001

你说，世界有尽头吗？

你知道吗？

那我能找到你吗？

002

冯同路从睡梦中醒来。天还没亮，窗外透来对面楼上零星的灯光，映着他屋子里天蓝的墙壁，颇有几分清冷的感觉。冯同路掀开被子，赤脚站在地板上，脚下阵阵凉意赶走了不少睡意。

他走到窗前，把脸贴在玻璃上，透过哈起的片片白雾看缠绕在防盗窗上的牵牛花，丝丝触角嫩得青绿，固执地绕满了不锈钢的栏杆，仿佛在叫嚣着生命的活力。

就像某种感情，缠在心上，剪不断，解不开，放不下，忘不掉。

003

冯同路有个好朋友。好到不行的那种。从小一起长大，没对方在身边就觉得不习惯的那种。一起吃饭睡觉打豆豆，甚至连厕所都手拉手一起上过的那种。

她叫来思。不是“劳斯莱斯”的“莱斯”，是《诗经·小雅·采薇》里面“今我来思，雨雪霏霏”那个“来思”。

来思的爸爸是个小有名气的画家。来思小时候什么都不懂，缠着他向他抱怨为什么别的小姑娘的名字都是三个字，名字里什么涵啊然啊，叫起来顺嘴不说还带着小女孩独有的风格；偏偏她只有两个字，还是怪怪的一个单音节字。

来爸爸笑笑摸摸她的小脑袋，跟她讲那句“今我来思，雨雪霏霏”，小小的来思听不懂，翻着白眼说自己要改名叫“来霏霏”，都是一句诗，这个名字顺嘴得多。

奈何当年梳着两个羊角辫的来思小姐，人太小改变不了这个现实，于是无力的她不知道用什么办法，逼着当时仍把额前三根毛当作时尚的冯同路先生叫她“来霏霏”。这一下子，幼稚的学前时光，便如同丝滑的某芙巧克力，在同路同学的一声声“来霏霏”中滑过了。

日子一天天过着，似水般平静却又处处充盈着不易察觉的涟漪。

来思同学一天比一天亭亭玉立，从小受她爸爸的熏陶，满身的文艺范。浓郁的书卷气给她本来没什么亮点的脸平添了几分不食人间烟火的清冷，瞬间秒杀无数满脸青春痘脑子里全是童颜巨乳怪萝莉的理工男。相比之下，冯同路就逊色了不少，虽然他那张还算看得过去的皮囊配上他内敛的性格，被零星几个妹子奉为高冷男神，但也仅限于男神，可远观而不可亵玩的那种。

004

这么多年，冯同路和来思来来往往了这么多年。

跟彼此在一起好像成了一种习惯。高冷的来思在冯同路面前永远都是个小逗比，内向的冯同路在只有他们俩的时候习惯性地打开话匣子，习惯性地叫她“来霏霏”。

他们俩的关系，光他们分别听说的就不下十个版本，这些年各种围绕着他们的兄妹说、恋爱说、劈腿说层出不穷，他们在一笑而过的同时也在惊叹那些人坚韧的毅力和丰富的想象力。弄得来思觉得自己不跟冯同路在一起好像就对不起他们似的。

可惜了冯同路，跟来思这么多年竟然一点悸动也没有，白当了她这么多年的护花使者，以及其他男生的信使。

冯同路也很疑惑。他开玩笑说一度怀疑自己是个gay。

可能是时间消磨了吧。他这样想。

直到程乐天的出现。

高二一开学，程乐天便浩浩荡荡地杀到了来思身边，对来思小姐那叫一个穷追猛打，加上碍于程乐天那个赞助了三个多媒体教室的土豪老爸，老师们对他这种高调作风也是睁一只眼闭一只眼，弄得来思以为自己得罪了什么人，派程乐天来惩罚她。

“来思同学，我是因为你才转来这所学校的。”

“不好意思，我们原来认识吗？”

“这不重要啊来思同学，我知道你就可以了啊。你吃早饭了吗？我爸爸让司机送来的早饭，你要不要尝一下啊？”

气得来思白眼一翻差点背过气去，转过头，拉着冯同路头也不回地往前走。

乐天同学人如其名，天生乐天派的他把来思小姐的冷嘲热讽全都丢到一边，继续他热情追求的伟大事业。就在他在篮球场上搞定了冯同路，口口声声称冯同路是他最好的兄弟的那一刻起，他的事业得到了跨越式的进展——来思同学走了这么多年的那条放学的小路，由两个人变成了三个人。

初冬的雪落了满地，三双脚印歪歪扭扭地点缀着那条小路。

如绽放在人心里的花，没人知道它的开放。

就像那些不为人知的秘密。

005

冯同路还在窗边站着。

窗外的牵牛花叶子被风吹得上下翻动。忘了哪个佛家禅者说了，不是风动，不是幡动，是心动。

心动?

冯同路心中一紧。

006

那是一个秋日下午。

日光像牛奶般浓稠，斜斜地照着，几分秋日特有的慵懒。

理科班早放学，冯同路在来思班门口等她一起回家。来思在里面磨磨蹭蹭地不出来。程乐天看到冯同路，先跑了出来，拍着他的肩膀说：“兄弟，走啊，我请你和思思去喝可乐。”

思思。多么刺耳的字眼。

冯同路感觉心真空了一瞬，好像自己从小到大珍藏的手办被过年来拜年的熊孩子分走了似的，隐隐地失落，和，疼。

还是那条路。三个人的影子被夕阳拉得好长。

“程乐天，你说你为什么跟着我，每天都跟着我？”来思每天例行公事地都要问这个问题。

“怎么了，你终于决定接受我了吗？”程乐天继续没脸没皮地跟她调侃。

“我呸！昨天蛋蛋她们问我你为什么要跟我走，你猜我说了什么？”

“说什么？”

“我说你是因为跟冯同路有奸情才跟我一块儿走的，你俩才是真爱，我只是掩护。哈哈，我机智吧！”

程乐天气得暴走，却也拿来思没办法，佯装要捉住来思好好修理一顿。他们俩在路上你追我赶，幼稚得要死。

一直没说话的冯同路站在一旁，自嘲一般地笑笑，呵呵，原来自己成了局外人。

酸酸的感觉从心口向上涌，涌到鼻子里，涌进眼睛里，变成水落下来。

滴答，滴答。

007

萦绕在心上的感情终于被剖开，冯同路终于正视了自己的心。

他，冯同路，喜欢，来思。

他曾经以为他和来思之间的感情是比亲情更高一点，但绝对不会是爱情。冯同路甚至觉得，即使是爱情，也会被似水的流年一点点地消磨尽。可偏偏，要变成现在这个样子。

那以后的很长一段时间里，冯同路脑袋里全是来思。小小的她缠着他让他叫她来霏霏，别的小女生拉他的手她跺脚生气的样子，在别人面前高冷在他面前一秒转换逗比模式的小模样，这些原来没有觉得特别的细节现在在冯同路看来满满的全是可爱。

那就试试吧。冯同路对自己说。

毕竟近水楼台先得月，自己这么多年的地基不是白打的。

冯同路在一点点地靠近。他跟来思开各种不正经的玩笑，只要把他们俩扯上关系的事都要跟来思讲一遍。可来思并没有什么特别的反应，尤其是对他。

可能是还不到时候吧。冯同路默默握拳。

008

一个再平常不过的晚上。吃完饭冯同路习惯性地在操场上打会儿篮球再上去准备上晚自习。

刚在球场上站定，程乐天就端着球兴冲冲地跑过来，拍拍冯同路肩膀："兄弟。"

冯同路回头刚想开口问他，晚上他们文科班还加不加课，他等来思一块儿走，程乐天开口：

"兄弟，我等会儿请你喝可乐。"

"怎么啦，你中彩票了？"

"我跟你说，比中彩票还令人激动。"

冯同路心里咯噔一下，突然不想听到答案了。

"思思她终于答应了。哈哈哈，苦心人天不负啊！哈哈哈。"

心，有一种裂开的感觉。

冯同路继续装傻："答应什么了？"

冯同路多么、多么希望这一刻时间静止，像那年陪来思看的那部韩剧里的外星人男主一样，在别的男人跟女主表白时把时间的闸口关掉，这样就不会听见那个不想听的答案了。

心也不会这么疼了吧。

可他不是外星人，他没有那样的超能力。

他还是听到了那句话。

转身，走。背后还有程乐天的叫喊："欸，冯同路你别走啊，你听我给你说啊，走啊，喝可乐去啊……"

风吹着冯同路单薄的身子，他突然很想跑一跑，仿佛只要跑起来，胸口的那份情绪就会直接蒸发掉，不会从眼里冒出来一样。

有用吗？没有吧。

呵呵。

冯同路觉得自己就是个笑话，大笑话，天大的笑话。

009

此去经年，应是良辰好景虚设。

抱得美人归的程天乐一样的乐天派，整天跟在冯同路身后兄弟长兄弟短地没话找话。后来他和他的来思小姐一块儿考去了北京，留下的冯同路自己一个人在家乡，每天默默地走那段曾经充满笑声的小路。

冯同路不觉得自己是个执着的人，可他没想到自己会念念不忘到这样的程度。

他时常会想起自己跟来思年少的时光。不过那些时光应该不属于他。那些时光属于当时那个冯同路。

010

时候不早了，冯同路换好衣服，走出屋门。

门外已经开始忙碌起来。

今天，他的邻居——来思小姐，要嫁人了。

他们终于不再是邻居。

一身西装的程乐天拿着捧花跟一群不给他开门的伴娘斗智斗勇。她们让程乐天说十种语言的“我爱你”，急得程乐天红了脸。他看着冯同路，想让冯同路给他解围，那群伴娘急忙吆喝说伴郎不算。

最后还是冯同路教给程乐天说了一句法语和韩语才让他过了这一关。一身白衣的来思美得让冯同路愣住了，他仿佛又看到了那个扎羊角辫的小女孩，抓着他的衣角跟他撒娇，跟他说：“冯同路，你要是不叫我来霏霏，我就告诉你妈妈，说你欺负我。”

程乐天走过来，拍拍冯同路的肩膀，叫了声“兄弟”，说：“时间到了，我们该走了。”

程乐天抱着来思走出门，别人起哄的间隙，冯同路低低唤了声：“霏霏。”

来思扭头，看着冯同路，抬手抹去了眼里还存着的泪，冲他笑了。

这么多年，她的笑容，一直没变过吧。

冯同路抬头，缓步跟上。

“霏霏，你要幸福。”

这是那句没来得及说出口的话。

还有那句：我喜欢你。

可，永远没机会说了吧。

011

冯同路去了遥远的美利坚。

从首都机场出发，程乐天和来思去送他。

登机的提示响起，程乐天走过来，拍拍他的肩膀，还是那句——“兄弟。”

他点点头，冲来思挥挥手，笑了笑：

“霏霏，我走了，你要好好的。”

那便是了。那漫长青春乐曲的休止符。

012

窗外的牵牛花是不是谢了呢？触角都枯黄了吧？

心中的那份感情还在萦绕吗？

微妙

文 / 王若兰

[1]

立秋那天与丈夫大吵一架摔门而去，五年的婚姻生活磨掉了我青春的所有激情。

我在想，是不是该就此离婚，相互解脱。

下午接待了一名心理疾病患者，一位闪耀到让我不能忽略的女人。

“你好，刘医生，我叫若希恩。”

[2]

求之，不得。

这是人间常态。

若希恩捧着星巴克的咖啡杯轻轻摇晃，脸庞修饰着精致的妆容，蓝色钻石垂在轻轻起伏的胸口。

“他是一场灾难，让我惊心动魄，求生不得。”

我点点头，摊开工作记录本，捏着圆珠笔的右手浸出汗水。面前美好得过分的女人是我成为一名心理咨询师以来遇到的最大的客户。

“我逛商场的时候，他的电动车与我的车子刮蹭了，留下了一张写着原因与联系方式的纸条。”

刚说起，若希恩便抿着唇笑起来，仿佛想到了美好的事情。涂着Dior Rose款口红的嘴唇上扬出优雅的弧度，一个微笑都如此完美。

“许子洛，那人的名字。真好听，简直让我一见倾心。那个电话一直保存在我的手机联系人里，我还不曾拨过。”

我将笔记本翻过一页：“一直没有联系过那位许先生吗？”

“我发过短信的，”若希恩眼神闪起亮光，“我说赔偿就不必了，有空一起吃顿饭吧，还发了生活照片给他，可他回绝了我！”

玻璃质地的咖啡杯被重放在大理石桌面上，制造出让我不愉快的声音，对面的病人情绪有些激动：“我是第一次被男人拒绝！”

无视四周投过来的目光，我不置可否地挑挑眉头：“所以你因此抑郁而来找我谈心？”

“不，因为他的例外，我在爱上他名字之后爱上他的内在。”若希恩笑着，露出一排整齐的皓齿，小声地说，“我通过通讯录找到他的微信，每天都发自拍照给他，可他几天后把我拉黑了。”

我胸腔一收，差点笑出声来。

“我有身材，有模样，有钱，他却躲着我。刘医生你说，是不是我不够完美？”

“没有，”我摇头否认，“若小姐从姓名到地位都一流，完美得连指甲盖都闪光。”

对面的人满意地点点头，喝一口咖啡，继续讲道：“我翻了他所有的动态，有一条提到了一个叫‘刘小刘’的女人，天下怎么会有这么怪的名字，真是太恶心了，应该就是这个刘小刘抢走了我的许子洛。”

“对对对，刘小刘这个人真坏。”我出口安抚着病人的情绪，“那你与这位许子洛后来呢？”

若希恩把脸贴在玻璃窗上："我好爱他。爱他的名字，爱他动态里那些独特的见解，爱他录音里低沉沙哑的声音。他是一个成熟隐忍的男子，懂得拒绝诱惑，我有内心被轰击到的感觉……"

我彻底放弃记录的念头，合上笔帽，对着眼前已沉沦在自己爱情泡泡里的人问道："有没有想过找到他，见他一面？"

"不，你不懂，这是一段神圣的感情，无关他的容貌、年龄、身份、地位。"

"这只是贪恋一份感觉，可能是寂寞了太久，在对情感的极度渴望下，一个异性很轻易地就能俘获你的芳心。试着多交几个朋友看看，而且我这里有个更适合开导你的人。"我说着，顺手递上同事的名片。

若希恩茫然地接过去，看过后对我点点头："也好，我联系这个人看看。那今天下午麻烦您了。"

"没事儿。"我拎着包快步走出咖啡厅，感觉神清气爽。

[3]

一路走回家里，刚拉开防盗门便跌进一个怀抱。

"亲爱的，今天辛苦了，我做了你爱吃的白灼虾。"

我抬手揉着爱人蓬松的头发，空气中多了淡淡薄荷的香气。

"许子洛，我爱你。"

"刘小刘，我也是。"

—Fin—

海上过客

成尘

文 / 张开馨

青叔跟我说可以写纪行的时候，我第一反应其实是蒙的，然后打开电脑，先是刷了几关“红色警戒”，一直拖到大年三十快来了，才被“今年事今年毕”的良知催促着动笔。

虽然在别人眼中是很微小的事，但对我而言是活着的十六年中最盛大的典礼。

毫不夸张地讲，向魔都进发的一路上我完全是抱着不输去圣地朝圣信徒的虔诚。我妈一个闲得没事儿想聊聊的电话让我感到命运这玩意儿的玄妙，加上用眼泪换来几个大老爷们儿批的一张假条，所以在出发前跟同桌念叨了很多遍“我从来没觉得我离梦想这么近”。就好像是我知道茫茫黑夜的前方有光，我看不到，只能凭着一个不易动摇的信念往前走。临到绝望之际，决定小憩一会儿，睁开眼突然发现那道光就在眼前跳跃，真实得不像是梦了。

我不知道十八年来，在多少人心中“新概念”还是这样的存在。

动车车厢被晃得脱节，有熊孩子不停吵闹着跑来跑去。我努力地坐直身子想止住沸腾的胃液，半眯着眼强迫自己看完一本《荆棘鸟》。高潮部分拉尔夫大主教对安妮说：

“事实上，你也许可以说，我为了梅吉，是不惮赴汤蹈火的，饱尝感情上的饥馑，经受生与死的考验的。我们不得不忍受这一切。梅吉是一面镜子，从中我被迫看到了自己必将死亡的命运。”也就是这么一段话，差点儿让我成了车上唯一有人陪还哭的傻逼。它留给我的印象太过深刻，以至于第二天我把它写进了《逆转》的开头。

比赛前我在巨鹿路上游荡，雨下得很大，固执地不撑伞，踮着脚拍下街角墙上赫本的照片。作协门口是吃盒饭的底层人民，我想拍下《萌芽》的牌子但被挡住了，看他们吃得香也不忍打扰他们，于是晃晃悠悠继续往前走。

借闺密吉言，我还是没改掉膀胱小的毛病，开考前上了N次洗手间。中间有一次还听见两个女生讨论：“A胡说她每次写东西先写开头再写结尾，然后趴在桌子上开始胡编乱造中间部分。但今天确实没办法啊。”三千二百字的稿纸确实无法预测自己会写到哪里停笔，就好像我不知道自己还能义无反顾地往前写多久一样。我不理解自己当时为什么会有这样奇怪的念头，但很快被考场的寒冷冲淡了，特别是对我这种常年血液循环不畅的人简直是励志求学的故事，每写几个字就得把手放在脖子上暖暖。我本来是想磨蹭完三个小时的，可实在是冻得像被肢解一样，检查一遍没什么错别字就交卷了。

外面的雨比我进去之前下得还大，一路小跑出来的孩子们三五聚堆讨论着题目，商量着去哪儿泡吧吃饭。我戴上毛线帽子，感觉雨都被固定到心里，解冻起来很困难。一路溜达到暮色四合时分打车去了武康路，名人故居全都锁上了黑色大铁门，法租界的面貌也看不清了。我找到制高点俯瞰，几点灯光在街道上晕开，能看到些东西了，其中有恰到好处的莫名难过。我也不知道难过什么，突然很想大喊“生日快乐”（但我的生日还早呢），最后为了不把人丢在魔都只能作罢。

本来是要跟很多人面基的，结果只面基了陕西的两个小伙伴。白小二和我用事实证明了人群中人找人是找不到的，因为他有可能就站在你旁边玩手机。很清秀的男孩子，像是很多年前刚出道的许嵩，戴着眼镜和绿色围巾，额前碎发遮眼睛。思岚完全是气质美女，坐在地毯上不能再安静，大陕西唯一的一等奖——人民的骄傲。我们有一搭没一搭地聊天，不断有人试图把我往柱子旁边挤，挤得我和柱子相依相偎。也就是在这种污浊空气的喧闹里，我好像有一瞬间明白了之前奇怪的念头。徐宗干写过一副表面咏炭实则讽刺官僚的对联：“一味黑时犹有骨，十分红处变成灰。”我没有教养地把“灰”改成“尘”，试图重新解释它。希腊神话中众神认为不可理喻地爱某个东西，是一种有违常情的事。爱的人可以付出包括生命在内的一切，把自己燃烧殆尽也在所不惜。烧到炽烈处走向毁灭的极端，却终究要留下些什么可供周而复始。

现在我笃定了，写下文字就是这样的事。如此一般的情愫蔓延在世界上千万呼吸着的灵魂里，幸运的是这其中也包括我。他们可能绝望，可能浑身干劲，可能食不果腹，可能衣食无忧，可能吻着自己爱的人，可能跌跌撞撞往前走。多么可怖，更是多么可爱。

我没带回那张“二等奖”的奖状，它可能长眠在魔都的某个角落。那天，我重新背上挎包，没有雨衣，没有雨伞，没有回望的眼神，耳畔只有风呼啸而过的声音。

嗯，那是“新概念”和我的成人礼，只有我知道。

只有我知道我还会往前走一辈子，风雨无阻。

海上过客——第十八届新概念作文大赛纪行

文 / 吴辰筱

过去好久了。那些事情已经模糊，模糊到像一场美梦。

这场大梦，十年前开始。

七岁。妈妈塞给我一本破损的旧书，说是作文，让我读。随便翻开一篇，《假如明天没有太阳》。

那时我还不懂新概念是什么，只是觉得这些所谓作文像故事，挺有趣。

十三岁，开始看笨拙的言情小说，看郭敬明；开始写很多很多只有开头的玛丽苏文字。

十六岁，买了第一本《萌芽》，无端被吸引，再忆起前尘。翻出小时候那本旧书，看那些过期的青春少年。

十七岁，浪费掉整整一周的晚自习，真正潜下心，塑造一个早就想塑造的人物。其间有生涩有不安。而后熬到凌晨两点，把这些文字敲到电脑上。把其中一篇5000以上的字数硬改到4998。11月，一个下雪的日子，我把报名表塞到信封里，舒了一口气。

1月12日，期末考试完毕，数学考砸，全然不再在意。晚上放学我冲回家，抄起鼠标看萌芽微博，终于看到自己的名字，我又刷新了一遍，再刷新一遍，然后故作淡定地说，我过了。

北方闭塞的小城市，几乎没有人听说过这个比赛，即使听说过，也不会有人知道它的分量，它在我心中的分量。

26日午夜飞往上海，全无睡意。27日凌晨终于到达，下了飞机，扑面而来的是南国的冬天，大家都说寒冷，我却只记得那不同于北方的凛冽的暖意。

简单休息，第二天我在地下穿梭了一个多小时，辗转到达巨鹿路时，比赛已几近开始。我没住在海友，由于父母陪同——其实是由于自己令人讨厌的孤僻，也没有去参加群里的活动。

北方雪，换成了上海雨，贯穿始终，无端一丝阴郁。

在逸夫门口撑伞发呆时，视线骤然被一个女子吸引去。该女子的头发早已被雨水打湿，一直坚持自己十四岁，我一秒钟就确定了她是谁。想了想，不知怎么打招呼，索性作罢。只默默看了她在一旁大笑大说，和想象中的少女乔竟然别无二致。

后来费了半天劲找到了青叔，打了个招呼后我又开始冷场，啊，真是好想谴责自己啊！

看到那么多群里的网名变成不同口音喊出的名字，变成青春的笑颜。我却灰蒙蒙，隐在灰蒙蒙的雨中。

黏腻的雨，陌生的口音，还有旁边的两个人一直在讨论汪曾祺。我换了个地方，旁边在讨论《源氏物语》。我望天，不同于平日见惯的蔚蓝。我心想，嗯，这里是上海。

进了逸夫，我费了很大劲，还被传说中的吕正训了两次才找到考场，倒是很轻松地找到了座位——第一排。

题目发下来，我的内心是一个大写的懵逼。构思一会儿，毫无头绪。最后选了看起来比较好写的“逆转”，写了小说，略显单薄。

4点整的时候，我写满第十张20×20，搁了笔。

暮色四合的天光里，我想，嗯，这里是上海。

头顶的暖风不懈地吹着。

脚下的凉意。

绿色的右下角印着“萌芽”字样的稿纸。

手机插着充电宝的监考老师。

窗外光秃秃的梧桐树，近处的洋房，远处的大厦。

回荡安静教室的咳嗽声。

上海下午4点的天光，温凉的空气，缠绵的雨。

所有破碎的意象，组成我对“新概念”最美好、最梦幻的记忆。有关梦想，有关信仰。那一刻，我不舍得离去。

后来一切都是匆匆。

匆匆游玩上海，匆匆到达青松城，匆匆上楼，看到同样一脸急切的人群。青叔问我，几等啊？

我说，不知道。但我心里早已有结论。

我最终没有得到那个烟灰缸，但是这并不妨碍明年再重新来过。

我终于明白网上太多人说的，新概念，不仅仅是一场比赛。

明年，如果有幸，我一定再来。

一定要住在传说中的海友，去勾搭一直坚守的青叔和少女乔。

新概念好像一直就在我身边，而我却才刚刚明白新概念的意义。

去火车站的路上，我才终于第一次看到了静安寺，尽管我一直在它身边转。

香火的气味，远处的高楼，匆忙的人群，虔诚的信徒，所有本该南辕北辙的东西，在这里奇妙地融合交会。

这里，是离我远去的上海，传说中的魔都，那么多人的梦想。

之于上海，我不是归人，我只是个过客。

论原点——第十八届新概念作文大赛纪行

文 / 郭鸿宇

那是2014年夏天，中考后一个漫长而慵懒的暑假，偶然走进新华书店的我在最里面的角落窥见一排颜色鲜艳的书籍——《第十六届新概念获奖者文集》，那时我还不知道新概念是为何物，更不知道郭敬明和韩寒都是从里面走出来的获奖者，但当我翻开里面的文章时，我承认自己被深深地触动了。

我至今仍清晰地记得当时我翻开的那篇文章是杨欣雨的《定西》，现在重看可能感受没有那么深刻了，但当时的我的确是被里面描写的宏壮场景给震撼住了；再往后翻，是刘坤的《光阴的故事》，真好，写得就像我自己的故事一样，还有琚峰的《马强和他的学校》，文风犀利，以及汤斌的《祸水韩》。那时我觉得他们都不是人，都是我的神……只是我却一直没有动过参加的念头，因为我觉得自己的等级差得太远了，直到开学后的某一天在学校书店看见最后一本《萌芽》，我才下了决心。

在此之前我好像一只被关在密封的黑笼子里的呆鸟，安心地满足于笼内的世界，当着老师的好学生、妈妈的乖宝宝，写着规规矩矩的考场作文，重复着其他人平淡的生活。

可现在不一样了，那只呆鸟透过被打开的缝隙窥见了外面的世界，她知道了原来作文还可以这么写。她读着前辈们的纪行，知道有那么多的人来自不同的地方做着同样的文学梦，在每一个冬天去上海相聚；她发现自己也憧憬着那样的生活，尽管那时她对“新概念”还一无所知，也是第一次听说《萌芽》这本杂志。9月份的时候，她剪下《萌芽》的报名表，告诉自己，去参加吧！

2015年1月26日，我借了同学的手机刷着萌芽微博里公布出来的第十七届新概念作文大赛入围名单，来来回回看了三遍，没有我。说实话，我只伤心了三分钟，因为我知道自己的实力还是不够，投出去的两篇卡在截稿前匆忙赶出的参赛文章，字里行间溢满矫情的碎语，现在看看真是惨不忍睹。

过年的时候我却笑不出来，不过这也给了我足够的动力，我告诉自己一定要去上海完成自己的梦想。我买了一本紫色的软面抄，在扉页上写着：十八届，去上海，去看星星，去做一场梦。然后制订了一系列盛大宏伟的写作计划，只是直到后来我去了上海，那计划也没真正圆满完成。

我偶然点进了新概念作文大赛吧。不知是哪个前辈提到过的，吧里隐藏着许多大神级人物。一开始我不信，直到后来水得多了果真认识了乔木姐、阿青、汤叔、翼姐等众多新概念前辈后我才相信。有时候看着这些前辈在贴吧里谈论关于新概念的一些黑历史、白历史，我心中就会充满期冀，很多次在静谧的晚自习放弃繁重的数学题，看着前几届大神们的纪行，脑海中就会勾勒出新概念挂号信的模样、海友的模样、汉庭的模样、逸夫职业技术学院的模样、《萌芽》编辑部的模样、你们的模样……我知道那些通通都是新概念的模样。每当这时，我的学霸同桌就会鄙夷地扫我一眼，我想她一定不知道新概念吧……就算知道她也只会说“那个东西啊，还不如高考考个好成绩来得实在，况且你就算看了再多的书也入不了围的”，但我真的不是那样想的。

高一下学期我第二次参加新概念时恰巧成了校文学社主编，我告诉我的社长和社员们，一起去参加十八届吧！她们都信誓旦旦，但最后由于各种原因能够参加的只剩下我一个。

高二时选了文科，没遭到太多反对，很是庆幸我拥有一个尚且还算开明的父母。文科生活给了我很多空闲时间，以至于我每天在空闲时间都刷刷贴吧、看看小说，生活过得不亦乐乎。也正是在我整日厮混在贴吧里的那段日子，我认识了好多新概念的参赛者——云文学网的写手聂奕宇，贴吧里的惊鸿大神赵修远，同乡的现在被保送华师的高三学姐未曦，已经给我寄过明信片我却至今没有回的二圈……尽管他们最终没能与我同行。

之前制订的宏伟写作计划被我自身的懒惰一拖再拖，以至于到了11月底，不得不全速赶稿的我月考考了一个渣炸了的成绩，班主任上课甚至已经不再看我一眼……我开始对自己的孤注一掷感到怀疑了，但仍在25号把参赛文交给了快递小哥。当快递小哥将我的订有报名表的参赛文装进邮件包裹里的那一秒，我如释重负。中午回学校上课时我站在教室门口平静了一会儿，告诉自己十八届我没有遗憾了。

之后的等待过程极为漫长，临近期末，同学们都在背书刷题，完美诠释着学霸的定义。而我，只有我一个人在疯狂地刷着贴吧和微博，每天都在期待《萌芽》早点公布名单，但同时又担心等待自己的又会是一个失败的结果。

但挂号信就砸到了我头上，我将它甩在班主任的办公桌上。我说，我要参加新概念作文大赛，对自主招生有帮助。然后班主任二话没说就将一星期的假批给我。

之后的一切都令人不敢想象，我加上了一姐乔木的QQ，加上了阿青的QQ，被拖进了十八届新概念复赛群。这一次，我比以往都更加深刻地认识到，我，是真的进入这个圈子了。

复赛群成功刷新了我对“污”这个字的定义。之前在贴吧推测挂号信单号的苏汉廷在群里因为狂发英文语音而遭到围攻，汉廷被乔木在群里扒出照片后收获一句“高二的人，研二的脸”的评价。直到后来我看到新发下来的英文报纸，疑惑头版头条上的名字怎么这么熟悉，才知道汉廷就是亚瑟王的男人……哦，不，是翻译了《亚瑟王和他的骑士们》的男人，同为高二的我简直无言以对。乔木就一直在群里发一个暴漫表情，于是她的形象从女神就瞬间变成女神经。阿青是个很暖萌的大叔，说要在上海接我，只可惜我已经有人接站了。嗯哼，这就是我对新概念的第一印象，预想中这是一个温暖的大家庭……如果自动忽略“十八届吃喝嫖赌一起来”“十八届新概念相亲征友”“葡萄黄瓜木耳香蕉橘子梨”等被玩坏了的群名。

列车在飞驰，轰隆轰隆地不时发出响声，我刷了会儿贴吧就睡了。半梦半醒间却突然觉得一切都那么不真实，索性摸出手机来写纪行。19个小时就这样过去了。在上海坐上了人生中第一趟地铁，看着几个金发碧眼的外国人，听着双语报站，感叹上海果然是国际化大都市。

一个在上海工作的亲戚把我和我妈送到了海友客栈——静安寺万航渡路105号，那个曾在许多篇纪行中被提到的地方。在门口看见一个穿红色衣服的妹子，身边应该是她的父亲，不过我没敢贸然跟她打招呼。推门进去，大厅内摆着三四张圆形玻璃桌。不错不错，这就是我想象中的新概念了。先来的已经各自玩成一片，一个都不认识……身为新人的我顶着莫大的压力走到众人面前……然后冲到楼上。没办法，尴尬症实在是好不了。

8310。打开房门，来回端详着大床房里的摆设，感慨了一下果然海友的厕所没有门。洗了把脸，坐在床上平复了一下心情，告诉自己这就是我的新概念了。

出来时在楼梯间又看到红衣妹子，这回是她一个人。

“那个……你也是新概念的吗？”

“对对对！你也是？”

顺利勾搭上河南妹子李益鑫。

“那个，我们河南的组了一个团，你要来玩玩吗？”

“好啊好啊。”

顺利进入新概念河南分群。

鑫是个98年的萌妹子，大眼睛，是我喜欢的类型，所以我们注定会玩得很好。

见到了一身黑白的李溪耕，耳畔传来一声惊呼：“哎哟喂，这人长得好像我们班英语课代表！”我定神一看，还真的挺像我以前班上的英语课代表的。李溪耕带着我和鑫找到了默默、团团、怪怪，还有王若兰。

默默是个很沉默的高三男生，穿着浅棕色风衣。他说出来的每一句话却都能逗笑众人，但他自己却不笑。他说：“我去请假的时候班主任以为这是一个骗人的比赛，然后我就说，对啊，这就是三流比赛，我车票已经买好了。”

还遇见了一个一身红衣、齐刘海的小个子萌妹子，笑起来很甜。

王若兰化着淡妆，被我们公认漂亮，她就是之前在QQ上被我误认成十七届小碗的十八届小碗。

原谅我记不住名字。总之，河南的开了一桌坐在一起玩谁是卧底。

“我们这一桌都是新人吗？”

大家全都点头。再看身后的那桌，已经在乔木这个上帝的带领下玩无节操的杀人游戏玩得不亦乐乎了。

这是新概念的老传统。

“谁是卧底会玩吧？”李溪耕掏出手机下载了软件。不得不说，这是一个气场强大的男神级别的人物。不出一分钟，我们就公投出了“卧底”李溪耕，被冤死的时候，他苦笑着眨眼睛。

“真心话还是大冒险？”

“大冒险。”

“嘿嘿，你去乔木那边……”

“不了……还是真心话吧。”

“你初吻还在不在？”

“不在。”

“初恋还在不在？”

“不在。”

“有没有女朋友？”

“有。”

我仿佛听见连我在内一众妹子的叹气声。

“能不能有点节操？”李溪耕连输了三次后无奈地说。

对于帅哥，我们不需要节操。

中途阿青过来发了狗屎糖，他说：“吃了我的狗屎糖，都是一等奖。”一群人去阿青房间领十八届入围礼物——这是之前在贴吧上就约好的事情。路上我差点绊了一个跟头，然后听见阿青笑着说，每年都有人在这儿摔倒。短暂的相聚后各自回到房间休息，和鑫妹子约好第二天出去浪，想想还有点小激动。

但还是在床上躺到8点才摸出手机，照例贴吧签到。鑫给我打了电话，问我中午怎么安排。

“是跟乔木还是阿青？”

“阿青吧，我和梦媛约好了的。”

梦媛是跟我在QQ上聊得很欢的上海妹子，之前就一直期待和她面基，在手机那端都能感受到这个比我大半年的高一学妹的热情了。

“零环，你竟然是00年11月的，你还读高二？简直是神童啊！天哪，你跟二尧一样大！”

“二尧是谁？”

“傻狍子，小学生。”

直到后来见面后我觉得二尧是有史以来长得最漂亮的初三傻狍子。

终于见到了乔木和阿青。乔木一身文艺风，果然无愧于她“十四岁的文艺女流氓”称号。这时鑫在我耳边说了一句：

“乔木是十四岁吗？怎么看起来已经二十多了啊？”

果然是天真的孩子。

阿青，第一眼见到他时我还真没认出来。鑫也站在我旁边，她说：“怎么和照片差距这么大？”

但我真的觉得阿青挺萌的。

以及站在阿青旁边的，比他矮一个头的薛毅。

还见到了湖北老乡李家欢，蓝色衣服的短发妹子。

以及之后会提到的湖北老乡肖辰星。

只是中午我们还是跟了乔木的大部队，沿途下起了小雨，鑫、团团，还有刚认识的一个大一工科学姐，挤在我的小伞下，聊文学，聊理想。真是不敢想象，如果不是新概念，我们这群人恐怕永远都不可能像现在这样“倾盖如故”。

大一学姐一身灰色，在她自我介绍之前我一直以为她是和我一样的高二小新人。她在大部队里算欢脱的了，当被问及为什么工科还要参加新概念时，她笑得爽朗：

“我们学校数学、英语、化学、生物竞赛都有人获奖了，唯独文学的没有任何人得过奖，于是校长就打电话好说歹说让我参加咯，反正回去还可以领奖学金呢！”

到了逸夫职业技术学院门口，还没有开门，却早就有人苦苦等候。我想这就是新概念的魅力吧，吸引着来自五湖四海、天涯各地的文学爱好者来到魔都，“去上海，去看星星，去做一场梦”。

吃完饭回到这里，仍旧没有开门，但人山人海已经呈现出好不热闹的景象。瞥见一个粉红色的身影。

“黄老师！”

“黄萍！是届花耶！”

不知是谁先喊出来的。不一会儿，黄老师就翻山越岭来到了我们身旁。

之前在群里对黄老师的辉煌事迹早有耳闻，见到本人后觉得更加漂亮，遗憾的是黄老师戴着口罩，无法窥见全貌，不过黄老师是真的看起来很成熟。

快要开门的时候乔木开始到处分发暖宝宝了，递给我的时候，顺带夺走了我这个00后的初吻。她说，都是一等哟！

排队进了考场，换取准考证的时候看见的第一个人是个妖娆的胖子。直到后来我才知道，他就是众人口中所谓的吕正编辑。

“看着总觉得化了妆。”

复赛群里有人这样说。

很遗憾我和鑫不在一个考场，匆匆告别后便进入各自的考场。帅气的监考老师穿着长长的深蓝色风衣，抱着充电宝在玩手机，浑身散发出生人勿近的酷炫气场。也是后来我才知道，他是一个小有名气的作者。

李溪耕坐在我右边，我试图和他打招呼，屡次失败后瞥见他戴了耳机，索性放弃，随意刷着QQ群。

“大家都是一等奖。”

阿青发着口令红包。

“1点半开始考试，4点半结束。在此期间，只有我的手机可以开机，其他人的手机都必须关机，听清楚了没有啊？”

默默关机后便开始看发下来的试卷。

两个题目，任选其一。

1.论原点。

2.逆转。

突然想起中考之前的那段时间，语文老师整天在班上讲解作文的解题方法与技巧，她告诉我们要仔细审题，把握题目中的关键部分与提示语句，结果中考题目作文部分就给了四个字——爱上语文。

和当时一样——脑袋一片空白。

在印有萌芽标志的专属草稿纸上写着天马行空的构想，一个一个写下来，再一个一个划掉。看看手表，时间已经过去半小时。

我在稿纸上写下题目：

论原点。

不改了，就写这个。

大概是一个爱与救赎的故事。讲的是高考落榜的男生进入高四回到原点，遇见同样回到原点的女生，在相互鼓励中彼此找到梦想。在故事的最后，决定再次复读的女生掀开已经考上心仪大学的男生课桌上的封皮，上面刻着一句话：

“我回到原点，是为了走得更远。”

走出考场的那一瞬间，我想到了之前复赛群里一个前辈说过的话：

“无论怎么样，想写什么就写什么，千万不要在上海留下遗憾。”

我没有遗憾了。

和鑫逛了作协，在大门口拍照时我们一起卖萌得以进去，调戏了《萌芽》编辑部里的一黑一白两只猫。在夜晚的魔都开着百度地图在天桥上迷路……这可能是不会再有第二次的体验了，寒冷却温暖。

晚上才是重头戏。

刚回到海友，就看见梦媛、二尧、乔木、阿青忙作一团。

“一会儿是我装作二尧的爸爸给梦媛爸爸打电话，然后乔木你再装作梦媛妈妈给二尧的爸爸打电话对吧？”

“就说有个笔会，韩寒会来。”

“还是说文学研讨会吧，参加了可以提升写作能力。”

“阿青，你的声音肯定会暴露的！”

“喂……那个，现在我是谁的爸爸啊？”

“梦媛吧……哦不对，好像是二尧。”

…………

大家为了等会儿的KTV真的都蛮拼的。

我没有跟去的打算，毕竟母亲大人全程跟踪，于是和鑫一起商量着该怎么度过。

在大一学姐的怂恿下，找阿青要了签名，阿青签名的时候笑着说：“今年找我要签名的只有三个，以往那可是排着队找我签名的。”

和鑫一起去了肖辰星的房间蹭吃的，聊了文学与编导的事情，聊了我想考的上戏，聊了未来与现在、理想和现实，聊了自己参加新概念的原因，聊了自己平常的阅读习惯和阅读量。

肖辰星是地地道道的武汉人，湖北省C组唯一入围的，是实打实的大神。

之后何晓宁被撩过来陪我们讨论文学。说起何晓宁，我就不得不多说几句了。

何晓宁，1991年出生，TN3传统组九强，江苏人，曾任服装设计师，现在是小学作文培训班老师。

这一项项高大上的设定被他如此轻松自如地说出来让我和鑫一度目瞪口呆，陷入对大神的无限崇拜之中。

然后我们各自讲了自己复赛文的大致内容，除我以外，大家都写的“逆转”。肖辰星写了三个人梦想的幻灭，鑫和晓宁则不约而同地选择了讽刺小说，并且听说他们都是写乡土文学入围的，我一个写成人童话的只能傻愣愣地听着他们谈论一堆我连名字都没听过的作家。

“我有种预感，我们大家都是一等奖。”

在回房间的路上我这样对鑫说。

后来，你问我后来？

无论是听其他人感叹着新概念变得越来越冷清，连以往的KTV都留不住人。

无论是第二天和鑫一起游荡在东方明珠对岸的桥上欣赏上海雾霾，还是坐在隧道列车里被恢宏壮丽的景象给震撼。

无论是站在人山人海的青松城大饭店刷萌芽微博第一个得知自己是二等奖的消息，还是偷窥着坐在前面的李其纲老师对A组一等奖获得者讲出“你们要做的第一件事就是忘记自己得的这个奖，安心学习”，或是得知26号聚在一起玩谁是卧底的那一桌全是二等奖，或是羡慕地摸着何晓宁的一等奖奖杯，听见他无关轻重地说着“要不送给你”这样的话，然后嘴角无奈一撇，连再见都没有说，就和母亲匆匆离开。

无论是最后得知我喜欢了两年的汤斌和被人说表情像自闭症儿童的90后诗人作家翼姐李胜法很争气地再度收获一等奖杯，已经出了三本书的98年学霸姜雨晨努力三年也收获一等奖，还是听说同样努力三年的孙凝翔无奈地收获第三本二等奖证书。

无论是被困在人满为患的虹桥机场听着广播循环播报自己等候的飞机晚点的消息，还是坐在回家的公交车上看着复赛群里有人欢喜有人忧，想起这几天的经历，恍然如梦，忍不住热泪盈眶。

无论是回家之后仍要面对班主任看傻狍子一样的眼神和这一个星期落下的半本数学书的教学进度，还是最终身影融入人群，却发现自己与身边的其他人格格不入。

其实我想说，那又有什么关系呢?

至少十八届收获了黄萍老师的表情包。

如果不是新概念，母亲不会同意我去学编导戏文，更不会让我把上戏作为目标。

除了新概念，你再也找不到这样一个机会，和那么多人一起。有可能上一秒他们还在天南海北，有着不同的身份，做着不同的事情，但这一秒，我们会聚在一起。每年的这个时候从全国各地赶往魔都上海，不是为了用2000元路费去换一张证书或是一个市场价15元的烟灰缸奖杯，而是——

“那时我们有梦 / 关于文学 / 关于爱情 / 关于穿越世界的旅行”。

就算新概念日益衰落下去，就算知道新概念的人越来越少，就算多年之后我们天涯各地，不再熟悉。

我依然会幻想有一天。

那个时候我们都老了。

但都还记得，自己年轻的时候参加过新概念，那是一个多么多么牛逼的比赛。

就算别人不理解，我们自己懂就好。

用一位前辈的话来说——

在新概念的圈子里，我们都是正常人。

而在各自的生活中，我们又成了异类。

新概念不是起点，也不会是终点。

而是我们终将回到的——

原点。

“喂，傻瓜，明年还来吗？”

“当然，十九届上海见。”

那些没要到的签名，没得到的奖杯，没来得及见到的人，没好意思说出口的话。

都留给明年吧。

图书在版编目（CIP）数据

盛开. 第十八届全国新概念获奖者范本作品. A卷 / 方达主编. —北京：北京联合出版公司，2016.3

ISBN 978-7-5502-7199-9

Ⅰ. ①盛… Ⅱ. ①方… Ⅲ. ①中国文学—当代文学—作品综合集 Ⅳ. ①I217.1

中国版本图书馆CIP数据核字（2016）第036750号

盛开. 第十八届全国新概念获奖者范本作品. A卷
主　　编：方　达
责任编辑：李　征
出版监制：范筱薇
产品经理：冯　晨
封面设计：仙　境

北京联合出版公司出版
（北京市西城区德外大街83号楼9层　100088）
北京鹏润伟业印刷有限公司印刷　新华书店经销
字数289千字　710毫米×1000毫米　1/16　印张17
2016年3月第1版　2016年3月第1次印刷

ISBN 978-7-5502-7199-9
定价：29.80元